TAKE
SHOBO

平安あやかし恋絵巻

麗しの東宮さまと秘密の夜

上主沙夜

Illustration
天路ゆうつづ

JN098718

蜜猫
Novels

contents

イラスト／天路ゆうつづ

平安あやかし恋絵巻

麗しの東宮さまと秘密の夜

第一章　我が身をかふるものならば

「――どうか、お母さまの病気が早く治りますように。お母さまが元気になられますように。はらひたまへきよめたまへ、まもりたまへさきはひたまへ」

　小声で呟き、しっかりと手を合わせて頭《つむり》を下げる。その動作で、上弦の月に照らされた振り分け髪が、濡れ羽色に艶《つや》めいた。

　拝殿の閉ざされた格子の向こうの暗闇を食い入るように見つめる少女の瞳には、ただならぬ意気込みが宿っていた。

　歳の頃は十ばかり。身にまとう衵《あこめ》は上等だが、よく見ればいささかくたびれている。母親が童のころに身につけていたものだから致し方ない。

　幼いながら整った顔立ちには気品がただようも、いかにも姫君らしいおっとりした風情《ふぜい》というよりは気丈さ、利発《りはつ》さが勝り、むしろ男童《おのわらわ》めいている。

　童女は名を真帆《まほ》といい、近くの山荘で母親と曾祖父とともにひっそりと暮らしていた。

　川沿いを小半時（三十分）ばかりさかのぼれば水の神さまを祀《まつ》る御社がある。霊験あらたかな社と名高く、京の都から大勢の参拝者が訪れる。真帆も曾祖父に連れられて何度も参拝した。

　とはいえそれも昼間のこと。日が落ちれば真っ暗なお山は静まり返り、黒々とした闇に包まれる。

貴船の山は鬼の國へ通じているという。そうでなくても山にはたくさんの獣が棲《す》む。真帆のような童がひとりで出歩くなど考えられないことだ。

もちろん、真帆がこんな真夜中に参拝したのにはわけがあった。

涼しく過ごしやすい山荘に来ても母親の病状は回復せず、一日中床に就いたままで過ごす日も多い。真帆は毎日のように御社に出かけては母の快復を祈願《きがん》していたのだが、効き目が現れないことに不安と不満を抱いていた。

そんなとき聞き及んだのが夜参りの話。丑《うし》の刻《こく》頃にお参りして祈願すれば、神さまから大きな力をいただけるという。

なるほどと真帆は思った。昼間には参拝者が大勢いて、小さな真帆の祈りは届かないのだ。

よし、夜参りしよう！

決意したものの、幼い真帆には夜中まで起きているのがそもそも難しかった。

眠くなってしまうし、そうでなくても日が暮れると女房（侍女）の空木《うつぎ》がさっさと薄縁《うすべり》を敷いて几帳《きちょう》で囲み、真帆を寝かせると『早くお休みなさいまし』と否応《いやおう》なく衾《ふすま》をかけてしまう。

空木はかつて母親の乳母《めのと》を務め、今でも一の女房として母に仕えている。

真帆自身の乳母は数年前に亡くなっているので、その代わりも務めている。真帆を可愛がってくれるが、少々口うるさい。母親の看病を親身にしてくれる空木にはわがままも言いづらかった。

それとなく夜参りの話をすると、あれはおとながするものですよ、と取りつくしまもなくきっぱり言われてしまった。付いてきてほしいとはとても言えない。乳母子《めのとご》の狭霧《さぎり》は年はひとつ上だがひどい怖がりで、こちらも同行は頼めない。

幾晩か寝過ごしてしまい、ある夜ふっと真帆は夜中に目が覚めた。枕几帳の生絹《すずし》の帷子《かたびら》を透かして、月光が顔に射している。

起き上がって覗けば、真帆の寝ている廂《ひさし》の間と簀子《すのこ》にある格子《こうし》の上半分が上げられたままで、垂らされた簾《すだれ》を通して月光が射し込んでいた。こぢんまりとした山荘なので、庇も簀子もふつうの寝殿よりずっと狭い。

母屋とのあいだを仕切る妻戸をそっと開けて耳を澄ませると、奥で眠っている母親の寝息がかすかに聞こえてくる。

物音をたてないように用心しながら月明かりで手早く切袴《きりばかま》を穿き、単《ひとえ》に袙を打ちかけた。屏風《びょうぶ》や衝立障子《ついたてしょうじ》で仕切られた向こうを窺うと、狭霧はぐっすり眠り込んでいる。

これさいわいと緒太《おぶと》を突っかけ、真帆は山荘をこっそりと抜け出した。

御社へ続く道は高い杉木立に囲まれ、月明かりも届かず暗い。できれば紙燭《しそく》（松の木を細く割って焦がした先端に油を塗って火を灯す移動用の照明具）くらい持ちたかったが、ごそごそやっていて気付かれたくない。

時間はわからないが、まだ空が白む気配はない。子《ね》の刻か、遅くとも丑《うし》の刻だろう。夜が明ける前に参拝すれば夜参りになるはず。

通い慣れた道なので用心しいしい歩いていると、やがて参道が開け、月明かりが届いた。見上げれば半月が静かに光を放っている。ゆっくりと雲が流れ、星明りが瞬いていた。

真っ暗だったら拝殿へ続く石段を昇るのも難しかっただろう。どうにか無事に本殿までたどり着き、真帆はしゃがんで手を合わせ、一心に祈った。

「どうか、お母さまの病気が早く治りますように。お母さまが元気になられますように」

さらに念を入れて「どうかどうかどうかお願いしますっ！」と力を込めていると、ふっと月が雲に隠れ、社を取り囲む森がざわりと揺れた。

烏《からす》か鷺《さぎ》か、ぎゃあと一声、不気味な鳴き声が夜の森にこだまする。

びくっとした真帆は弾かれたように立ち上がり、きょろきょろと周囲を窺《うかが》った。

ざわざわと梢《こずえ》が揺れる。

それはまるで、何かがくすくすと忍び笑っているかのようで――。

（も……もののけ……!?）

そういえば貴船の御社には鬼の國への入り口があるとか。あるいは竜神さまが住まっておられるともいう。

神聖な御社の境内とはいえ、静まり返った真夜中の気配はなんともいえず恐ろしかった。

（か、帰ろう……）

石階段をそそくさと駆け下りると、杉木立に囲まれた真っ暗な参道を灯が近づいてくるのが見えた。何本もの松明《たいまつ》の灯だ。どやどやと話し声もする。

連れ立って夜参りに来た人たちだろうと安心した真帆は、松明の灯に照らされた人々の恰好《かっこう》に驚いて足を止めた。夜道を歩いてきたのは侍《さぶらい》のなりをした十人ばかりの男たちだったのだ。

誰かを警護しているのかと思えば様子がおかしい。身につけている武具はどれもちぐはぐで、肩には何枚もの美しい衣を担いでいる。綾織《あやおり》の袿《うちぎ》が松明の灯にきらめいた。

高価な装束《しょうぞく》を御衣櫃《みぞびつ》にも入れず、無造作に肩にひっかけて歩くなど考えられない。

彼らは警護の武士《もののふ》などではない。夜陰に乗じて京の都を荒し回る盗賊だ！

「——おんやぁ？　こんなところにいい格好をした女童《めのわらわ》がいるぞ」

気付いた男が声を上げる。逃げる暇もなく真帆は取り囲まれてしまった。

「こんなところに女童なんぞいるもんか。あやかしじゃねぇのか？」

「魑魅《ちみ》か、魍魎《もうりょう》か」

ずいっと松明を突きつけられ、眩しさに衵の袖を上げて顔を覆う。

「いんや、人の子らしい。見ろよ、上等な衵を着てるぜ」

「ひっぱがせ」

「待て待て、人買いに売ったほうが儲かる。山崎あたりまで行けば高値になるぞ」

ひとりの男が下卑た笑みを浮かべて手を伸ばした。

指先が真帆の袖を捕らえそうになった瞬間、男はぎゃっと叫んだ。闇の中から飛んできた礫《つぶて》が男の手に命中したのだ。

「なんだ⁉」

男たちが松明を振り立てて周囲を見回す。

と、ふたたび礫が飛んで次々に男たちの手や頭に当たった。

ざわ、と頭上の木立が音高く鳴り、立ちすくむ真帆の前にひらりと降り立った者がある。

驚いてよろけた真帆は、目の前に背を向けて佇む人物に目を瞠《みは》った。

それは真帆より頭ひとつぶん背の高い少年だった。

浅縹《あさはなだ》の水干《すいかん》に葛袴《くずばかま》。裾は上括りにして素足に足駄《あしだ》を突っかけている。

後頭部で一括りにした髪は、下ろせば膝まで届きそうな長さ。

すらりとした脛《はぎ》や凛としたうなじが夜闇にほんのりと白く輝いて見える。

「勾引《かどわかし》は鬼の所業《しょぎょう》ぞ？　人間は物盗りだけにしておけ」

声変わり前の澄んだ少年の声が、月光のごとく怜悧《れいり》に響く。

「っんだ、てめえ⁉」

「ついでにこいつも攫っちまえ、きれいなツラしてやがるぜ」

礫の主が子どもと知るや、盗賊たちはたちまち勢いを取り戻した。これも盗んだものであろう刀を、次々に抜き放つ。

刃が月光を弾き、真帆は真っ青になった。後ろ姿の少年は、かすかに肩をすくめた。

「馬鹿の相手をするのも面倒だ」

月光に長く伸びた少年の影が、にわかにむくむくと膨れ上がる。たちまちそれは男たちの身の丈の五倍もありそうな異形の姿となった。

丸太のような豪腕が、ぶんっと風を切る。男たちの半数が軽々と吹き飛び、残りの男たちにぶつかって地面に転がる。

「おっ、おっ、おっ、鬼だぁあああっ」

盗賊どもは魂消《たまげ》るような悲鳴を上げて、我先に逃げ出した。

「おい、獲物を忘れてるぞ」

少年が地面に散らばる色とりどりの衣や、武具や、蒔絵《まきえ》の手箱などを指さしたが、誰ひとりとして足を止める者はない。

ちっ、と少年が舌打ちすると、影から生じた鬼は盗賊どもの残した贓品《ぞうひん》をひとまとめに抱え上げた。

「検非違使《けびいし》庁に放り込んどくか」

影が一陣の風となって夜空に吹き上がる。

豪華な衣がひらひらとそよぎながら都のほうへ飛んで行くのを真帆は呆気にとられて見上げていた。

「――おい、おまえ」

叱りつけるような声に我に返ると、向き直った少年が腕組みをして真帆を睨んでいた。

（まぁ……。なんて美しい人なの）

いや、人ではない。鬼だ。

見た目では人の少年としか思えないが、影から鬼を出して盗賊を退けた。

それとも夢を見ていただけ……？

「おい」

むに、といきなり頬を引っ張られる。

「目を開けたまま気絶してんのか？　しっかりしろ」

両頬を摘んでむにむにやられ、真帆は涙目になってあぅあぅと呻いた。

「ほぅ。よく伸びる頬だな。餅のようだ」

「や、やぇえ……」

ぷるぷると頭を振り、ようやく振りほどいて頬を押さえる。

「ほっぺが伸びたらどうしてくれるの⁉」

「美人になれていいじゃないか」

からりとした笑い声に、怒る気もなくなった。

「助けてくれて、ありがとう……」

おずおず礼を言うと、少年は軽く小首を傾げてニッと笑った。その拍子に尖った糸切り歯がちらりと覗く。

「き、牙が生えてる！」

「そりゃ、鬼だからな」

こともなげに言い、少年は腰を屈めて顔を近づけた。真帆は青ざめてカタカタと震えた。間近で見ればますます美しい顔立ちだ。牙がなかったとしても人間離れした美貌である。

「真帆のこと……、た……食べるの……⁉」

「さぁて、どうしようか」

わざとらしく匂いを嗅いだかと思うと、涙のにじんだ目許をいきなりべろりと舐められた。

「ひゃっ」

びくんと肩をすくめる。少年は舌なめずりして顔をしかめた。

「苦いな。マズそうだ。食う気が失せた」

ムッとして少年を睨む。食べられずにすむのはありがたいが、マズいと言われても腹が立つ。

「し、失礼ね！　真帆は美味しいはずよ。姫君なんだからっ」

「こんな夜中に供も付けずにうろつく姫がどこにいる」

「本当だもん！　真帆の曾祖父《おおじい》さまは宮さまなんだからっ」

「……そういえば先々帝の親王が、このあたりに別荘を持っていたような」

「真帆の曾祖父さまよ。治部卿《じぶきょう》でいらっしゃるの。えらいんだから」

真帆は得意になって胸を張った。治部卿というのが名ばかりの閑職であることなど、幼い真帆のあずかり知らぬことだ。

「姫なんだもん、真帆は美味しいはずだわ」

断固主張すると、ニヤリとした少年の影がふたたび巨大な鬼となってむくむくと立ち上がった。

「では望みどおり喰ってやろう」

盗賊どもを一撃で吹っ飛ばした太い腕が、一直線に伸びてくる。真帆は飛び上がって悲鳴を上げた。

「やぁあっ、だめっ、だめだめ、食べちゃだめーっ」

くすっと笑い声がして目を開けると、腕組みした少年がにやにやと真帆を見下ろしていた。影はすでに元の大きさに戻っている。

「泣き虫」

「泣き虫じゃないもん！」

「泣きながら言っても説得力ないな」

「泣いてないもん！　泣き虫じゃないもん！」

悔しくなって地団駄踏みながら真帆はわめいた。ぼろぼろと涙がこぼれ、悔しさにかえって止まらなくなる。

「ああ、もう、わかったよ。からかって悪かったよ」

少年は焦ってなだめた。ひっくひっくと嗚咽を上げる真帆を手を束《つか》ねた様子で眺め、ふと思いついたように懐から横笛を出して吹き始める。

真帆の知らない楽曲だったが、その旋律はとても美しく、どこか異国風の趣があった。

「——あ、蛍……」

少年の笛に誘われたように、参道の脇を流れる清流からひとつふたつと蛍が上がってくる。それはすぐに数えきれぬほどの数となって、少年の周りをふわふわと漂い始めた。

(きれい……)

まるで笛の音に合わせて舞っているかのよう——。

真帆はうっとりと蛍の群れを眺めた。そのうちに蛍は真帆の側にも寄ってきて、誘うようにくるくると回った。真帆は歓声を上げながら袙の袖を振った。

いつしか笛はやみ、気がつくと少年が真帆を見つめていた。真帆は蛍を掌に載せてにっこりした。

「こんなにたくさんの蛍を見たのは初めてよ」

「機嫌は治ったか」

「お母さまにも見せてあげたい。……ご病気で、ずっと臥せっていらっしゃるの……」

「なら、見せてやろう」

無造作に言って少年は水干の左袖をはたはたと振った。すると蛍たちは吸い込まれるように袖のなかに入り、静かに点滅を始めた。

夏物の生地を透かしてひっそりと蛍火がまたたく様は、うっとりするほど幻想的だ。

真帆は少年と連れ立って歩きだした。

「おまえの名は真帆というのか」

「そうよ。あなたは?」

「秘密」

「えーっ、ずるい！　真帆は教えたのに」

「自分で連呼してたじゃないか」

むぅっと真帆はふくれた。

「じゃあ、怪しの君って呼ぶことにするわ」

「ははっ、そりゃいい。鬼にはぴったりだ」

怒るどころか愉しげにからからと笑われて毒気を抜かれてしまう。

鬼は恐ろしいもののはず。こんなに綺麗な鬼なんているのかしら……？

そろりと窺った少年の横顔は怖いくらいに整って、怜悧で、とても品よく見える。

まるでやんごとない身分のご子息のよう。

「――もしかして、鬼の國の皇子さま……とか？」

「ま、そんなとこだ」

少年は動じることなく頷いてニヤッとした。長い犬歯の先が夜目にも皓《しろ》く、真帆はドキッとした。

それは単なる恐怖ではなかったが、幼い真帆にはよくわからない。

「貴族の姫が供も付けず、こんな夜中にひとりでうろつくなど感心できないな」

「うろついてたんじゃないわ。夜参りをしようと思ったの。貴船の神さまに丑の刻にお参りすれば、大きなお力をいただけるって聞いたから……」

「そりゃ丑の日の丑の刻だ。今日は寅《とら》の日だぞ」

真帆はぽかんとした。

「貴船の神が社に降りてくるのは丑の日の丑の刻」

「そ、それじゃ、他の日はいないの⁉」

「人間の頼みごとは聞こえてるから大丈夫だって。なにせ神は地獄耳――ああ地獄は仏教だっけな」

からからと少年は笑ったが、真帆は笑うどころではない。

「そんなぁ……」

「お、おい。また泣くのかよ」

少年は焦って真帆の顔を覗き込んだ。

「神が留守してても見習いが聞いてて神に言上する。おまえの願いもちゃんと届いてるって」

「でもでも丑の日の丑の刻にお参りすれば、直接聞いていただけたんでしょ⁉」

「う、うん、まぁ、そうだな」

「直接聞いてほしかったよぉっ」

無念のあまり、わぁっと真帆は泣きだした。

「泣くなよ！　そんなに夜参りしたきゃ、次の丑の日には俺が付き添ってやるから、な？」

真剣な顔を見上げ、こくりと真帆は頷いた。

幼児のように泣きわめいたのが恥ずかしくなって、うつむきがちに歩いていると、木の根か何かにつまずいて転びそうになる。とっさに少年が手を掴んで支えてくれた。

手をつないで別荘に戻ると、真帆は先ほど抜け出した妻戸からこっそり中へ入った。

「……大丈夫、みんな寝てるわ」

庭で待っていた少年が足駄を脱いで上がってくる。母は母屋《もや》の奥で眠っていた。御帳台《みちょうだい》はなく、高麗縁《こうらいべり》の畳を二枚置いた上に薄縁《うすべり》を敷き、四方を几帳と屏風で囲った室礼《しつらい》だ。

部屋の隅には灯台が置かれ、ぼんやりと室内を照らしている。

足音を忍ばせて近寄り、そっと几帳の隙間から覗くと、母はかすかに眉を寄せて眠っていた。

せっかく眠っているのに起こすのはしのびない。さりとて蛍は見てほしい。

真帆が迷っていると、怪しの君が隣に来て真帆の母の額にそっと手を当てた。

少し苦しげだった呼吸が穏やかになり、ふっと目を開ける。

「……真帆？　どうしたの、怖い夢でも見た？」

優しい声音に目の奥が熱くなり、ぎゅっと袴を掴んで真帆は微笑んだ。

「お庭で蛍を捕まえたの。お母さまに見てほしくて」

怪しの君が水干の袖を振ると、潜んでいた蛍たちが一斉に舞い始めた。

「まぁ……！」

感嘆の声を上げて身体を起こす母を急いで支える。不思議なことに、蛍は見えても怪しの君の姿は母には見えないらしい。

蛍は少年がひらひらと手を動かすのに合わせて飛び交っている。真帆の視線に怪しの君は微笑んで人指し指を唇に当てた。

ふわり。ふぅわり。

蛍たちが明滅しながら褥《しとね》の上を舞う。

母は少女のように無邪気な笑みを浮かべて蛍の舞を眺めた。

「綺麗ねぇ」

透きとおった声で母は囁いた。

「こんなに綺麗な蛍は見たことがないわ」

さらさらと流れゆく清水のような母の声に、真帆は歯を食いしばった。支える母の肩も背中も、心もとないほどに細くて、弱々しくて。

今にも蛍と一緒に宙に舞い上がってしまいそうで――。

「まぁ。ふふふ」

母が嬉しそうに笑う。見れば先細りの母の指に蛍が一匹止まっていた。

「まるでわたくしを元気づけてくれているみたい」

頼りない母の声に、華やいだ張りが生まれる。

いつのまにか怪しの君は消えていて、ただ蛍だけがふわふわと飛び違っていた。真帆の髪や、鼻の頭に止まり、母と一緒に笑う。

どこからか、かすかにかすかに笛の音が聞こえてきた。

遠ざかってゆく調べに耳を傾けながら、真帆は母と寄り添っていつまでも蛍を眺めていた。


「――真帆さま。真帆さま」

そっと肩を揺すられて、ぼんやりと目を開けた。

乳母子の狭霧が覗き込んでいる。

「もう日も高うございます。どこかお具合でも？　ご気分が悪いなら寝ていてかまいませんが」

「ううん、大丈夫。起きるわ」

「では、お手水のお支度を」

廂《ひさし》と簀子《すのこ》の間の格子はすでに上げられ、御簾《みす》越しに朝日の降り注ぐ庭が見える。

手水を済ませると真帆はさっそく母の元へ朝の挨拶に行った。

母は薄縁の上に起き上がり、脇息《きょうそく》にもたれて乳母の空木に髪を梳《す》かせていた。母が一番大切にしている、お気に入りの螺鈿《らでん》の櫛を使って、空木は丁寧に長い黒髪を梳《くしけず》っている。

「おはようございます、お母さま」

「おはよう、真帆」

にっこりと母は微笑んだ。

「今朝はとても気分がいいのよ。真帆と一緒に朝餉も少しいただこうかしら」

髪を梳きながら空木も頷いた。

「ぜひそうなさいませ。――狭霧、汁粥と御香香《おこうこ》（大根の漬け物）をお持ちして」

「ただいますぐに」

狭霧が下《しも》の屋へ続く渡殿《わたどの》に消えると、母はふたたび真帆に微笑みかけた。

「昨夜はとても素敵な夢を見たのよ。そのおかげで気分がいいのかしら」

「どんな夢ですか？」

「真帆がたくさんの蛍を捕まえて、持ってきてくれたのよ」

真帆はドキッとした。

狭霧に起こされて目覚めた瞬間、夢を見ていたのだと覚った。夜参りに行ったのも、盗賊も、すべては夢だったのだと。

浅縹《あさはなだ》の水干を涼やかにまとった美しい少年も、半蔀《はじとみ》越しに射し込む月光が見せた一夜の幻――。

そう、思っていたのだけど……。

「蛍……ですか？」

「ええ。それはもうたくさんの蛍だったわ。部屋の中が明るくなるくらいに」

「まぁ、わたくしも見とうございましたわ」

空木が髪を梳きながらくすくす笑う。

「ありがとう、真帆」

「え。ゆ、夢ですし……」

「夢でも真帆がわたくしのためにたくさんの蛍を持ってきてくれたのが、とても嬉しいのよ」

「じゃ、じゃあまた捕まえてきます！」

「いいえ、蛍は儚《はかな》い虫だから、自由に舞わせてあげないとね」

真帆はどきどきしながらこっそり室内を見回したが、蛍の死骸はひとつもなかった。夢でなかったとしても、蛍たちはひととき真帆と母を楽しませてくれたあと、無事外へ出て行ったのだ。

（それとも、怪しの君が連れていったのかしら……？）

そういえば笛の音がかすかに聞こえていた気がする。

夢だとばかり思っていたけれど……。

（本当……だった……？）

一緒に朝餉を済ませると、久しぶりに母から箏《そう》の琴を教わった。曾祖父も母も琴や琵琶をそれは見事に弾きこなすが、真帆は室内で琴を弾くより外を駆け回りたい性分で、稽古をさぼりがちだ。

曾祖父と違って母は外で遊ぶのを咎めはしないけれど、苦笑されると申し訳ない気分になる。

そのうちに寝殿で起居している曾祖父が様子を見に来た。体調がいいときにお参りをしたいと母が願ったので、曾祖父は輿《こし》を用意させて、一家でお参りすることにした。

昼間に見る御社は清涼な空気に包まれて、夜とは全然違っていた。

不思議な思いで真帆は周囲を見回した。都から参拝にやってきた人々で境内は賑わっている。壺装束に身を包み、市女笠に枲《むし》垂れ衣の女君。行楽用の軽やかな狩衣《かりぎぬ》姿でそぞろ歩く男君。涼やかな夏の色彩に境内は色とりどりの花が咲いたよう。

親に連れられてきた水干姿の少年、真帆と同じような重袙《かさねあこめ》姿の少女の姿も見える。

そのなかに、昨夜の水際立って美しい少年の姿はない。真帆はがっかりして眉を垂れた。

（やっぱり夢だったのよね……）

それとも、鬼は夜にしか出てこないのかしら。

どうにも諦めが付かず、何か昨夜の証になるものでもないかしら……と歩くうち、いつのまにかお付きの狭霧とはぐれてしまった。

「また来たのか」

振り向くと、水干姿の少年が腕組みをして突っ立っている。

「怪しの君！」

真帆は歓声を上げて少年に駆け寄った。

昨夜は浅縹だったが、今日は草色の水干を垂頸《たりくび》にしている。昼の光の下でよく見ると、夏用の薄い生地なので下に着た白い幸菱文様《さいわいびし》の単《ひとえ》が全体に透けて見えて涼しげだ。

袖括りの緒が鮮やかな紅なのもすごくおしゃれで、うっとりと真帆は少年を眺めた。

「やっぱり夢じゃなかった――ぁぅぅ⁉」

いきなりむにっと頬を引っ張られる。まごまごする真帆を怪しの君はたしなめるように睨んだ。

「姫君ならばひとりきりでうろうろするな」

頬を引っ張られたまま、うんうんと懸命に頷く。やっと自由になった頬を押さえ、恨みがましく少年を睨んだ。

「ほんとにほっぺが伸びちゃう……」

「餅にして喰うか。姫君のほっぺ餅はさぞ美味いだろうな」

美麗な顔が迫って子どもも心にもドキッとする。怪しの君は腰に手を当ててからからと笑った。

「いじわるっ」

「なんだ？　怒ったのか。これやるから機嫌直せ」

ずいっと面前に差し出された籠を面食らって見直すと、なかにはよく熟れて美味しそうな茱萸《ぐみ》がたくさん入っていた。

「おまえにやろうと思って山で取ってきた」

「ありがとう……」

「母御前《ははごぜ》の具合はどうだ？」

「今朝はとてもご気分がよろしいようだったわ。一緒にお参りに来たのよ。……昨夜、蛍の夢を見たんですって。真帆が捕まえてきた蛍を一緒に見たって……」

「そうか」

にこっ、と少年は笑った。不思議なことに昨夜ほど犬歯が目立たない。

(昼間だから……?)

「ん? どうした。茱萸は嫌いだったか」

「そんなことないわ。大好きよ」

改めて昨夜の礼を言おうとすると、背後で真帆を呼ぶ声がした。

「姫さまー! もうっ、捜しましたよ」

袖括りの緒のついた汗衫《かざみ》をひるがえして狭霧が走ってくる。真帆は反射的に籠を背後に隠した。

「そろそろ皆さまお帰りです。姫さまのお姿が見えないので御殿さまも御方さまもそれは心配なさってますわ」

「ごめんなさい。ぶらぶら散歩してたの」

焦って傍らを見ると、怪しの君の姿は影も形もなかった。真帆がぽかんとしていると、籠に気付いた狭霧が歓声を上げた。

「まぁ、茱萸がこんなにいっぱい!」

「あ……もらったの……」

狭霧に連れられて輿を置いた場所まで戻る。母君に心配させてはいかんと曾祖父に叱られてしまったが、茱萸をもらったことについては別段問いただされなかった。男の子からもらったと告げると、それを在所の者と思ったようだ。

それから真帆は毎日のように御社へ行った。母の快復を祈りたいと言えば留め立てされることもない。もちろん、それが第一の目的ではある。

最初は狭霧が付き添ってきたが、昼は参道に人の行き来が絶えないから安全だろうと、やがてひとりで行くことを許された。もともと召使の数が少なく、都の邸にも留守居を置かないわけにもいかず、いろいろと手が足りないのだ。ましてや病人を抱えていては目が離せない。

真帆もできるだけ付き添っていようと思うのだが、元来活発な質で、室内でおとなしくしているのにも限界がある。

曾祖父のところで手習い（習字）や絵の練習をして琵琶《びわ》の手ほどきを受ける。母の体調がよければ箏の琴を教わり、暗記した和歌を読み上げる。

宮家の姫として、貴族女性の教養をしっかり身につけなければならないことはわかっていても、ことに天気がよい日などは外に出たくてそわそわしてしまう。

母も真帆の気質をよくわかっていて、習い事が終われば外で遊んでいいですよと言ってくれた。ただし、申《さる》の刻（午後四時ごろ）までには必ず戻ること。

御社に着くとまずは奥宮で母の快復を念入りに祈る。祈りが終わって振り向けば、いつのまにか怪しの君がそこにいる。

それからはふたりで山を駆け回って遊んだ。怪しの君は真帆をおぶって飛ぶように山を駆け、梢を跳んだ。

怖かったのは最初だけ。あとはもう、ただただ楽しかった。声を上げて笑った。

怪しの君は高木の太い枝に縄をかけ、鞦韆《しゅうせん》（ブランコ）を作ってくれた。それはすぐに真帆の大のお気に入りとなった。鞦韆に揺られながら、木の枝に腰掛けた怪しの君が笛を吹くのを聞いているのが好きだった。

日が傾き始めるまで遊ぶと、もう一度お参りをして帰路につく。

また明日、と奥宮の前で別れ、振り向けば怪しの君はもう消えていた。どこから現れ、どこへ帰っていくのか、真帆には見当もつかない。別にそれでよかった。明日また会えれば。

帰りがけに御社の湧き水を竹筒に汲んで持ち帰る。母はその水をとても美味しいと喜んでくれた。

気がつけば一陣の風のように日は過ぎて、丑の日が回ってきた。真帆はすっかり忘れていたのだが、夜中にほとほとと格子を叩く者があって、隙間から覗いてみると怪しの君が立っていた。

夜参りに行くかと問われ、すぐに思い出して頷いた。

怪しの君は真帆をおぶって暗い参道を風のように走った。水干の袖がはためく様を、彼の背にしがみつきながらぼんやりと真帆は眺めた。その背はとても細いのに、不思議な力強さがみなぎり、そしてあたたかいのだった。

夏も終わりに差しかかり、虫のすだく声が高くなった気がする。上弦の月はいつのまにか満月を過ぎ、下弦の三日月に近づきつつある。

人気のない真っ暗な境内を、少年に手を引かれて歩き、社の前に跪《ひざまず》いて一心に祈った。

「どうかどうか、お母さまの病が治りますように。元気になられますように」

持てる限りの言葉を尽くして祈る。そのあいだ怪しの君は真帆の傍らに無言で佇んでいた。

気が済むまで祈り、真帆は立ち上がった。怪しの君は未だ凝《じっ》然と格子戸の奥を見据えている。

その瞳が細い月明かりにも異様に底光りし、青みがかった銀の炎が揺れているようで、真帆は思わず水干の袖をぎゅっと掴んだ。

ハッと瞳が揺れ、彼はぎこちなく真帆に振り向いた。

「どうしたの？」

「いや……」

「もしかして、神さまとお話ししてた？」

彼は答えず、ただかすかに眉根を寄せた。

「真帆のお願い、きいてくださるかな……？」

「ああ、もちろんだ」

来たときと同じように真帆を背負って夜道を駆けながら、彼は終始無言だった。それは行きと変わらないのに、しがみついた彼の背の感触が、何故か違っている気がした。

こわばって、固くて。あたたかさは変わらないのに。衣の下で、何か烈《はげ》しいものが渦巻いているような気がして。

真帆は泣きそうになるのを、唇を噛んで必死に堪えた。

山荘に戻り、妻戸から真帆を中に入れると、簀子から身を乗り出すようにして怪しの君は囁いた。

「心配するな。母御前は快復する」

「でも……っ」

怪しの君は微笑んで、真帆の目許に唇を押しつけた。

「大丈夫。絶対よくなる。実はな。俺、すごい薬を持ってるんだ。鬼の秘蔵の霊薬だぞ。さっき、それを真帆にやってもいいかと神に尋ねた」

「いいって……？」

「うん。もったいぶって渋るから、説得してたんだ」

「それでさっき、こわい顔してたのね」

ホッとする真帆に、先刻までとは打って変わってにっこりと、怪しの君は微笑んだ。それはもう、満月のようにさえざえと、美しくもきっぱりとした笑顔で――。

彼は水干の襟をゆるめ、懐を探ると錦の小袋を取り出した。中に入っていたのは三寸（十センチ弱）くらいの白い角のようなものだった。

「鬼の角だ」

「あなたの……？」

「俺はまだ子どもだから角はないんだ。これはおとなの鬼の。……俺の母上の形見だ」

「そ、そんな大事なものもらえないよ！」

形見ということは、怪しの君の母親はすでに亡くなっているのだ。

「大事なものだからこそ真帆にやるんだ。他の奴になんか絶対やるもんか」

真剣な声にドキリとして声を失ってしまう。

「……この角を直接、擂鉢《すりばち》かなんかで擂《す》って、水か白湯に溶いて朝晩飲ませるんだ。社の湧き水が一番だが、汲みたての井戸水でもいい」

「御社まで汲みにいく！」

「これは人間にはとても強い薬だ。飲ませるのはほんのちょっぴり。耳かき半分くらいで充分だ。いいか、たくさん飲ませりゃ早く治るってもんじゃない。かえって毒になるから気をつけろ」

「わかった。ほんのちょっぴりね」

「削るのに刃物は使うな。効果が薄まる。三日与えたら一日休む。それを三回繰り返したらいったんやめる。たぶん、それまでにはだいぶよくなってるはずだ。あとは、うんと具合が悪いときだけ、ほんのちょっと飲ませる。わかったか？」

怪しの君は処方を何度か真帆に繰り返させた。

「いいか、くれぐれも焦って量を増やすんじゃないぞ。かえって死期を早めるからな。絶対だぞ」

「うん、わかった。ほんのちょっぴりを守る」

よし、と怪しの君は頷き、角を錦の袋にしまって真帆の小袖の合わせに押し込んだ。

「あとな、これは誰にも見せるなよ。誰かに喋ってもいけない。いいな？」

「うん。見せないし、言わない」

怪しの君は真帆の手をぎゅっと握りしめ、にこっと笑うとあっというまに夜闇に消えた。

真帆はしばらく闇の向こうに気配を窺っていたが、今夜は笛の音も何も聞こえなかった。妻戸を閉め、手さぐりで寝床にもぐりこむと、衾を引きかぶってドキドキしながら朝を待った。

いつのまにか寝入ってしまって狭霧に起こされる。ハッとして胸を押さえると、小袖の合わせには錦の小袋がちゃんと収まっていた。

真帆は御厨子所《みずしどころ》（台所）で擂鉢を探すと、こっそりと角を擂って粉薬を作った。耳かき半分には多すぎる気がしたので、畳紙《たとうがみ》（懐紙）に包んで角と一緒に小袋に入れておく。

母に飲ませる白湯を、自分が持っていくと空木に頼み、途中でこっそり薬を混ぜた。

薄縁の上に起き上がった母が、ゆっくりと白湯を飲むのを、真帆は息を詰めて見守った。蛍を見せてから数日は持ち直したようだったのに、この頃また臥せりがちになっている。

母は何も気付くことなく白湯を飲み干すと、ふたたび横になった。効果のほどが気になってやきもきするあまり、御社へ行くことも忘れていた。

未《ひつじ》の刻（午後二時ごろ）になると、母は少し風に当たりたいと廂《ひさし》に薄縁と褥《しとね》を置いて、脇息にもたれて庭を眺めた。真帆は隣に座り、曾祖父から手ほどきされた琵琶の易しい曲を弾いて聞かせた。

「ああ、ずいぶんと胸が楽になったわ」

母の呟きを聞いて、真帆は水のことをハタと思い出した。井戸水でもかまわないが、御社の湧き水がいいと言われたっけ。

「あ、あの。お母さま。ちょっと、御社まで行ってきます」

「まぁ、今から？　いいけれど、今日はすぐに帰っていらっしゃい」

「お参りしたらすぐに戻ります」

琵琶を置き、袙をもう一枚重ねると真帆は緒太をつっかけて急いで山荘を出た。

参詣の人の姿はすでにまばらになっていた。早朝、都から牛車《くるま》や徒歩《かち》でやってきた人たちは、日暮れ前に帰宅するにはそろそろ帰らないといけない。

大急ぎで奥宮まで行って神さまにお礼を申し上げる。振り向いても怪しの君はいなかった。時間が遅かったせいだろうか。少しその辺りを歩き回ってみたが、それらしい気配は感じられない。

もう一度奥宮で手を合わせ、持参した竹筒に清水を汲んで急いで山荘へ引き返した。

母は少し食欲が出たといい、山芋を混ぜた汁粥を一杯食べた。なんでも、いつのまにか立派な山芋が御厨子所に置かれていたという。

里人からの差し入れだろうと空木は言ったが、山芋の時季にはまだ早い。怪しの君がくれたものに違いないと真帆は確信した。

山芋はとても栄養があり、甘葛《あまずら》で煮た芋粥は真帆も大好きだ。ただ、甘葛が高価なものでもあり、そう頻繁には食べられない。

すると、次の日は小さな壺に入った甘葛がひっそりと置かれていた。家人は不思議がったが、真帆が毎日のようにお参りしていることから、神さまがくださったのだろうとありがたくいただいた。

朝晩かかさず鬼の角薬を飲ませているうちに、母の容態は目に見えて快復してきた。やつれていた頬がふっくりとし、肌の色つや、唇の血色が戻ってきた。

母が持ち直したことはもちろん嬉しいけれど、あれ以来一度も怪しの君に会えないのが気がかりだ。参拝は欠かさず続けているものの、彼の姿はどこにもない。

母の具合がよくなったこと、山芋や甘葛を差し入れてくれたことに礼を言いたいのに。

「怪しの君、どこにいるの……?」

そっと小声で呟きながら境内をめぐっても、応えるものはない。

それでも真帆は毎日御社に詣で、怪しの君にも報告するつもりで母の具合や日々のあれこれを神さまに報告した。

そうしていると、暗い格子の向こうで、ふっと何かが動く気配がすることがあった。慌てて格子戸に顔を押し当ててても、暗がりのなかに小さな社が鎮座する輪郭《りんかく》しか見えなかったけれど……。

数日後の真夜中、几帳の陰で眠っていた真帆は、かすかな物音で、ふっと目覚めた。

折しも新月。開けたままの半蔀《はじとみ》の御簾越しに射す、ひとすじの月光すらない。

身体を起こし、暗闇のなかに何か見えはしないかと目を凝らしていると、妻戸の隙間がほんのわずか、糸のように細く開いていることに気付いた。

思わず唾を呑んで身体をこわばらせる。

少しずつ、少しずつ。音もなく隙間は広がって、暗闇の向こうに目が見えた。

まるでそこに三日月が浮かんでいるかのように。金色の。銀色の。ひっそりと揺らめく炎のような。

こわいけれど、ぞっとするような恐怖ではなく。深い淵や、切り立った崖を覗き込んだときの、目眩にも似た――。

「……怪しの君？」

おずおずと囁けば、妻戸の向こうで瞳が揺れる。微笑んだのだと真帆が理解した瞬間、それはふいに消えてしまった。

真帆は慌てて寝間から這い出し、手さぐりで妻戸を開けた。

月のない夜。星明りだけがきらきらと瞬く夜空を黒い影がよぎる。

真帆は小袖姿のまま、裸足で山荘を飛び出した。

御社に続く参道を、無我夢中で走った。真っ暗なのに、なぜか周りが見えた。それを不思議と思う余裕などあるわけもなく。ただ、遥か前方を幻のように駆けてゆく、白い水干の袖がひらひらとそよぐ様だけを見つめていた。

ひらり。

ひいらり。

袖口から蛍がこぼれ、舞い上がる。

石階段を駆け上がり、奥宮へと走った。格子戸に顔を押し当てて囁く。

「怪しの君。いるんでしょう……？」

答えはない。だが、身じろぎする気配と衣擦れの音が確かにした。わだかまる闇に目を凝らしながら真帆は必死に呼びかけた。

「ねぇ。返事して。お願い」

「……ひとりで夜歩きするなと言ったはずだぞ」

かすかな囁き声が暗闇から返ってくる。真帆は格子を掴み、さらに顔を押しつけた。

「どうしたの？　どこか具合が悪いの？」

「ちょっとな……。大丈夫、死にやしないって」

かすれた笑い声に胸が締めつけられ、真帆はくしゃくしゃと顔をゆがめた。

「真帆のせい……？」

「何言ってんだ。そんなわけないだろ」

なだめる声に、鼻の奥が刺すように痛くなる。彼が嘘を言っているのだと、直感してしまったから。

「ごめ……、ごめんなさい……っ」

「違うって言ってるだろう」

「でも……でも……。っあ……！　あの、母君の角、真帆がもらっちゃったから……!?」

「いいんだよ。あれは真帆にあげたんだ。母御前の具合はよくなっただろう……？」

「うん……」

「なら、いい」

安堵の溜息が、闇を揺らす。

「よくなったから……、だからもう、返すから……っ」

「いいんだ。そのまま持ってろ。いずれまた必要になる」

「でもっ……」

「いいんだよ。真帆が持っててくれれば、俺も安心だ」

「や、やっぱり返すよ！　待ってて、今、取ってくるから！」

踵を返すと、ぐっと袖を掴まれた。振り向くなり、我知らず悲鳴が唇を突く。

「ひ……ッ」

小袖の袂を掴んでいるのは、ごつごつと節くれだった赤黒い腕だった。指先にはまるで刃のような鈍色の鋭い爪が生えている。

いつか見た、怪しの君の影が化現した鬼の腕。あのときは平面的で、どこか現実感がなかったそれが、今はずっと生々しく存在感に満ち満ちている。格子の隙間から出ているとは思えないほどの大きさと重量感だ。

悲鳴と同時にパッと袖を放し、格子の向こうに引っ込もうとする腕を、慌てて真帆は掴んだ。

「……おい」

驚いた声が闇のなかで上がる。

「行かないで！」

大枝のような腕を必死に抱え込み、真帆は叫んだ。かすかな溜息。

「おまえ、怖くないのか」

「こわいけど、こわくないもん」

「どっちだよ」

ははは、と闇から苦笑が響く。

「こわくないもん……。真帆を助けてくれた。守ってくれたんだもん……っ」

はぁ、と嘆息の音がして、鬼の腕が真帆の頬をそっと撫でた。

「泣くなよ」

「行っちゃやだ」

「うん……。ずっとおまえと遊んでいたかったけど、そうもいかなくてな」

「どこへ行くの？　遠いところ？」

「どうだろうな。遠いかもしれないし、近いかもしれない」

「もう会えないの？」

「さぁな」

「やだ！」

ふたたびぎゅうぎゅうと腕を抱きしめる。なだめるように、指先が濡れた睫毛をぬぐった。

「……すまん。約束はできないんだ。本当に、わからないから……」

優しい声に涙が止まらなくなる。すすり上げていると、腕は真帆の髪を優しく撫でた。

「角、返すから……また遊んでよ……」

「あれを飲ませないと、おまえの母御前が死んでしまう」

「やだっ。どっちもやだぁ……っ」

「安心しろ。あの角がなくても俺は死にやしない。ただ、ちょっとばかり……難儀になるだけさ」

「困るんでしょ……？」

「おまえが困るほうが困るな」

冗談めかして、まじめくさった声。真帆の頭《つむり》をぽんぽんと撫でて。

「俺の母上はずいぶん前に亡くなったから。おまえの母御前が少しでも長生きすれば、俺は嬉しいのさ。なぁ、真帆。今までの礼に、俺を喜ばせてくれたっていいだろ？」

真摯にそう言われては返す言葉も出てこなくなる。

「でも……もう会えないなんて、いや……」

「……じゃあ、琴を練習しろ。おまえ下手だからさ。上手くなったら俺の笛と合わせてやる」

くっくっと悪戯っぽく笑う声に、ますます泣けてしまって。ただ頷くことしかできなくて。するりと腕が格子の向こうへ消える。

「……ああ、おまえの涙は甘いなぁ。少し楽になった」

「じゃ、じゃあもっとあげる！　ほら、もっと泣くから。いくらでも泣くからっ……」

ぎゅっと目をつぶれば熱い涙が次から次へとあふれてくる。

「ばぁか。おまえは笑ってろよ。そのほうが……ずっといい……」

優しい声が消え入るように細くなって。

「怪しの君？　ねぇ、返事して！　ご、ごめんなさい……変な名前つけて、ごめんなさい……！」

「…………気に入ってるよ」

ひっそりと遠い声が闇に溶ける。

「もう行け。これからは絶対に夜の一人歩きはするんじゃないぞ」

「うん、しない」

「ちゃんと琴の練習しろよ」

「うん、する」

「じゃあもう帰れ。俺は送っていけないから、山犬に送らせる。怖がることないからな」

「うん……うん……」

「ほら、行け」

穏やかだけれど抗えない声音に、真帆はよろよろと立ち上がった。

「……怪しの君」

返事はない。真帆はぐっと涙をこらえて囁いた。

「ありがとう」

くるりと背を向ける。小走りに、袖で乱暴に目許をぬぐいながら参道を引き返した。

ふと気が付くと後ろで軽い足音がしていた。そっと振り返れば、堂々たる体躯の白い狼が悠然とした足どりで後から付いてくる。

大丈夫。あれは怪しの君が付けてくれたお使いだもの。

真帆が山荘に帰り着くまで、狼は付いてきた。妻戸を閉じるとき、白狼が庭の隅に座ってじっと真帆を見ているのがわかった。

「……ありがとう」

囁くと、さっと立ち上がった狼は立派な尾を一振りして、たちまち茂みの向こうへ消えた。

真帆は妻戸の隙間から、ゆっくりと移ろってゆく星空をいつまでもずっと眺めていた。

第二章　つひにすむべき月影の

「野菜！　新鮮な野菜はいかが？　美味しいよ〜、採れたてだよ〜」

頭に野菜籠を載せた若い販女《ひさぎめ》が、はつらつと都大路を流している。

籠に入っているのはわさわさと葉のついた大根《おおね》や蕪、にんじん。どれもよく育って立派なもの。

この若い販女が売り歩く野菜はお邸町でも評判だった。大根など、葉ばかり繁ったひょろひょろが多いのに、彼女の売り物は大きく育ってみずみずしい。

明るい弾んだ声で流していると、次々に買い手が現れて、半時ほどで完売御礼となった。

空になった籠を上機嫌で抱え、彼女は足どり軽く家路につく。ふんふんと流行の今様《いまよう》など鼻で歌いながら歩いていくその姿は、身ごなしすっきりとしてどこか庶民とは思えぬ品のよさが窺われた。

女は五条界隈に立ち並ぶ小家のひとつに入った。

「ただいまー」

土間で声を上げると、奥——といっても一間しかないのだが——から転がるように、白髪まじりの長い髪をなびかせる勢いで飛び出てきた老年の女性がひとり。

「姫さまっ、またそのような格好をなさって……！」

今にも泣きだしそうな顔で嘆くのは、すり切れた小袖に接《つ》ぎのあたった紅の長袴、年季のいった単《ひとえ》衣《ぎぬ》と袿《うちぎ》という女房（侍女）姿の老女だ。

その後から、『姫』と呼ばれた販女と同じ年頃の少女がいそいそと出てくる。

「お帰りなさいませ、姫さま」

「ただいま、狭霧《さぎり》。腹痛は収まった？」

「は、はい、おかげさまで。ただいますぐにお手水の用意を」

狭霧は土間に降りると大きな瓶《かめ》から汲み置きの水を盥《たらい》に入れ始めた。

籠を棚に置き、上がり口に腰を下ろした『姫』は頭に巻いていた手拭いを解いて首筋をぬぐった。

「ああ、歩くのって気持ちいいわね～」

「姫さま。卑しい販女《ひさぎめ》のまねなど金輪際おやめくださいと申し上げましたのに……」

「だって空木《うつぎ》。自分で売ったほうがお金になるのよ。市に出すにしたって同じくらい歩かなきゃならないんだし」

「だからといって自ら売り歩くなど……！　真帆さまは由緒正しい宮筋の姫君ですのよ！　いったいどこの世界にむき出しの顔で野菜を売り歩く姫君がおりますかっ」

真帆の足をていねいに洗いながら、狭霧はすまなそうに肩をすぼめた。

「ごめんなさい、空木さん。わたしが行くと申しあげたのですが……」

「月の障りで苦しんでる狭霧に行商なんてさせられないわ。狭霧は大事な乳母子《めのとご》なんだから」

「姫さまが行商して、お仕えする立場の者が家にいるなんてあべこべです！」

「狭霧は縫い物が上手いでしょ？　わたしは全然だめ。狭霧は大声を出すのが苦手だけど、わたしは平気。それぞれの性質に合わせて分業したほうがいいのよ。わたしたち三人きりなんですもの、助け合わなきゃ」

　真帆の言葉に空木は溜息をついて室内を見回した。見回すほど広くもないが。

「このような陋屋《ろうおく》（あばら家）に姫さまを住まわせるなど……。これでは姫さまのご身分にふさわしい男君にも通っていただけませんわ……」

「やーねぇ、そんな人いるわけないじゃない」

　かんらかんらと豪快に笑う姫君に、空木はすり切れた袖で顔を覆って深い溜息をついた。

乳母《めのと》――正確には母君の乳母であるところの空木が嘆くように、元来、腐っても姫君であるはずの真帆は嘆かわしいことにすっかりその日暮らしの庶民と化していた。

　きっかけは曾祖父が亡くなったこと。よくある話だが、どんなに高貴な血筋の姫君でも、庇護《ひご》者がいなくなればあっというまに転落してしまうご時世なのだ。

　真帆の母は非常な美女だったが生まれつき病弱だった。やんごとなき公達がいっとき通ってきたものの、まもなく夜離《よが》れしてそれきりになってしまった。真帆は父の顔も名前も知らない。

　真帆の母は寝たり起きたりの生活を送り、結局五年前、真帆が十二の年に儚くなった。

二年前には曾祖父も亡くなり、真帆は天涯孤独の身の上となった。矜持《きょうじ》高く意地っ張りな曾祖父は、真帆の父について死ぬまで何ひとつ明かさなかった。もっとも、亡くなる一月ほど前からほとんど意識不明だったので、明かしたくてもできなかったのかもしれないが。

　曾祖父が亡くなると、しばらくは遺品を売るなどしてしのいだが、それもすぐに尽きた。金勘定に疎かった曾祖父は、都外れの小さな邸を家司《けいし》が勝手に抵当に入れて生活費を工面していたとも知らず、やがて借上《かしあげ》（高利貸し）が乗り込んできて真帆たちは着の身着のまま追い出されてしまった。

その頃には召使のほとんどが暇を取り、残っていたのは母の乳母である空木と、真帆の乳母子である狭霧のふたりだけだった。空木の知人の紹介でどうにか小家を借り、雨露をしのぐことはできたが、財産もなければ生計《たつき》のすべもない。

　空木と狭霧が縫い物や手紙の代筆などの内職で真帆を養ってくれたが、主筋とはいえただ養われているだけなんて真帆の気質に合わない。

　真帆の住む家はまがりなりにも一軒家で、周りにいくらかの土地があったのでそこに畑を作ることにした。畑を耕している人を見つけては頼み込み、種をわけてもらい、育て方を教わった。真帆が零落《れいらく》した貴族の召使か何かだと思った人々は、わりと親切にしてくれた。

　まさか高貴なるお姫さまが顔を晒《さら》して出歩いているなんて誰も思うわけがない。やんごとなき姫君は邸の奥で御簾の前に几帳まで立てて姿を見せないのが常識だ。

　長い髪を適当に縛り、単衣の裾を端折《はしょ》って袖をからげ、たすき掛けした格好で真帆が借り物の鍬《くわ》を振り上げて農作業に励んでいるのを見て、空木は卒倒した。

　正気に戻るとさめざめと泣いてやめてくれと掻き口説かれたが、背に腹は変えられぬと真帆は譲らなかった。諦めた空木は、だったらわたくしがやりますと鍬を振り上げ、そのまま後ろにひっくり返って気絶した。

　狭霧も同様の仕儀となり、結局畑仕事は真帆が、針仕事は狭霧が、その他の雑事や内職は空木がすることになった。

　素人にもかかわらず、真帆の作る野菜は育ちがよかった。自分たちで食べる以上に採れたので、市場へ売りに行った。やがて足元を見られて買い叩かれていることに気付き、自分で行商することにした。またもや空木に泣いて止められたが、今度も押し切った。

かくして真帆は由緒正しい姫君であるにもかかわらず、顔と向こうずねをむき出しにして粗末な衣をまとい、頭に手拭いを巻いて籠を載せ、自家野菜を売り歩く販女《ひさぎめ》となったのだった。

すっかり日に焼けてしまい、さらに空木を嘆かせることになったのは申し訳ないが致し方ない。今でも空木は毎日一度は盛大な溜息をついては落涙《らくるい》し、亡き御方さまに合わせる顔がないと嘆いている。

真帆本人はといえば、畑仕事も行商もけっこう楽しんでいた。何より自力で生活費を稼げるのがいい。養ってもらうだけの高貴な姫など寄生虫と変わらないわと言ってのけたときには、空木は白目を剥き、ウーンと唸って失神したのだった。

「――姫さま、せめてお琴を、ね。お琴を弾いてくださいまし。姫さまのお琴を聞けば、姫さまはまだ姫さまだと安心できますから」

錯乱気味の空木に泣いてせがまれ、着古した紅の袴に単衣と袿《うちぎ》を重ねた上に小袿《こうちぎ》をまとって、真帆は母の形見でもある箏《そう》の琴の前に坐った。赤貧洗うがごとしの小家で、この琴ばかりが雅びな風情をけんめいに放っている。

琴の腕前にはちょっと自信があった。曾祖父と母が琴の名手だったというのもあるが、それ以上に一生懸命練習したのだ。

(約束したんだものね……)

琴を弾きながら、真帆はかすかに微笑んだ。

懐かしい、怪しの君。子どもの頃に貴船で出会った鬼の若君。

貰った鬼の角を削って飲ませ、母はあれから三年生きた。その間に真帆は母から琴を始め、様々な物事を習うことができた。一緒に絵巻物を眺めたり、合奏したり、家族で清水寺にお参りにも行った。

三年後、母はふだんどおり床に就き、そのまま目覚めなかった。

前日まで元気だったのに……と信じられない思いでいっぱいだったが、母自身は予感していたようで、身の回りのものが整理され、真帆にあてた遺言のような手紙も残されていた。

曾祖父も晩年は床に臥すことが多く、こっそりと例の角を削って飲ませたが、はかばかしい快復は見られなかった。かといって効き目がなくなったわけではなく、たとえば風邪をひいたときや、ひどい頭痛、腹痛、食あたり、はたまた血の病（婦人病）にまでよく効いた。

おそらく天命が尽きた人間には効かないのだろう。あのときの母にはまだ命が残っていたということだ。絶対に誰にも言ってはならぬと怪しの君に念を押されたので口外はできないが、空木や狭霧が体調を崩したときなどありがたく使わせてもらっている。

琴を弾きながら真帆は怪しの君と過ごした日々を懐かしく思い浮かべた。

背中に乗せてもらって山中を駆けたこと。貴船から鞍馬の御山まで、地を走り、梢を駆け——。高い枝から吊るされた鞦韆《しゅうせん》（ブランコ）を揺らしながら、美しい、楽しい笛の響きに耳を傾けて。

木々を揺らす風。緑の匂い。ちょろちょろと枝を伝ってきたかわいい栗鼠《リス》。

藪からそっと覗いていた狐。離れたところから見守っていてくれた山犬たち。

それらの記憶は胸が痛いほど鮮明なのに、何故か怪しの君の面影はひどく朧《おぼろ》だった。

闊達《かったつ》な笑い声や、唇からちらりと覗く尖った犬歯、おぶわれた背中の感触、足駄《あしだ》の立てる小気味よい音、笛を吹く姿などはいくらでも思い出せる。

なのに、その面影だけは霧に覆われたように曖昧模糊《あいまいもこ》としているのだ。

（……ねぇ、聴いてる？　怪しの君）

わたしの琴、ずいぶん上手くなったでしょう？　一生懸命練習したのよ。

いつかまた会えたら、琴と笛を合わせようと言ってくれたわね？

あなたの笛に合わせられるほど、わたしは上手くなったかしら……？


――夜。簀子《すのこ》に座って真帆は月を見上げていた。貴族の邸と違って、粗末な小家には母屋と狭い簀子しかない。母屋では空木と狭霧がぐっすり寝入っている。

真帆もその隣に、端の破れかけた屏風を隔てて横になっていたのだが、ふと目覚めると簀子に月光が射しているのが格子越しに見えた。

白々と輝く半月に照らされながら、真帆は小袖の合わせから錦の小袋を取り出した。

怪しの君からもらった、鬼の角。すでに大きさは半分ほどに減っている。

真帆は小袋をそっと鼻先に押し当てた。

趣深い落葉《らくよう》の香り。同じ香りが怪しの君の水干からほのかに漂っていた。

そのときはただいい匂いと思っただけで、それが六種《むくさ》の薫物《たきもの》のひとつだとわかったのは、ずっと後のこと。母から薫物《たきもの》の手ほどきを受けていて初めて知った。

ただ、同じ処方でも、それぞれの家や個人で少しずつ原料の配合が違うため、香りは微妙に異なるものとなる。真帆にとって、小袋に焚きしめられた香りこそが真の落葉なのだった。

その香りも、年月が過ぎてすっかり薄くなってしまった。何度となくかいで覚え込んだから、かすかな残り香でも懐かしい思い出を鮮やかに思い出せる。

「……恋しとよ。君恋しとよ、ゆかしとよ。逢はばや見ばや、見ばや見えばや……」

流行りの今様を口ずさみ、真帆はふっと涙ぐんだ。

こんな夜は、とりわけ怪しの君が恋しくなる。

こんなふうに、月が明るい夜は。

いつもは気を張って、明るく過ごしているけれど。

たまに、どうしようもなく心細くなってしまうのだ。

今頃どうしているのだろう。鬼の國の若君は。

どんなにか、きっと素敵な公達におなりだろう……。

袖で涙をぬぐうと、どこからかかすかな笛の音が聞こえた気がした。

ハッとして耳を澄ます。

——聞こえる。確かに。

界隈の庶民に笛をたしなむ者などいただろうか。

それとも、どこぞの女君へ通った公達が帰るさに、興のおもむくまま吹き流しているものか。

耳を澄ませば澄ますほど、それがなつかしい怪しの君の笛に思えてくる。

(これは……相府蓮《そうふれん》……？)

元は中国、晋の大臣が蓮の花を愛でた曲と言われるが、音が通じるところから想夫恋とも解されている。

たまらなくなって真帆は琴を引き寄せた。

琴爪を嵌めるのももどかしく、弦《いと》を弾《はじ》く。夜闇に澄んだ音色が溶けていった。

いったん消えた笛の音が、ふたたび響き始める。

かすかなそれはひどく遠いかと思えば、すぐそこで吹き鳴らしているようにも聞こえた。

真帆は目を閉じ、笛に合わせて琴を爪弾いた。

寝静まった都の一角で、常人《ただびと》の耳には聞こえぬ不思議な奏楽《そうがく》が、ゅぅるりと優しく闇をかき乱した。

◇　◇　◇

真帆の住まう五条の小家からずっと離れた大内裏《だいだいり》の南端、二条大路に面した朱雀門《すざく》。高さ七丈（約二十メートル）ほどもある堂々とした門の屋根の上に、すらりと佇む高雅《こうが》な人影があった。

身にまとうは濃淡の萌黄《もえぎ》を片身替わりにした水干に裾濃袴《すそごばかま》という、大鷹狩にでも行くかのような格好。下に着た躑躅《つつじ》色の単衣が縫いつけられていない袖の間から鮮やかに覗いている。

嫋々《じょうじょう》と吹き鳴らしていた笛から唇を放し、人影はにやりとした。

「……見つけたぞ」

無造作に流した漆黒の蓬髪《ほうはつ》を夜風がなびかせ、月光を受けて瞳が金銀にきらめく。

「それにしても、なんとまぁ……」

ぱしんと笛を掌に打ちつけて、人ならぬ人は呆れたように嘆息した。

「さぁて。どうしてくれようか」

愉しげに呟くと同時に足元の影が二条大路まで伸び、朱雀門と同じくらい大きな鬼となった。

ひぃぃと叫び声がして見下ろすと、松明を掲げた行列が立ち騒いでいた。

鬼だ、鬼が出たと叫び、抜刀する者もいる。

「……衛門府《えもんふ》の見回りか」

ふん、と鼻で笑い、人ならぬ人は朱雀門の屋根を蹴った。

高く跳んだその影が、月に重なる。

突風が二条大路を吹き抜け、松明の炎が瞬時に消し飛ばされた。

慌てふためく衛門たちが顔を覆った袖をおそるおそる外したときには、夜空にかすかな哄笑《こうしょう》が響くのみだった。

◇　◇　◇

翌朝。真帆はいつもどおり狭霧の呼びかけで目覚めた。

(いつ寝床に戻ったのかしら……？)

まるで覚えがない。塗りのはげた粗末な角盥《つのだらい》で手水を使いながら、真帆は狭霧に詫びた。

「昨夜は遅くに琴を鳴らしたりしてごめんね。うるさかったでしょう」

「は？　お琴ですか？」

半挿《はんぞう》から水を注いでいた狭霧は、きょとんと真帆を見返した。

「さぁ、気付きませんでしたわ」

広いお邸ならともかく、一間だけの小家で琴を鳴らして気付かぬわけがない。たとえぐっすり眠り込んでいたとしても。

「姫さま、夢でもご覧になったのでは？」

「そう……かしら」

「夢のなかでもお琴を練習なさるとは、熱心なことですわねぇ」

くすくすと笑う狭霧に真帆は曖昧な微笑を浮かべた。

空木に訊いても、やはり聞こえなかったという。

夢だったのか……とがっかりしながら薄い粥と大根の漬け物で朝餉を済ませると、おいたわしいと嘆く空木をなだめつつ販女《ひさぎめ》に身をやつし、真帆は今日も元気よく野菜籠を頭に乗せて行商に出た。


それから数日後の朝。

空木がいつになく決然と言い出した。

「姫さま、今日は外出はお控えくださいましね。そう毎日出歩いては日に焼けてしまいます」

「もうとっくに焼けちゃってるけど」

「だからこそ、お控えくださいというのです！　今日は髪を洗うのにちょうどよい日。糠《ぬか》を手に入れたのでお顔に塗りましょう。お肌がきめ細かく、白くなるそうですわ」

狭霧もそうだが、こんな赤貧状態となっても昔気質の空木は真帆をお姫さま扱いしたがる。

誰かよい殿方が通ってくれないか……と本気で願っているが、婿君の条件については一切妥協しないため、真帆にとってはさいわいなことに空木のめがねに適う男などひとりもいない。

切羽詰まって変な男を手引きされる心配だけはなくてよかった。

「でも、せっかくいい天気なのに……」

「髪を乾かすのは大変ですから、天気のよい日を選ばないと。行商にはわたくしが参ります。姫さまが作ってくださったお得意さんを回ってみますわ」

狭霧にも言われ、しぶしぶ頷く。

たまには姫君らしく過ごして空木の気を晴らしてやるのも必要だろう。

やっと洗髪が終わり、濡れた髪の重さにうんざりした真帆が、本当に切っちゃおうかしら……と思案していると、野菜を売り終えた狭霧が帰ってきた。

「ただいま戻りました。――姫さま！　見てください、これ」

狭霧は妙に喜色満面で飛んできたかと思うと、籠の中から取り出した破籠《わりご》を真帆の前に置いた。蓋が取り払われると真帆は思わず歓声を上げた。

「唐菓子だわ！」

なかに入っていたのは練った小麦粉をひねり、油で上げたお菓子だった。

「お伺いしたお屋敷で産養《うぶやしない》のお祝いがあって、下の屋で働く召使にまでお下げ渡しがたくさんあったのですって。それをわけてくれたんです」

「まぁ、親切な人がいたものねぇ」

「姫さまのお野菜はとても評判がよろしいのですわ。屯食《とんじき》(おにぎり)もございますよ。それからこっちには……」

と、もうひとつ破籠を籠から出して開く。

「木の実に柑子《こうじ》、粉熟《ふずく》（五穀の餅菓子）と姫さまの大好きな椿餅《つばいもちい》（椿の葉で包んだ餅菓子）です」

「わぁっ！　嬉しいわ、さっそくいただきましょう」

甘いものは久しぶりだ。姫さまおいたわしやとしつこく嘆いていた空木も、うきうきと笑顔になる。

三人でわいわい楽しく屯食やお菓子をいただいていると、入り口で聞き慣れぬ野太い男の声がした。

「もぅし。少々お尋ねしたいのだが」

驚いて几帳から顔を出した空木が、慌てて応対に出る。

几帳の綻び（帷子《かたびら》を縫いつけていない部分）から覗き見すると、近隣の庶民ではなさそうだ。褐衣《かちえ》（濃い藍色に染めた狩衣に似た衣服）を身にまとい、立烏帽子をかぶっている。

空木はちらっと背後を顧り見て、真帆がきちんと几帳の向こうに収まっていることを確認すると威儀を正し、扇を開いて口許を隠した。

「どちらさまでございましょうか」

「それがしは先の関白左大臣、藤原是継《ふじはらのこれつぐ》さまにお仕えしていた、園生成時《そのうなりとき》と申す者。率爾《そつじ》ながら、こちらに先の治部卿宮ゆかりの姫君がお住まいになってはおりますまいか」

「ふ、藤原是継さま……!?」

ぎょっとしたように息をのんだ空木は、しかしすぐに気を取り直して堂々と答えた。

「いかにも。こちらにおわします御方は先の治部卿宮、先々帝の親王さまの御曾孫に当たられる、由緒正しく貴《あて》な姫君にございます」

（空木ったら……）

落ちぶれ果てた身の上としては、そのように昂然と主張されるとかえってやるせない心地がする。

肩を落とす真帆に狭霧がそっと囁いた。

「藤原是継さま……とか仰いましたけど、姫さまはご存じですの？」

「いーえ、全然。聞いたこともないわ」

曾祖父は親王とはいえ世捨て人同然だったし、政治向きの話を家ですることは一切なかった。関白だの大臣だのという職名くらいはわかるけれど、どこの誰がその地位にあるのか知らないし、関心もない。雲上人より今日のごはんである。

「失礼だが、御達《ごたち》（あなたさま）は姫君の乳母であられるか」

「姫さまの母君さまをお育て申し上げた者にございます。姫さま付きの乳母は早うに儚くなりましたゆえ、わたくしが御方さまに続いて姫さまのお世話もさせていただいております」

「なるほど。では、姫君の御父君についてもご存じで？」

一瞬の間が空いた。真帆も思いがけない展開に驚き、几帳の綻びを覗き込みつつ息を詰める。

（わたしのお父さま……？）

真帆は父を知らずに育った。母も曾祖父も語らないまま没した。曾祖父が真帆の父に対してひどく腹を立てていたらしいことはなんとなく察している。

母に尋ねても、『素敵な公達でしたよ』と懐かしそうに微笑むばかりで……。

殿上を許された貴族だったのは確からしい。もしかしたら三位以上の公卿《くぎょう》であったかもしれない。だが、真帆が物心つくころにはすでに母のもとへ通わなくなって久しかった。どうやら真帆が生まれる前にすでに別れていたようだ。

母が相手と交わした文は手箱の底に大切にしまわれていたが、名前は書かれていない。高級な薄様《うすよう》を品よく重ねた消息（手紙）からはほんのりと上品な香が漂い、手蹟《て》もなかなかの能筆だ。上級貴族だったのは間違いないだろう。

（……まさか、ね）

先の関白左大臣という高い身分の公達《きんだち》が通ってきて――通っていた当時は左大臣ではなかったにしても権門《けんもん》の御曹司ではあったはず――親王である曾祖父のお気に召さないということがあるだろうか。

（あ、お母さまを捨てたから怒ってたのかしら？）

などと目まぐるしく真帆が考えを巡らす間にも空木はひとつ大きく呼吸をして、きっぱりと答えた。

「もちろんでございますわ。先の関白左大臣、藤原是継さま、その人ではございませんか」

ええっと真帆の隣で狭霧が驚愕の声を洩らす。真帆はどこか他人事のように、ああそうだったのかと納得していた。

「今更なんのご用でございましょう。御方さまが儚くなられましたときも、宮さまがお隠れあそばしたときも、なしの礫でございましたのに。残された姫さまに、ほんのわずかのお情けもかけていただけないとは、なんと無情な……鬼のような殿方ですわっ」

彼が悪いわけでもないのに、園生成時は申し訳なさそうに頭を下げた。

「そのことにつきましては、少々事情もございまして……。実は、是継さまは昨年お亡くなりに。数日前に喪が明けたばかりでございます」

「ええっ」

さすがに驚いて空木は扇を取り落としそうになった。

「服《ぶく》直し（喪が明けること）の直前、後を継がれた若殿の夢枕に大殿が立たれ、姫さまのことを告げられたのです。そして、姫さまにお邸をひとつ譲るようにと」

耳を澄ませていた真帆はびっくりして几帳の帷子を掴んだ。

実の父が誰かわかったとたん、その人は昨年亡くなったと言われ。さらに、聞き間違いでなければ息子の夢枕に立って真帆に邸を譲れと言ったとかなんとか……？

「あら、あら、まぁ……」

思ってもみない展開に空木が唖然としていると、園生成時は組紐で縛った文箱を差し出した。

「こちらがお邸の地券（土地所有証書）でございます」

「……確認させていただきますので、しばしお待ちを」

空木は箱を持って几帳のこちらへ戻ってきた。

「姫さま、どうぞご確認くださいませ」

真帆は文箱から取り出した証文を広げてじっくりと眺めた。公文書の形式はよくわからないけれど、確かに土地の所有を証明するものらしい。

土間に跪いた成時がしかつめらしく言上した。

「姫君におかれましては、一刻も早く邸へお移りいただきますよう、お願いいたします。お邸の預かりの者（管理人）には話をつけてありますので、詳しいことはそちらから……。では、わたくしめはこれにて」

「ちょ、ちょぉっと」

慌てて空木が几帳の陰から出たときには、すでに成時の姿は土間から消えていた。

「いったいなんなんですの⁉　無礼なっ」

空木はいきり立って足を踏み鳴らした。

「姫さまっ、お信じになってはいけません。悪質な嫌がらせに決まっています！」

「きっと狐ですわ！」

いきなり狭霧が叫び、真帆は目を白黒させた。

「き、狐？」

「狐に化かされたんです！　この地券も実は葉っぱか何かで」

「そうかしら。上質の陸奥国紙《みちのくがみ》（奥州産の楮《こうぞ》から作られる厚手で丈夫な紙）のようだけど」

簀子《すのこ》に出て透かしてみても、やはりきちんとした公文書であるように思える。

「ねぇ、空木。先の関白左大臣がわたしのお父さまだというのは本当なの？」

ともかく地券を文箱にしまい、改めて尋ねると、空木はしぶしぶ頷いた。

「さようでございます。当時は頭中将《とうのちゅうじょう》でいらっしゃいました。嫡流の御曹司でございましたし、たいへん見目麗しく、文武に秀でたお方ということで、わたくしも宮さまも喜んでおりました」

しかし残念なことに、藤原是継は大変な浮気性だったのである。

この時代、一夫多妻がふつうとはいえ、孫娘がかわいくてならず、皇族としての矜持もやたらと高かった治部卿宮は、我が孫こそ正妻としての扱いを受けて当然と考えていた。

ところが是継は親元を出て自分の邸を構えると、別の女性を北の対屋《たいのや》に入れてしまったのだ。

その女性は源左大将《げんのさだいしょう》の娘で、源氏というのは臣籍に下った元皇族であることから、現役皇族である治部卿宮の矜持をいたく刺激した。しかも源左大将は皇孫にあたる二世源氏とはいえ、たいそう羽振りがよかった。

真帆の曾祖父にとって源左大将は甥にあたるのだが、時流に乗りそびれ、運にも才覚にも恵まれなかった伯父のことを左大将は露骨に軽んじていた。

「それで、宮さまはすっかりつむじを曲げてしまわれて。顔を合わせるたびに厭味を言われては是継さまもさすがに辟易《へきえき》されたのでしょう。だんだんと足が遠のいて……。そうするとまた宮さまがお腹立ちになって」

結局、真帆が生まれる前に関係は自然消滅してしまったのだという。

その頃はまだ曾祖父が健在で、つましい暮らしとはいえさほどの不自由はなかった。真帆が生まれたことで母も寂しさを紛らすことができたのだろう。

「御方さまが亡くなられたとき、宮さまには内緒で是継さまにお知らせしたのです。是継さまは姫さまがお生まれになったことを御存じなかったようですし、北の方や他の御妻女にも姫君はお生まれでなかったので、きっとお喜びになられるだろうと」

ところが返事はなかった。そろそろ宮家の台所事情が逼迫してきたこともあり、何度か文を送ったのだが、なしの礫。ついには文が突き返されてきて、空木も諦めた。というか、無情な仕打ちに腹が立ち、こっちから縁切りだわ！　という気持ちになってしまった。

「宮さまが亡くなったときもお知らせしましたけど、やっぱりお返事はいただけませんでしたわ」

どのみち期待してませんでしたけどねっ、と空木は荒い鼻息をつく。

真帆は文箱を眺めて首を傾げた。

「……ともかく一晩様子を見ましょう。明日になっても地券が葉っぱになっていなければ、狐の線は消えるわ」

翌朝、文箱を開けてみると、果たして地券はそのままそこにあった。

文字が消えているということもなく、何もかも昨日のままだ。

薄い汁粥と漬け物で朝餉を済ませ、三人揃って地券に記載された住所へ行ってみることにした。

預かりの者に舐められてはいけませんと空木が主張して、文字どおり一張羅の袿《うちぎ》を壺折りにして市女笠《いちめがさ》をかぶり、笠には枲垂れ衣《むしのたぎぬ》を引き回した。空木と狭霧は頭から被衣《かずき》をかぶる。

件の邸は七条坊門の南、高倉小路の東で、北小路に南面する一町四方（一町は約一二〇メートル）の大邸宅だった。

五条から歩いていった真帆たちはまずは高倉小路《たかくらこうじ》に面した西門を目指したが、そこは固く閉ざされていた。貴族の邸の正門は東西のどちらかだ。仕方なく邸の南側を築地《ついじ》に沿ってぐるりと回り、万里《までの》小路《こうじ》側の東門へやってくると、立派な門がそびえていた。

「こっちが正門みたいね」

「まぁ、四脚門《しきゃくもん》でございますよ。大臣以上でないと構えられない門ですわ。別邸というからこぢんまりしたお邸だと思っていましたが、これなら本宅になりますわねぇ」

空木は単純に喜んだが、狭霧は眉をひそめて見回している。

「でも、お手入れは行き届いていないようですわ。築地の上によもぎが生えてます」

「崩れてないんだからいいじゃない。それによもぎなら食べられるわ」

「姫さまは本当に前向きでいらっしゃいますわね……」

狭霧が溜息をつく。

門は開いていたが、守るものはいない。覗いてみると、釣殿《つりどの》に続く中門廊《ちゅうもんろう》の真ん中に中門があり、こちらはしまっていた。その手前に車宿《くるまやどり》や詰め所のような建物、反対側の立蔀《たてじとみ》の向こうにも棟があった。ここからだと寝殿や対屋《たいのや》は見えない。

「そこに誰かいそうです。ちょっと聞いてきますね」

空木は車宿に隣接する建物に入っていくと、老夫婦を伴って戻ってきた。人のよさそうな老夫婦は真帆に向かっててていねいにお辞儀した。

「お待ちしておりました。ささ、どうぞ」

中門の北の妻戸《つまど》から建物に上がる。

「人手が少ないもので、掃除が行き届かず申し訳ございません」

老人は案内しながらぺこぺこと頭を下げる。確かに大慌てで雑巾がけしたらしく、あちこちに拭き残しがある。掃除のしがいがあるわ……と狭霧が闘志満々に呟いた。

「こちらのお邸は七条泉殿と申しまして、その昔、とある上皇さまがお建てになったものでございます。それを左大臣さまのお父君が譲り受けられました」

「泉殿ということは、泉が湧いているの？」

空木が尋ねると老人は頷いた。

「はい。こちらのお庭にある池の他、寝殿《しんでん》と東の対屋のあいだの壺庭からも水が湧きだしておりまして。小さな滝など作って遣水《やりみず》に仕立ててございます」

確かに中門廊から前栽《せんざい》のあいだを蛇行する遣水と滝が見えた。残念なことに前栽の植物が野放図に繁茂《はんも》して藪と化し、いささか野趣《やしゅ》があふれすぎている。

「正殿のほか、東西と北に対屋がございますが、姫君はどちらを御座所《おましどころ》となさいますか」

「もちろん正殿に決まってますよ。姫さまはこちらのご主人なのですからね」

さっそく正殿の母屋に御座所をしつらえ、真帆の衣を整えて坐らせると、空木は老人に荷車を出させて五条の小家にいったん引き返した。身の回りの品や着替え、琴などを取ってきますという。

老女が白湯を出して引き下がると、狭霧は気味悪そうに周囲を見回した。

「なんだか陰気なお邸ですわね」

「そう？　母屋にいるから暗いだけじゃない？」

真帆はつっと立ちあがって廂《ひさし》に出た。慌てて狭霧がついてくる。

「ああ、広々して気持ちがいい。ねぇ、池を見たいわ」

狭霧が持ってきた草履《ぞうり》を履き、敷きつめられた白砂を覆うほどに繁茂する雑草を掻き分けるようにして池のほとりに立つ。

湧き水があると言われたとおり、池の水は美しく澄んでいた。

「ここで魚を飼いましょうよ。鮒とか鯉とか。そうすればいつでもお魚が食べられるわ」

「はぁ……」

狭霧が呆れたような感心したような声を出す。

反橋《そりばし》で繋がった中の島もあり、舟遊びをするにも充分な広さだ。かつては華やかな宴が開かれたのだろう。東西には釣殿もある。どこもかしこも格子が下ろされているのは、老夫婦二人では朝晩開け閉めするのも大変だろうから致し方ない。開けっ放しだと砂ぼこりやら何やらで掃除も大変だ。

「池の手前は大根畑にしましょう。前よりもずいぶん広いから耕しがいがあるわ」

「姫さま⁉　ここでも畑仕事をなさるおつもりですか⁉」

「だって、住むところが広くなっただけで、他はなんにも変わってないのよ。家賃分が浮いたけど微々たるものだわ」

「そ、そうは仰られましても。荒れているとは申せ、お邸の南庭に大根畑を作るなど……。せっかくご身分にふさわしいお邸に入られたのですから、できるかぎり美しく整えたいものですわ。どなたか訪ねてこられたときなど、きまりが悪うございましょう」

「訪ねてくる人がいるとも思えないけど……。まぁ、そうね。だったら裏に作るわ。ちょっと裏も見てきましょう」

真帆は寝殿に戻り、閉め切った格子を上げながら各対屋《たいのや》を見て回った。北の対の北側にはいくつかの雑舎《ぞうしゃ》が並び、井戸もある。対屋とのあいだにはかなりガタの来た切懸《きりかけ》（板塀）があっていちおう目隠しとなっていた。

「あの切懸の向こうなら、廂《ひさし》からも見えないわ。井戸に近くて水を遣るのも楽そうだし」

「どうあっても畑を作られるのですね……」

はぁ、と狭霧が溜息をつく。

「何か売るものを作らないと、お米も炭も手に入らないわ。それにわたしが作る大根はとっても評判がいいのよ」

「ええ、それはよく存じておりますとも」

狭霧はもう諦めの境地のようだ。

ひととおり邸を見て回り、寝殿の母屋に戻ると空木がわずかばかりの調度を並べながらあちこち拭きまわしていた。

装身具や衣類、残っていた炭の他、畑の野菜も収穫できるものは全部取ってきたという。見たことのない几帳や屏風、唐櫃《からびつ》、灯台、二階厨子《ずし》まで並べられていて、どうしたのかと尋ねると、塗籠《ぬりごめ》にしまってあったものだという。

古物とはいえ貴人の住まいにあってしかるべき品々がひととおり揃ったので、空木は満足そうだ。とりあえず使う場所だけでもと念入りに雑巾がけをしたり、蜘蛛の巣を払ったりしているうちに日も暮れた。

雑舎に設けられた御厨子所《みずしどころ》をどうにか使えるようにして、慎ましい夕餉を取ると、早々に床に就いた。空木と狭霧は寝殿の北廂を自分の曹司《ぞうし》（部屋）にした。

三人とも疲れ切ってその夜は夢も見ずにぐっすり眠った。

それから数日は何事もなく過ぎた。

真帆は行商に出ることを空木からきつく止められてしまったが、計画どおり裏で畑を作り始めた。背に腹は替えられぬと、野菜作りだけはしぶしぶ認めてくれたものの、売り歩くのは空木と狭霧が交代ですることになった。

外歩きができなくてつまらないと訴えると、そもそも姫君は出歩いたりしないものですっと目を吊り上げてお説教されてしまった。まがりなりにもお邸の主人となったことで、真帆には本来あるべき姫君としての生活を送っていただきたいと空木は懇々と説いた。

「お邸をきれいにして、お父君ゆかりの方々をお招きしましょう。本宅には姫さまの兄上さまがおられます。腹違いとはいえ御兄妹ですもの、直にお話しなさればきっと情を感じて便宜《べんぎ》を図ってくださるはずですわ」

今までの放置っぷりを思えば期待できそうにないが、きょうだいがいるなら会ってみたい。

「そうね。お邸をいただいたお礼くらいは申し上げないと失礼よね」

「兄上さまにお礼状をお書きなさいませ。それから琴の練習を。畑仕事はほどほどに、手指を傷めないようにくれぐれもご注意なさるのですよ。兄上さまを通じて姫さまが琴の名手で美人であることが伝われば、きっと姫さまに求婚なさる公達《きんだち》が現れますわ！」

琴はともかく美人というのは詐欺じゃないかと思ったが、空木の気迫に圧され、ともかく兄に宛てて挨拶状はしたためた。


引っ越しから五日ほど経って、新しい生活にも慣れてくると、少しだけ気になることが出てきた。

門番の老夫婦は気のよい人たちで、いろいろな雑事をこころよく引き受けてくれるのだが、日暮れ前には住まいとしている中門廊脇の随身所《ずいじんどころ》に引き上げてしまう。

その様子が妙にそわそわと慌ただしいのだ。まるで、一刻も早く逃げ出したいといった風情である。

朝になって空木や狭霧と顔を合わせると、挨拶しながら遠慮がちに探るように見るのだという。

怪訝に思って尋ねても愛想笑いでごまかされる。

「もしや、何か掠め盗っているのでは、とも思ったのですが……」

眉間にしわを寄せて呟く空木に、真帆は笑って手を振った。

「まさか。何もなくなったものなんてないし、だいいち繁蔵《しげぞう》も山路《やまじ》もいい人たちよ。空木たちが出かけているあいだ、畑を作るのを手伝ってくれたの」

「んまぁ、姫さまっ。見つからぬようにとお願いしましたのに！」

「物音を聞きつけて見に来たのよ。最初は勝手に入り込んだ浮浪者だと思われて、怒鳴られちゃった。なんでも手入れの行き届かないお邸では、築地の崩れから入り込んで勝手に住み着く輩がいるのですってね。ここの主だと知ったら腰を抜かさんばかりに驚いてたわ」

「あたりまえです！　このお邸では姫さまにはあくまで姫君らしくしていただきたかったのに」

空木は嘆かわしげにかぶりを振った。

「事情を話したら、ひどく気の毒がってくれて。力仕事は自分がすると言ってくれたのよ。ありがたいけど、もうかなりの年だから心配だわ」

「お願いですから、お出ましになるのは極力控えてくださいまし。姫さまはお邸の主なのですよ」

「山路にもそう言われたわ。端女《はしため》を何人か雇い入れては、って勧められたけど、お給金を払えるあてもないしね」

あっけらかんと笑顔で言われ、空木のほうが泣きそうな顔になる。

「兄上さまからお返事は？」

「ないわ。繁蔵が家司に渡したと言っていたから、受け取ってくれたとは思うけど。やっぱり付き合う気はないんじゃないかしら。このせちがらい世の中で、夢のお告げを信じてくれただけでもありがたいと思わなきゃ、ね？」

門番夫婦が何を気にしているのか謎のまま、その日は暮れ。

真夜中、突如として響き渡った悲鳴で真帆は叩き起こされることになる。

第三章　月と花とをおなじくは

「――な、何⁉」

母屋で眠っていた真帆は時ならぬ悲鳴に驚いて飛び起きた。

それが狭霧の曹司からだと気付き、暗闇のなか手さぐりするうち寝間を取り囲む几帳や屏風を蹴倒してしまった。

ようやく襖障子《ふすましょうじ》を探り当て、北廂に出る。簀子《ふすま》との間の半蔀《はじとみ》から月明かりがぼんやりと射して母屋より明るい。

小型の枕几帳の向こうで、頭から衾をかぶった人影がぶるぶると震えていた。

「狭霧？　どうしたの？」

そっと肩を掴むと、狭霧はひぃっと悲鳴を上げた。

「ひっ、ひっ、ひっ、姫さま……っ」

「わたしよ、ここにいるわよ」

「――いったい何事ですか」

灯が近づいてきて、見れば袿《うちぎ》を一枚打ち掛けた空木が、呆れ顔で紙燭《しそく》を手にしていた。灯に照らされた狭霧の顔は真っ青で、血の気を失った唇がわなわなと震えている。

「だ、だ、誰かが顔を触ったんです。冷たい……小さな……て、手が……っ」

「何を言ってるの。夢でも見たんでしょう」

空木に叱りつけられた狭霧は、ぶんぶんと首を振って真帆にしがみついた。

「本当です！　本当に、ぺたぺたって、濡れた小さい手が……！　笑い声も聞こえました！」

「夢ですよ。もう、いつまでも子どもっぽいわね。せっかくお休みの姫さまを起こしてしまったではありませんか」

「いいのよ。狭霧、わたしの隣で寝なさい。ね？　それなら安心でしょう」

空木に手伝わせて几帳や屏風を直し、几帳を挟んで薄縁を敷くと、泣きじゃくる狭霧をなだめて寝かしつけた。

翌朝、真帆が目覚めると狭霧はすでに起き出して朝の支度をしていた。

「昨夜は申し訳ありませんでした！」

平身低頭する狭霧に真帆は苦笑した。

「いいのよ。誰だって寝ぼけることくらいあるわ」

「夢……だったんでしょうか」

手水の世話をしながら狭霧は納得いかない様子で首を傾げる。

「本当にヒヤッとした……気がしたんです。眠っていたら、ふいに。こう、ぺたっと」

ぼんやりと自分の頬に触れ、狭霧は慌ててぷるぷるとかぶりを振った。

「梁《はり》から守宮《やもり》が落ちてきたのかもしれないわね」

「ええっ、やだぁ」

狭霧は恐ろしそうに天井を見上げる。

「大丈夫よ。守宮《やもり》に毒はないから」

「そういう意味じゃありませんっ」

その後、空木からも注意された狭霧は、夢だったのだと思うことにした。守宮が顔に落ちてきたよりは夢のほうがいい。

ところが、次の夜には空木が凄まじい悲鳴を上げた。

寝ぼけ眼で真帆と狭霧が駆けつけると、襖障子の隙間から巨大な顔が覗いていたという。

「わ、わ、わたくしを見て、ニタァ~っと笑ったんでございますよッ」

空木はすっかり気が転倒し、取り乱してわめいた。

紙燭《しそく》を灯して襖障子の向こうを確かめたが、がらんとした廂《ひさし》が続いているだけだ。格子も全部下ろされている。

それからというもの、夜になると奇怪な現象が頻発するようになった。毎晩、狭霧は冷たい手で顔を触られて飛び起き、空木はあちこちの隙間から覗く巨大な顔に悩まされた。

何か重いものが転がるような物音が格子の向こうから響いたり、几帳の綻びから大きな目玉がじっと見つめていたり。

もともと怖がりな狭霧だけならともかく、肝の据わった空木まで悩まされては錯覚とも思えない。

ふと思い出し、真帆は門番の老夫婦を呼んだ。

ふたりとも最初は顔を見合わせて口ごもっていたが、再三問い質すと観念したように話しだした。

「実はこのお邸……出《い》るということで有名でして……」

狭霧を脅かす冷たい手を始め、障子や遣戸《やりど》の隙間から覗く顔。巨大な一つ目。柱の節穴からにゅっと伸びる腕、梁から垂れてくる謎の薄物。

家鳴り。地響き。屋根より高い人影。池から上がってくる濡れた足跡。

どこからともなく響く笑い声。

飛び回る衣桁《いこう》。点いたり消えたりする高灯台。

いったん話を始めたら様々な怪奇現象が次から次へと飛び出してきて、真帆は唖然とした。

「……わたしはどれも見たことないのだけど」

「さすが姫さま！」

ここぞとばかりに空木がすかさず持ち上げる。

「貴いお血筋ですから、もののけも遠慮しているのですね」

狭霧がまんざらお世辞でもなさそうな顔つきで叫ぶと、我が意を得たりと空木は頷いた。

「そうです。姫さまは由緒正しき親王さまの、ひいては帝のお血筋。卑しいもののけなど近寄れないのでございますよ」

なるほどなるほどと老夫婦は頷き、手を合わせて真帆を拝み始めたので困惑する。

「このお邸にもののけが出るというのは、亡くなったお父さまやお兄さまもご存じだったの？」

「はぁ……」

真帆は溜息をついた。

「やっぱり……。どうも話がうますぎると思ったのよ」

「それじゃ、厄介ごとを姫さまに押しつけたというわけですか⁉」

「そうなるわね」

「あんまりですわ！」

きぃっと空木が袖を噛む。

「二、三日なら平気らしいのですが、それを過ぎると……」

繁蔵は目を見開き、ごくりと喉を鳴らした。

結局、方違《かたたが》えなどでたまに使われるだけとなり、やがてはそういうこともまれになった。売りたくてもすでにもののけ邸の評判がたってしまって、買い手がつかない。

しかたなく、管理人だけ置いて持て余していたという。

「今回、女君ばかりお住まいになると聞いて、どうなることかと心配だったのですが……。どうやら何事もなく過ごされているようなので、安心したのです。もののけもどこかへ行ったのだろうと」

「しっかりいますわよ！　今までわたくしどもの様子を窺っていたのですわ。姫さまをお悩ませするのを遠慮している点だけは感心しますけれど」

目下真帆を悩ませているのは夜毎轟きわたる侍女ふたりの悲鳴である。

「……脅かすだけで害はないのよね？」

「害はありますとも！　おちおち寝ていられません！　安眠妨害です」

そうですわと狭霧も頷く。

「だったらふたりとも母屋で寝るといいわ」

「とんでもございません！」

滅相もないと空木も狭霧も固辞する。

母屋はあくまで主人の生活の場だ。特に空木は真帆が深窓の姫君らしからぬ常識はずれの姫になってしまったのは粗末なあばら家で侍女と身を寄せ合って暮らしていたせいだと思い込んでいる。

「陰陽師《おんみょうじ》に頼んでは？　お坊さまを呼んでくるとか」

「あの……。それは亡き大殿も何度か行ないました」

おずおずと繁蔵が口を挟む。

「効果がなかったのね？」

「しばらくは静かになるのですが……。一月も経たぬうちにまた」

そんなことが続いて、ついには父も嫌気が差して投げてしまったのだという。

老夫婦を下がらせると、狭霧が肩を落として呟いた。

「慣れるしかないんでしょうか……」

「せっかく手に入れたお邸ですよ。姫さまの財産なんです。手放してなるものですか」

「おばけさえ出なければ、いいところなんですけどねぇ」

憤然《ふんぜん》と息巻く空木に、狭霧も力なく同意した。


その夜、真帆は空木を説得して狭霧とともに母屋で寝かせた。

ふたりが寝入ったのを確認すると、真帆はそうっと母屋を抜け出し、北廂の狭霧の曹司へ行った。

確かめたいことがある。

空木は、我が子同然、いやそれ以上に大事に育てた可愛い姫君の忘れ形見である真帆に対し、かなり狂信的なきらいがある。

何かといえば貴い血筋と主張するが、そうはいっても真帆は帝から数えて五代目の玄孫《げんそん》だ。もののけが遠慮してくれるとも思えない。

遠慮しているとしたら、きっと別のもの。

そう、たとえば力の強い鬼に関わりのあるものとか——。

真帆は怪しの君からもらった鬼の角を、いつも身につけている。それが『お守り』となってもののけを寄せつけないのではないだろうか。

だいぶん薄まっている帝の血筋より、鬼の角のほうがよほど魔よけ効果がありそうだ。

肌身離さず持ち歩いている錦の小袋を、真帆は母屋の手箱の中にしまってきた。これで今夜もののけが母屋に現れず、廂にいる真帆のもとに現れれば、効き目があるのは鬼の角だとはっきりする。

そうしたらあの角を少し削って、ふたりにお守りを作ってあげよう。

真帆は母屋から持ち出した薄縁を板間に延べ、衾《ふすま》をかぶって横になった。

空木たちが遭遇したもののけは、驚かすだけで命の危険を伴うようなものではなかった。だから、たぶん、大丈夫。

たぶん。

……ちょっと怖いけど。

緊張してなかなか寝つけなかったが、やがてうとうととまどろんでいると、頬に冷たい感触があってハッと真帆は目を覚ました。

一瞬、雨漏りかと思った。以前住んでいた小家で、そういうことがよくあったのだ。

しかし耳を澄ませても雨音は聞こえない。

ふたたび頬にぴとっと冷たいものが触れた。さすがにぎょっとして身をこわばらせる。すると調子付いたようにぴたぴたと続けざまに触れてきた。

真帆は意を決し、自分の顔に触れているものをがしっと掴んだ。

ぴゃっ、というようなか細い声が上がる。真帆は曹司を飛び出すと、妻戸を押し開けて簀子《すのこ》に出て、月明かりを求めてだーっと走った。

その間、何かむにっとしたものを右手に掴んでいて、気持ち悪いのを必死にこらえる。

ぐるっと回って南庭に面した簀子まで走り、真帆は右手を月に向かってぐんと伸ばした。折しも満月にほど近く、月光が皓々と南庭を照らしていた。

繁茂していた雑草も手分けして抜いて、白砂が月明かりを反射して思った以上に明るい。

真帆の右手で妙なものがじたばたと暴れていた。

蛙ではない。

虫でもない。

それは人の形をしていた。とても小さな、五寸（二十センチ弱）ばかりの小人だ。

呆気に取られて真帆は小人を眺めた。

小人は浅葱《あさぎ》色の狩衣に白い指貫《さしぬき》、立烏帽子《たてえぼし》を被り、翁《おきな》の面を付けている。笑っているような、泣いているような、不思議な表情の面だ。

「何これ……」

真帆は怖さより好奇心が勝ってつくづくと翁面の小人を眺めた。ひっくりかえった蛙のように四肢をばたつかせているが、真帆の手を振りほどくほどの力はない。

不躾にも真帆の顔を撫でまわした手は、こうして見ればもみじのようで可愛い。老人の面をつけていても手だけは幼児のようだ。

真帆が面に手をかけると、小人は水が跳ねるような奇妙な叫び声を上げて必死に暴れた。

「――やめろ、嫌がってる」

ふいに男の声がして、ぎょっとした拍子に手がゆるんで小人が簀子《すのこ》に落ちる。

床に跳ね返った瞬間、それは水の珠となった。そして、ぽーんぽーんと白砂の上を跳ね飛んで、ばしゃんと池に落ちた。

「おまえがいじめるから、池に戻ってしまったぞ」

「別にいじめたわけじゃ――、あ、あなた誰っ」

我に返った真帆は後ずさりながら詰問した。寝殿中央の、庭に降りる階《きざはし》の上に、月光が人のかたちをとったかのような人物が佇んでいる。

どきりと鼓動が跳ね、瞬きも忘れて真帆はその人物を見つめた。

いや、それは人と言えるのだろうか。その美貌にはどこか……はっきりとは言えないけれど、人間離れした凄味が感じられる。

同時に、不思議な懐かしさ、慕わしさが胸の奥底から湧き上がってくるのを感じてとまどう。

歳の頃は自分よりいくらか年上らしいが、それでもせいぜい二十歳だろうか。

立ち姿も身ごなしも堂々として品があり、下賤《げせん》の者とも思われない。

公達であればとっくに元服《げんぷく》を済ませているだろうに、その人物は髻《もとどり》も結わず、腰より長い黒髪を無造作に背に垂らしている。

身につけているのは、菊綴《きくとじ》のついていない水干で、生地も仕立てもとても上等なものだ。とはいえ童装束としてのそれを除けば水干は庶民の服装。おしゃれに仕立てたものを貴族の成人男性が着るとしても、ごくごく内向きの室内着としてであって、人前に出るものではない。

常識はずれの格好にもかかわらず、物腰はあくまで堂々としてきまりの悪さなど微塵も感じられなかった。

軽く顎《あご》を上げてこちらを眺めるその仕種に、貴船の山で出会った鬼の若君が重なる。

遠い面影は茫洋《ぼうよう》として定まらず、雲を掴むようなもどかしさに歯噛みする思いで真帆は囁いた。

「……怪しの君……？」

きりりとした眉が、ぴくりと動く。鋼色の瞳に漣《さざなみ》のような黄金がゆらめいた。

彼が口を開くと同時に、その背後から何かが飛び出して、甲高い声でわめいた。

「無礼者めが、控えぬか！」

それは三尺ばかり（約九〇センチ）の、後ろ足で立ち上がった黒っぽい毛並みの獣だった。

ただ、この獣、人間のように衣《きぬ》をまとっていた。白張《はくちょう》（麻製のごわごわした狩衣）に烏帽子をかぶった下部《しもべ》の格好で、居丈高にそっくり返っている。

「え……。た、たぬき……!?」

先端が黒っぽい、ずんぐりとした尾を腹立たしげにぶんぶん振りながらまくしたてる。

「おそれ多くも畏《かしこ》くも、この方は鬼國王の御甥御さまにて、人間界ではみか――ぐへっ」

いきなり踏んづけられたたぬきは、ぺたんこになってピクピクと四肢を突っ張らせた。

「――やかましい。踏みつぶすぞ」

腕組みをした青年が、冷たい声で傲然《ごうぜん》と言い放つ。

あまりの早業、情け容赦のなさに真帆が凍りついたようになっていると、足の下から這い出したたぬきが、ふらふらになりながら抗議の声を上げた。

「何をなさいますか、若君！　それがしはただ無礼な人間を教育してやろうと――どはぁっ」

ぼちゃーん……。

今度は途中で蹴り飛ばされ、たぬきのもののけは宙を飛んで池に落ちた。

派手な水しぶきが上がるのを真帆が唖然《あぜん》と見ていると、青年はふんと荒っぽく鼻息をついた。

「黙れ、蹴り飛ばされたいか」

どうやらこの妖異なる美青年、口より手、いや足が先に出る質のようだ。

「――おい、おまえ」

いきなり至近距離から尋ねられてぎょっとする。すぐ目の前に凄艶な美貌があった。驚きのあまりひっくり返りそうになるのを、腕を掴んで引き止められる。

「放して！　わっ、わたしは美味しくないわよ！　苦くて、固くて、筋張ってるんだから……っ」

掴まれた腕を振りほどこうと必死になって暴れると、不機嫌そうに口をへの字にしていた青年が、ふいににんまりした。

「……そうか？　甘い、いい匂いがするが」

すん、と耳のすぐ下に顔を寄せて匂いをかがれ、真帆は羞恥と動揺で真っ赤になった。

「マズいったらマズいのよッ」

やっとのことで振りほどくと、くっくっと笑う声がした。その笑いは残忍なものではなく、ただも

うおかしくてたまらないといった様子だ。

　面食らって見返すと、美しい若者は悪戯っぽくニヤリとした。

「あなた誰。いいえ、何……なんなの⁉」

「なんだと思う？」

「……鬼……」

　にや、と麗しい青年が口端を吊り上げる。尖った牙がちらりと覗いた。真帆はありったけの気力を振り絞って叫んだ。

「い、言ったでしょう。わたしは美味しくないわよ。わたしなんか食べたらお腹を壊すんだからっ」

「なら試してみるか」

　笑みまじりの声がしたかと思うと、次の瞬間いきなり距離を詰められ、べろりと唇を舐められる。

「ふむ。確かに、もうひとつ甘さが足りないな」

「な……な……な……」

　口をぱくぱくさせる真帆に、鬼の若君はにっこりした。

「では、熟れるまで待つとしよう」

「だ、誰がおとなしく待たれるもんですかっ、出てってよ！　ここはわたしの邸なのよ⁉」

「異なことを言う。おまえが移ってくるずっと以前から、我等はここで楽しく遊んでいたのだぞ」

「そんなの知るもんですか！　わたしはお父さまからここをいただいたの！　地券だって持ってる」

「人の決め事など、我ら鬼の知ったことか」

「この邸を造ったのは鬼じゃなくて人間でしょう⁉　それを正式に譲られたのだから、わたしにはここに住む権利があるわ」

「確かに邸を造ったのは人間だが、ここには昔からあやかしたちが住みついていたのだ」

「邸が建つ前から……？」

「そうだ。この一角には枳殻《からたち》が垣根のように生い茂り、滾々《こんこん》と清水の湧く泉があった。それをたまたま知った何代か前の上皇が、勝手に土地を我がものとして邸を建てたのだ」

真帆は預かり人の繁蔵から聞いた話を思い出した。

「そういえば……。お父さまはやんごとなきあたりからこちらを譲られた……とか」

「後から来たほうが遠慮すべきであろう」

「それはそう……かもしれないけど……」

ちらりと上目遣いに窺い、とりあえず下手に出てみることにする。

「わたしたちだって、ここの他に住む場所がないのよ。以前住んでいた家は貸家だったし、もう引き払ってしまって戻れない。……ねぇ、折り合うことはできないかしら」

「折り合うだと？」

「わたしの他にはふたりの侍女だけよ。つれづれに琴を弾くくらいで、にぎにぎしく人を呼んで宴を催すこともないわ。あなたたちがこの庭で遊びたいなら、自由にそうしてくれればいい。ただ、侍女たちを脅かすのはやめてほしいの」

鬼の若君は腕組みをして、じっと真帆を見つめている。どきどきしながら真帆は続けた。

「空木はわたしのお母さまの乳母だった人で、もういい年なのよ。あまりびっくりすると心の臓が止まってしまいそう。乳母子の狭霧はわたしにとっては実の姉妹も同然なの。とってもいい子だけど、すごく怖がりで……。ふたりを脅かさないでくれれば、昼でも夜でも好きにしてかまわない。このお邸はとっても広いもの、ちょっとだけお互いに譲り合えば、快適に暮らせるんじゃないかしら。あの小人さんとか、たぬきさんも……」

池のほとりで、這い上がったたぬきが白張を脱いでぶるぶると毛皮の雫を飛ばしている。

翁面をつけた幼げな小人もいつのまにか上がってきて、びしょ濡れになったたぬきの白張を小さな手で一生懸命絞っていた。不思議なことに自分自身の衣装は少しも濡れた様子がない。

「……譲り合おうと言うのか？　鬼やバケモノと、人間のおまえが？」

「ずっと前からここにいたのでしょう？　あなたの言うとおり、後から来て出て行けなんて言えないわよ。でも、わたしもここを出ていったら路頭に迷ってしまうし……。わたしはまぁいいとして、空木と狭霧が可哀相だもの」

「おまえは姫君ではないのか」

「そうだけど。これでもわたし、けっこう生活力あるのよ」

鬼の若君は感心したような呆れたような顔でつくづくと真帆を眺めた。

「変わった姫だな」

「よく言われる」

鬼の若君は尊大に顎を反らして、じーっと真帆を見つめた。そんなふうに凝視されると、改めて冷や汗が出てきて焦る。

「……おまえ、度胸あるな」

ぼそっと若君が呟いた。

褒められた……と思っていいのだろうか。

「名は？」

「真帆」

素直に答えると、若君は顔をしかめた。

「おまえな。よく知らん奴にほいほい名乗るんじゃない」

「な、何よ。そっちが訊いたんじゃないの」

「もう少し警戒心を持てと言うのだ。ったく、危なっかしい」

「悪かったわね！　訊いたからにはそっちも名乗りなさい！　それでおあいこよ」

「月影」

「……え？」

「月影とでも呼べ。むろん本名ではないがな」

ムッとして睨みつけると、くくっと鬼の若君は笑った。それはすこぶる愉快そうな笑い声で。なんだか毒気を抜かれてしまう。

「度胸ある人間の姫よ。気に入ったぞ、おまえが美味に熟れるよう、手を貸してやろう」

面食らう真帆にニヤリと笑いかけると、鬼の若君は簀子《すのこ》を蹴ってふわりと跳んだ。

池に飛び込むやと思えば水面に美しい波紋を描き、降り立った中の島からこちらをちらりと振り向くと、繁りすぎた築山の向こうに消えてしまった。

いつのまにかバケモノたちの姿も消え、月光の射す白砂の庭は何事もなかったかのようにしんと静まり返っている。

「……月影……?」

白々とした半月を見上げて真帆は呟いた。

まさにそれは月光の見せた妖美な幻のごとく――。

(怪しの君に……似てた……?)

その面差しは、やっぱり思い出せない。もしかしたら、ゆかりの人――いや鬼なのかも。

次に会ったら訊いてみなくては。

会えるかどうか、これが現実かどうかもわからなかったけれど。


翌日。真帆がぼんやりと御簾の内から庭を眺めていると、山路に呼ばれた空木が戻ってきて来客を告げた。

「身なりのよい、若い……といっても姫さまよりは年上ですけれども。見たところ貴顕《きけん》のお邸に仕える高級女房といった風情で」

「心当たりないわね。まぁ、会ってみましょう」

やがて上品な袿《うちぎ》姿の女性が現れ、廂《ひさし》で指先を揃えて頭を下げた。

「突然のことにもかかわらずおめもじをお許しいただき、まことにありがとう存じます」

女性の顔を見て、あら、と真帆は感心した。きびきびした感じの、とても美しい女性だったのだ。

「わたくしは榧《かや》と申しまして、主より姫さまにお仕えするよう遣わされた者にございます」

真帆だけでなく空木と狭霧も驚いて互いに顔を見合わせる。

「ま、まぁ！　それでは右近中将《うこんのちゅうじょう》さまの……？」

焦って空木が尋ねた。右近中将とは真帆の異母兄のことだ。

椢と名乗った女房は、しかとは答えず品よく微笑んだ。

「ご入り用の品々もすでに手配済みでございます。じきに到着いたしましょう」

そう言っているあいだにも東の中門廊のほうから物音や話し声が聞こえてくる。

「おや、早くも届いた様子でございますね。よろしければこちらにお仕えの方々に、ご指示などいただきとう存じますが……」

さりげなく古株の女房を立ててみせるあたりも如才ない。真帆は蝙蝠扇《かわほり》をぱちりと閉じた。

「よろしい。空木、狭霧。椢と一緒に行って、万事滞りなく収めるように」

「は、はい。それでは御前失礼いたします」

いきなり現れた椢に不審そうな目を向けていた空木だったが、好奇心が勝ったらしい。狭霧をせき立てて早速に下がってゆく。椢もまた深々と一礼すると、しずしずと後を追っていった。

しばらくすると、空木がすごい勢いで戻ってきて、真帆の周囲にありったけの几帳や屏風をバタバタと立てかけた。

「空木？　何してるのよ」

「説明は後でいたします！　姫さま、けっして几帳の内からお出になりませぬよう。しばしお騒がせいたしますが、なにとぞご辛抱くださいませ」

言い終わらぬうちにどやどやと人の気配が近づいてきた。どうやら調度類を運び込んでいるらしい。さらには御簾を外して付け替える作業まで始めた。

「その二階棚はこちらに。鏡台はそちらに」

「衣桁《いこう》はここ。厨子《ずし》はここに並べて。唐櫃《からびつ》はとりあえず塗籠《ぬりごめ》に入れておきましょう」

などと指示する空木や狭霧の昂奮した声が飛び交う。

やがて血相を変えて戻ってきたふたりは、真帆の座っていた毛羽立った畳とすり切れた褥《しとね》まで勢いよく運び出してしまった。

几帳の綻びからそっと窺うと、見たこともない女房やら女童やらが忙しく立ち働いている。外には白張姿の雑色が大勢いて、古い調度や御簾などを簀子《すのこ》からせっせと運び出していた。

唖然としているうちに母屋の室礼《しつらい》が整えられ、新しい御簾が下ろされた。真帆を囲んでいた几帳や屏風も運び出されたかと思ったら、すぐに真新しいものになって戻ってきた。

古びた単衣《ひとえ》や袿《うちぎ》を脱がされ、紅《べに》勝りの二藍《ふたあい》の単衣に撫子襲《なでしこがさね》の袿を着せられる。

廂に近いほうに新しい畳を敷いて御座所が作られ、促されるまま新品の褥に坐った。ひび割れて漆が剥げていた脇息は美しい蒔絵の施されたものに変わり、大和絵の描かれた衝立障子、風に揺れる生絹《すずし》の几帳がゆったりといくつも置かれていた。

青々した御簾を透かして見る南庭では、雑色《ぞうしき》たちが雑草を抜いたり、前栽を整えたりしている。繁りすぎた築山の手入れまで始まっていた。

その様子をぽかんと眺めていると、狭霧が白湯を入れた碗と色違いの粉熟《ふずく》を品よく折敷《おしき》に並べて運んできた。

「どうしたっていうの、狭霧？　どこからこんなもの――」

「右近中将さまのお指図ですわ！」

未だ昂奮さめやらぬ調子で狭霧は答えた。

「お兄さまの？」

「はい！　お道具類やお衣装、食料品を満載した荷車が列になってやってきましたのよ！　家人《けにん》や雑色、水仕女《みずしめ》はもとより、見目よい女房や可愛らしい女童まで……！　これでようやく姫さまに、ご身分にふさわしいお世話をしてさしあげることができますわ」

感極まって狭霧は単衣の袖を目許に押し当てておいおい泣きだした。

そんな馬鹿な。挨拶状に返事も寄越さぬような異母兄が、こんな大盤振る舞いの気遣いをしてくれるなんて、到底信じられない。

「榧《かや》さんは見目よいだけでなく、てきぱきして、よく気がつく方ですわね。あの方が仕切ってくだされば、家政も滞りなく行なわれるかと。たいそう優秀な女房とお見受けいたします」

感心しきりに狭霧は頷いている。

「本当によろしゅうございましたわ、姫さま。これからはわたくしもお端《はし》仕事に気を取られることなく、姫さまのお世話に専念できます」

ほろほろと嬉し涙を流す狭霧を見ていると、疑いを口にするのも憚《はばか》られる。

みるみる綺麗になってゆく庭を眺めつつ、真帆は脇息にもたれて考え込んだ。繁り放題だった庭木は形よく刈り込まれ、茂みに覆い隠されていた趣ある築山が現れた。池の周囲も整備され、中の島にかかる反橋の欄干もきれいに塗り直された。

閉めきっていた釣殿は開け放たれ、床や柱を拭いたり、灯籠を吊り下げたり、大勢の人間が指示を受けながらこまごまと立ち働いている。白張のお仕着せ姿が邸の家人で、雑多な格好をした男女や童たちは臨時雇いの者たちだという。

人海戦術のおかげで、日が暮れるころには邸は見違えるように美しくなっていた。

「昨日まで廃屋同然だったとはとても思えませんわ」

一日中ばたばたと立ち働いた空木はさすがに疲れた様子だったが、とても満足そうだ。

夕餉にはやわらかく炊いた姫飯《ひめいい》に干し鮑《あわび》を蒸したもの、若布《わかめ》、焼魚、蕪の羹《あつもの》など、豪勢な膳が出された。

結局、柾を問いただす機会を逸したまま、真帆はこれまた新品の御帳台で休むことになった。そう、運び込まれてきた調度には、立派な御帳台まで含まれていたのである。

真新しい藺草《いぐさ》の香りも清々しい、高麗縁《こうらいべり》の畳を二枚重ねた上に薄縁《うすべり》を敷き、横になって天井の絹張りの明障子《あかり》を見上げる。

頭の上には美しい塗りの髪箱が置かれ、嬉々として空木は真帆の髪を束ねて収めた。

高価な香木製の枕からは、うっとりするような香りが漂う。

母と曾祖父が健在だった頃でさえ、これほど贅沢な寝所に寝たことはない。

激変ぶりがどうにも信じられず、真帆は己の頬を摘んでみた。

ふつうに痛いが、やはり信じがたい。

真帆はむくりと起き上がった。四尺几帳を透かして灯台の明かりがぼんやりと室内を照らしている。風を通すため、帳を巻き上げたままの出入り口からそっと抜け出すと、真帆は垂らされた御簾を押しやって廂《ひさし》に出た。

格子は上半分を開けたまま、内側に御簾を下ろしてある。御簾を透かして真帆は庭を眺めた。

取りきれない草でわびしく覆われていた白砂の南庭は、今や美しく掃き清められ、月光に輝かしく照り映えている。

そこに、ふわりと光の珠が舞い始めた。遣水から蛍が飛んできたのかと思ったが、蛍よりもずっと大きい。なんだろうと見ているると、それは綺麗な衣装をまとった狐になった。

見覚えのあるその汗衫《かざみ》は、新しい女童のそれではなかったか。ひらひらと袖を翻《ひるがえ》して踊る狐は、とても楽しそうだ。

やがて光の珠がいくつも現れ、狐たちはそれぞれの衣装を自慢し合うように踊り戯れた。そのさまはなんだかとても可愛らしく、嬉しそうで、『化かされている』とか『騙《だま》されている』という気が全然しない。

やがて気が済んだのか、楽しげに笑いあいながら狐たちはふたたび可愛い女童や美しい女房に化身するとそれぞれの曹司に引き上げていった。

「――困った子たちだこと」

呟く声に振り向くと、いつのまにか廂に榧《かや》が佇んでいた。にっこりと微笑みかけるその表情には、かけらも悪意は感じられない。

「どうぞお目溢《こぼ》しを。少しばかりはしゃいでいるだけですのよ」

「……別にかまわないわ。昼間にしっぽを出さないでくれれば」

「よくよく言い含めますので」

頭を下げる榧を、真帆はしげしげと眺めた。

「あなたも狐なの？」

「いいえ。わたくしは鬼でございます」

平然とした答えに、さすがにびっくりする。

「それじゃ、やっぱり……月影、の……？」

「はい。我が主のお申しつけにより、姫さまのお世話をいたすべく参上いたしました」

真帆は溜息をついた。

「おかしいと思ったのよ。お兄さまがこんな手配をしてくださるはずないもの」

「わたくしは右近中将さまのお名前は一度も出しておりませんわ」

榧《かや》はふふっと笑った。そう、誰もが彼女の言う『主』を右近中将だと思い込んだ。他にこんなことをする人物など思い当たるはずもないのだから当然だ。

「どうして月影はわたしにこんなことをしてくれるの？」

「それは直接お尋ねくださいませ」

目線で示された先をたどると、白砂の庭をそぞろ歩く人影が見えた。

艶やかな垂髪に純白の薄物の水干。下に着た今様色の衣が透けて見え、涼しげかつ華やかだ。

榧に手を取られ、真帆は庭に下りた。

月影が振り向いて微笑んだ。妖しく胸がざわめいて、軽く唇を噛む。

一礼して榧が引き下がると、月影は軽く小首を傾げるようにして真帆を眺めた。小袖の上に袿《うちぎ》を一枚羽織っただけの寝間着姿に、今更ながら気恥ずかしさが込み上げる。

「足りぬものはないか？」

気軽な調子で問われ、真帆はふるりとかぶりを振った。

「足りないどころか、多すぎるくらいよ」

「大臣《おとど》の姫ならこれくらい当然と思うが」

「何が目的なの」

ずばり切り込むと月影は目を瞠り、くすっと笑った。

「度胸ある姫君に敬意を示しただけのこと」

「からかわないで」

「からかってなどいない。怯むことなく鬼と対峙《たいじ》できる人間は、男であっても数少ない。そういう人間には敬意を払うことにしているのだ。遠慮なく受け取れ。心配せずとも煙と消えたりはせぬ。女房や家人らの本性は獣だが、長く我等に仕え、気質穏やかな働き者ばかりを集めた。椎もよく気をつけている」

「いたずらしないでくれれば、狐だろうがたぬきだろうが気にしないわ」

きっぱり言えば、感心したように鬼の若君は笑った。

「姫はおもしろいなぁ」

「あのね。こんなにしてもらったのは本当に、すごくありがたいわ。でも、わたしには返せるものが何もないのよ」

「気にするな」

こともなげにあしらわれ、真帆はムッとした。

「気にするわよ！　わたしを、た、食べるつもりで太らせようとしてるんじゃないか……とか！」

「ふむ。確かに姫はもう少しふくよかになってもいいいな」

「やっぱり食べる気ね⁉」

思わず声を荒らげると、ふいに月影がずいと顔を寄せて瞳を覗き込んだ。

「……そんなに俺に喰われたいのか？」

「だ、誰が！」

青ざめて言い返す真帆に目を細め、月影は姿勢を戻して愉快そうに笑った。

そのからりとした笑い声に、かつて野山を駆け回って親しく遊んだ『怪しの君』が重なる。少年の声はもっと高かったけれど、どちらも濁りのない清水のように清冽《せいれつ》で……。

「……わたし、以前あなたとどこかで会った気がするんだけど」

思い切って口にすると、月影は腰に手を当ててにやりとした。

「なんだそれは？　俺を誘っているのか」

真帆は赤くなって眉を吊り上げた。

「ど、童形《どうぎょう》のなりで生意気言わないでよ」

「そうだなぁ。実は雛《ひいな》遊び（人形遊び）に興じていたりして」

「女の子じゃあるまいし！」

「そう怒るな。おまえだってまだ子どもだろう？　人のことは言えないよなぁ」

ぎくっとして、長いままの鬢《びん》を押さえる。笑いだした月影を睨んだものの、悪意も厭味もない笑い声に、本気で腹を立てる気になれない。

「子どもの遊びに駆け引きなどあるまい？　ただ楽しければ、それでいい」

「わたしをかまって、あなたは楽しいの？」

「ああ、楽しい」

にこにこと素直に頷かれると、それ以上ごねるのも馬鹿らしくなる。

「あなたが楽しいなら、別にいいけど」

「そうそう、素直に本来の姫君らしい生活を楽しめ」

いまひとつ釈然としないまま真帆は頷いた。

（やっぱり、怪しの君じゃないの……？）

怪しの君なら、真帆の名を覚えているはず。顔は覚えていなくても、名前くらいは……。

「……わたしって、鬼に好かれる質なのかしらね？」

「他の鬼にも好かれたことがあるのか？」

聞き捨てならぬという様子に、ドキドキしながら真帆はさりげなく頷いた。

「子どもの頃に、貴船の山で鬼の子と出会ったの。一夏一緒に遊んだのよ。ねぇ、その子のこと何か知らない？」

「さぁ。心当たりないな」

そっけない返答に、真帆は心底がっかりした。

「なんだ、そいつが好きだったのか？」

「あなたには関係ないでしょ」

「そうだな、今おまえと遊んでいるのはこの俺なんだし」

あっさり言って、月影は軽く地を蹴った。体重がないかのようにふわりと宙を舞い、中島にかかる反橋の欄干に降り立つ。振り向いて月影はにやりとした。

「そうだ。おまえ、何か楽器のひとつくらい弾けるだろうな？　琴とか琵琶とか」

「箏の琴なら自信あるわよ」

「なら、それを弾け。腕前が確かなら、俺の笛と合わせてやろう」

えらそうな口ぶりに、どくんと鼓動が跳ねる。

『琴が上手くなったら、合わせよう』

最後にそう言ってくれた、怪しの君――。

五条の小家で、その日暮らしに近い生活をしていた頃、一度だけ聞こえたかすかな笛の音。

ただの偶然？　それとも怪しの君がこの京のどこかにいて、見守っていてくれるの……？

「――月影。あなたは……」

真帆が声を上げたとき、すでに月影は姿を消していた。朱塗りの欄干には、ただ皓々と月光が落ちるばかりで――。

白砂を踏む静かな足音とともに、控えめな榧の声がした。

「真帆さま。薄着であまり長く外にいますと冷えますわ」

頷いて邸内に戻る。御帳台のなかに横たわりながら、真帆はなんとかして怪しの君の面影を思い出そうとした。

だが、思い出そうとすればするほど、その面影は霧に包まれてしまう。

（――どこにいるの？）

逢いたい。

怪しの君と、子どもの頃みたいにただ笑いあいたかった。

第四章　君がため

真帆の生活は、榧の登場ですっかり姫君らしさを取り戻した。

裏の大根畑は気になって時々見に行くけれど、話を聞いた榧が下働きに命じてきちんと手入れをさせており、育ちもよいという。

邸の傷んだ箇所は修繕され、庭も綺麗に整備された。詰まり気味だった遣水は補修され、滝から涼しい音を立てて水が流れ落ちる。池には鯉が跳ね、中島には花が咲き乱れ、反橋の欄干の朱色が水面に美しい影を落としている。

よもぎが伸び放題だった築地もきれいになって、今では内から見ても外から見ても立派なお邸だ。

「人が大勢いるのはいいことですわ。寂しく荒れたお邸だからこそ、もののけも巣食うのです」

と得心顔で空木は頷いている。下働きも女房仲間も実はバケモノだと知ったらどうなることかと不安だったが、月影が約束してくれたように、彼らはそんな気配は微塵も見せなかった。

空木を死ぬほど脅かした、隙間から除く大きな顔の妖怪などは、今では空木といちばん仲のよい女房になっていたりする。

月影は夜が更けるとどこからともなく現れた。真帆が琴や琵琶を奏でていると、いつのまにかそこにいるのだ。

穏やかな日々が半月余り続き、七夕《なぬかよ》も過ぎた頃。邸に意外な客があった。

午過《ひるす》ぎ、いきなり先の左大臣家の従者《ずさ》がやってきて、真帆の異母兄である右近中将の来訪を告げた。もうすでに車宿に牛車を入れたと、走ってきた女童から聞いた梔は、即座に指示を飛ばした。母屋の廂近くに客人の座を設けさせ、几帳を立て巡らせると、くつろいだ袿袴《うちきばかま》姿だった真帆に豪華な二重織物の小袿を着せる。

真帆が几帳の内に収まるのとほとんど同時に、女房に案内されて衣冠姿の男性が現れた。四位の身分を表す深緋《ふかきあけ》の縫腋袍《ほうえきのほう》に鳥襷《とりだすき》の指貫《さしぬき》、繁文《しげもん》の垂纓《すいえい》冠をかぶっている。

近衛中将は武官だが、正式な宮中勤務服である束帯《そくたい》と違って略式の衣冠には文武の区別がない。宿直《とのい》帰りででもあろうか。

褥の上に悠然と腰を下ろすと、右近中将は軽く頭を下げた。

「挨拶が遅くなって申し訳ない。姫とは腹違いの兄にあたる、藤原佳継《ふじはらのよしつぐ》です」

几帳の陰で真帆は扇を口許に翳して会釈した。

「真帆と申します。お会いできて嬉しゅうございますわ、お兄さま。差し上げたお文は読んでいただけましたかしら」

「うん？　――ああ、ああ、もちろん。様子を見に来なければと思いつつ、何かと忙しくてねぇ」

懐から蝙蝠《かわほり》扇を取り出し、ごまかすように笑いながらばたばたあおぐ。

几帳の綻びからそっと覗いてみると、なかなか整った容貌の持ち主だった。腹違いゆえか、自分と似た感じはあまりしない。甘く優しげな顔立ちは女性受けしそうだが、やや軽薄にも思える。

「宮中で宿直して、帰宅途中に牛車《くるま》のなかでふと思い出してね。急に来て悪かったかな」

真帆は愛想よく応じた。

「とんでもございませんわ。このような素敵なお邸をお譲りいただき、亡きお父さまにも、跡を継がれたお兄さまにも心から感謝しております」

「どんな暮らしぶりかと気になっていたが……、なかなか趣味のよい室礼《しつらい》ではないか。たいそう見目よい女房なども揃っているし」

それとなく周囲を見回す異母兄の姿に、真帆は扇の陰でくすりと笑った。

「お兄さまにお気遣いいただいたおかげですわ」

「私の？」

とまどう佳継に、控えていた空木が膝を進めて一礼した。

「中将さま、わたくしども本当にありがたく思っておりますのよ。最初はお邸のあまりの荒れように、塵《ごみ》を押しつけられたごとく中将さまをお恨み申し上げてしまったわたくしが愚かでございました。万事抜かりなくご手配いただいたおかげで、姫さまも心安らかにお暮らしになれますわ」

「う、うん？　ああ、まぁ、な……。いや、兄として当然のことをしたまで」

はっはっは、と空笑いする異母兄を、真帆は呆れて眺めた。残念なことにこの兄は、他人の手柄を素知らぬ顔で横取りできる質らしい。

それだけならまだしも、ちらちらと調度や建物を見回す目つきがひどくさもしげで、口許は引きつり、周囲に人がいなければ大きく舌打ちしたに違いない。

（ま、親族の情を抱いてくれるとも、期待してなかったけどね）

まさか親切な――というか物好きな？　――鬼が差配してくれたんです、とも言えない。出どころについて突っ込まれても困るので、ここは兄に花を持たせておくのが得策だろう。

かといって、このまま黙って称賛を横取りさせておくのも癪《しゃく》に障る。

真帆はふと思いつき、澄まし顔で控えている榧に目配せした。たちまち意は通じたらしく、榧は中将に向き直って頭を下げた。

「中将さま。今宵はこちらへお泊まりになってはいかがでしょうか。姫さまも、亡きお父さまのことなどしみじみ語り合いたいと願っていらっしゃいますわ」

「ぜひに、お兄さま」

真帆はできるだけかぼそい調子で訴えた。

「おかげさまで不自由なく暮らしているとは申せ、なにぶん女ばかりの侘び住まい。静かな夜などは殊に心細く感じられて、手すさびに琴など掻き鳴らしては寂しさを紛らわしておりますのよ」

よよ……と泣きまねなどしてみせると、近くに控えていた狭霧は純情にももらい泣きして目許を単衣の袖で押さえた。ちょっと申し訳ない気分になる。

「そうそう、姫さまは琴が大層お上手ですのよ、中将さま」

空木がここぞとばかりに売り込みを始めた。

「姫さまは亡き御方さまに似てお美しく、たいへんお可愛らしゅうございます。特にお髪《ぐし》の長さ、美しさなどは、櫛をお入れするたび溜息をつくほどでございますわ」

何を言い出すのかと焦ったが、真帆の位置からは空木が見えない。

「ほう……。そのように美しくお育ちであれば、すでに通う方が……？」

ハッとした兄の顔つきからして、裕福な受領《ずりょう》でも通わせて生活道具を揃えたのでは……などと思いついたようだ。

「いいえ、中将さま。わたくしが目を光らせております。姫さまのご身分にふさわしい方でなければ。なんといってもこちらの姫さまは宮家の血筋でいらっしゃいますから」

「確かに」

がっかりしたような安堵したような、中途半端な顔で兄は頷いている。

「中将さま、ご同輩の方々に、誰ぞ姫さまに釣り合う御方は……」

「おやめ、空木。はしたない」

本気で婿を斡旋《あっせん》されても困るので、少し声を張って叱りつける。空木は焦って平伏した。

「これはとんだご無礼を」

「まぁまぁ。乳母が心配するのは当然のことですよ。えぇ、姫はおいくつでしたかな」

「もう十七におなりですのよ、中将さま」

空木がこそっと囁く。

「おや……。それは確かに考えたほうがよさそうですね」

まんざらお愛想でもなく、考え深げに兄は呟いた。直接は見えないながら真帆に睨まれているのは察したらしく、空木の勝手なおしゃべりは止んだ。

それからしばらく亡き父左大臣の思い出話などをした。父については何も知らないので、興味深く真帆は耳を傾けたのだった。

椢に命じて兄の寝所を東の対屋《たいのや》に設けさせ、女房たちのほとんどを送り込んで接待させた。

本性は獣とはいえ、椢がよりすぐっただけあって、みな美しいだけでなく教養もたしなみもある。霊力の高いものばかりなのだ。

西の釣殿でぼんやりと水に映る月を眺めていると、ふわりと風が頰をかすめた。顔を上げれば簀子にいつのまにか月影が腰掛けている。

「東の対が賑やかだな。客でもあるのか」

「お兄さまがいらしたのよ」

「兄というと……右近中将か」

真帆は無言で頷いた。

「どうした、浮かぬ顔をして。兄とは初めて会ったのだろう?」

「……期待なんかしてないつもりだったけど、ちょっとはしてたのかも」

「ん?」

「別に涙を流して喜んでほしいとまでは言わないわ。だけど、もう少し情を見せてくれても……なーんて、やっぱり無理よね。お兄さまの母君は北の方（正妻）、いくら複数の妻がいて当然の世の中でも、よその女に通って産ませた娘だもの。しかも今まで存在さえ知らずにいた……。そんな、ぽっと出の娘に荒れ放題だったとはいえ一町四方もあるお邸をかっさらわれたわけだし。あの人、ね。ここを整えてくれてありがたいですわ、なんてしおらしく言ってみせたら、誤解を解こうともせず、もっともらしい顔で頷いていたのよ」

「自分がしたことではないと明かせば、おまえが不安がるのではと気遣ったのかもしれないぞ?」

「そんな気遣いをしそうな人とも思えないけど……。黙って邸をくれてやったことを後悔してるふうだったわ」

「そのわりに歓待しているではないか」

月影が肩ごしに振り向いてにやりとする。東の対屋からは楽曲や艶冶《えんや》な笑い声などが夜風に乗って聞こえてくる。真帆は肩をすくめた。

「効果的に脅かしてやるための下準備よ。わたし、けっこう意地が悪いの」

「なぁに、女房たちも進んで乗っているさ。なにしろ狐は悪戯好きだ」

くっくと笑う月影を横目で睨み、気恥ずかしさを紛らすようにつんと真帆は顎を反らした。

「もしもわたしが本当のことを言ったら？」

「いくら中将が抜けたお人でも、鵜呑みにはせんと思うが」

「それはそうよね。……っ、そうだわ。御祓いさせようと、陰陽師とか祈祷僧《きとう》とか呼んでくるかもしれない。そうしたら榧たちが困るわよね。よく仕えてもらってるのに、そんなことになったら可哀相だわ」

「黙って兄の手柄にさせておくのがいいさ。ま、いい気になるひまもなさそうだが」

からかう口調で皮肉られ、真帆は赤くなって月影を睨んだ。

「……お兄さまは、わたしに誰か通っているんじゃないかと思ったみたいだったわ」

「廃屋同然の邸が短期間で見違えるようになっていれば、まずそう考えるのが自然だろうな」

「そんなふうに思われるのは癪に障る。空木が否定してくれたけど、信じたかどうか……。だって現に無一文であるはずのわたしが、高価な調度品に囲まれて大勢の女房——それも若くて見目よい者ばかりにかしずかれ、新しい上等な衣装を贅沢に身にまとって気ままに暮らしてるんだもの。絶対変だと思うわよ」

「そんなに兄が気になるのか？　他人の手柄を横取りして恥じない奴だぞ」

さっきは庇ったくせに、いきなり月影の口調がムッとなる。真帆は焦って早口になった。

「そ、そうじゃなくて！　へたに疑われたくないだけよ。月影のおかげで何不自由なく暮らせているのに、迷惑かけたら……悪いし……」

「別に迷惑なことなど何もないぞ。俺はこれでもけっこうな物持ちだし、従う者も大勢いる」

「それは、そうでしょうけど……。せっかくの心尽くしを他人の手柄にされるのも……業腹というか……」

どう言えばいいかと口ごもると、ひょいと月影が真帆の顔を覗き込んだ。

「なんだ？　ひょっとして俺に通ってきてほしいのか」

みもふたもなくあっさり言われて真帆はカーッと赤くなった。

「ふ、文ももらってないのに、そんなわけないでしょ！　大体、月影は童形《こども》じゃないのっ」

「おまえもな」

怒りもせず、ニッと笑って月影は真帆の顎を掬った。

「俺たちは童《こども》だから、こうして楽しく遊んでいられるのさ。御簾や几帳で隔てられることなく、扇で顔を隠す必要もなく」

秀麗な顔が近づき、反射的に目を閉じる。こめかみに頬を寄せて、月影が耳元で囁いた。

「おとなになりたいか？　真帆」

すっと離れた月影を睨みつける。目頭に力を込めないと、情けなく瞳が潤んでしまいそうだ。

「……なりたくなくても、気付けばもうなっているのよ」

月影は黙って池の水面に立つ。

寂しそうに彼は微笑んだ。

「真帆は俺を置いてゆくのだな」

「ちが……」

音もなく水が跳ね、渦を巻いて月影の姿を包み込む。

「待って！　怪しの君――」

伸ばした指先に触れることなく、月影は消えた。

後にはただ、円を描く漣が静かに広がっていた。その真ん中で、水面に映り込む欠けた月を、いつまでも真帆は見つめていた。


紙燭を灯した棚が捜しに来て、真帆は寝所に入った。

御帳台のなかで薄縁に横たわりながら、ぼんやりと物思いにふける。

(……どうしてあんな馬鹿なこと言ってしまったのかしら)

やっぱり月影は怪しの君なのだと思う。

真帆のことを忘れているのか、知らないふりをしているのかはわからないけど……。

(本当に、ずっと子どもでいられればよかったのにね)

それを彼が望むなら、遊びに付き合ってあげればいいではないか。

(鬼はずっと大人にならないものなのかしら……)

だったらきっと、こうやって鬼と人とは別れていくものなのだ。

楽しい、優しい、そしてせつない思い出を胸に。

真帆は暗闇のなか起き上がり、髪箱に収めた自分の髪を手探った。

あの頃の振り分け髪は、今ではもうこんなに長くなってしまった。まるで重い足枷のよう。

たとえこれを切ってしまっても、あの頃に戻れるわけじゃない。

『真帆は俺を置いてゆくのだな』

悲しそうに囁いた月影──怪しの君。

(違うわ、そうじゃない。わたしは自分の居場所がわからないの)

わからなくなってしまった。

一日一日を生き延びるのに必死だった時には、他のことなど考える余裕はなかった。

それが、こうして思いがけずも裕福に暮らせるようになると、妙な憂いが生じてきたのだ。

家族に守られて暮らしているのなら、それでいい。おっとりとかまえていられる。

だが、兄は──あの一族は真帆のことを『家族』とは思っていない。あの世の父からの命令に、やむなく従っただけのこと。

言われたとおりに邸を与え、あとは捨てておくつもりだったのだ。

実際、接待していた椢が酔った兄から聞き出したところでは、宿直帰りに立ち寄ったのは、この邸の不思議な噂をたまたま宿直所《とのいどころ》のつれづれ話で耳にしたからだった。

この邸が先の左大臣の持ち物とは知らず、従者《ずさ》たちから聞いた噂を彼らはしていた。少し前まで荒れ果てたバケモノ邸だったのに、身元のよくわからぬ姫君が移り住んでからはどこからともなく人や物資が集まってきて風雅に暮らしているという。

兄は、もしや裕福だが身分のないものが勝手に住み着いているのでは……と怪しんで様子を見に来たのだ。

『兄上さまは、こちらのことをすっかりご自分の別邸だとお思いのようですわ』

いつも冷静な榧が、少し憤然とした面持ちでそう言った。

『別にかまわないわ。どうせ対屋《たいのや》はどこも空いているのだし』

『姫さまは気前がよくていらっしゃる。ですが、こちらのご主人は真帆姫さまです。兄とはいえ分をわきまえていただきませんと』

ほくそ笑む榧を見ると、なんだか自分がとても残酷な気がしてしまう。だが、やっぱりやめましょうと中止する気にもなれず、手加減してねと曖昧な釘を刺すにとどまった。

(不安……なのかもしれないわ。月影が、いつか訪れなくなるのでは……と)

単なる好意でこんなにしてもらうのは、やはり気が引けて。

(怪しの君は昔から優しかったけど……)

遊んでくれたし、母の病気を治す霊薬までくれた。

(そうだわ。そのせいで、怪しの君は何か大変なことになったのよ)

最後に会ったとき、怪しの君はとても苦しそうだった。それで真帆のことをよく覚えていないのかも。

だけどちょっとは覚えていて、この邸で偶然再会して、いろいろと親切にしてくれるんだわ。

(昔も今もこんなによくしてもらったのに、勝手なことを言ってしまった……)

ひどく悔やまれて、真帆は深く反省した。

それで彼の気が済むなら、ただの遊び友達でいいではないか。

琴をもっと練習して上手くなって。

「そうよ。名人の域に達するくらい上手になれば、笛だって合わせてもらえるわ」

自分を納得させるように真帆は呟いた。

何か取り柄があれば、忘れられずにすむはず。

濡れた睫毛を乱暴にこすり、真帆は衾《ふすま》を頭から引きかぶった。

「人間って、ほんと欲張りだわ」

呟いて、ぎゅっと目を閉じる。

(わたし、どんどん欲張りになる)

それが怖い。

だってあんまり『人間らしく』なってしまったら、怪しの君は……月影は、きっともう来てくれないもの。

だから怪しの君は、お互い童《こども》のままでいればいいと思っているのよ……。

やっと真帆が寝ついて、うとうとしかけた夜明け前。

ただならぬ絶叫が東の対屋《たいのや》から轟きわたった。

「──な、何⁉」

がばっと飛び起きた真帆は、しばらく経ってから自分が兄に『いたずら』を仕組んだことを思い出した。

耳を済ませていると、裏返った兄の叫び声や、裏手の曹司で休んでいた従者らの立ち騒ぐ声がして、まもなくガラガラとけたたましい音を立てて牛車《くるま》が門から飛び出していった。

真帆は指先を唇にあててくすりと笑い、次いでふぅと嘆息した。

やがて紙燭の灯が南廂を近づいて来て、榧がこほんと咳払いした。

「どうなったの」

「お起こしして申し訳ございません。万事お申しつけどおりに……。右近中将さま、慌ただしくお帰りでございます。おそらく本日は夢見が悪かったと物忌みなさるのでは」

くすくすと声を忍ばせて榧は笑った。

達成感よりも罪悪感にかられて真帆は肩を落とした。

「姫さま？　いかがなさいました。手ぬるかったでしょうか」

「えっ、いいえ！　充分よ、よくやってくれました。……空木と狭霧は？」

「少々術をかけさせていただきましたので、おふたりともぐっすりお休みです」

「そう……。ありがとう、榧。あなたももう休んで」

「恐れ入ります。格子を上げ参らせるのは少し遅めにいたしますので、ごゆっくりとお休みくださいませ」

「ええ、ありがとう」

静かに灯が遠ざかってゆくのを見送り、真帆はふたたび横になった。

「……やりすぎちゃったかしら」

兄には後で何かお見舞いの品を贈っておこう。

仕返しはうまくいったが、思いついたときほどの爽快感はなかった。


翌朝、いつもより遅めの手水を持ってきた空木と狭霧は、昨夜の騒ぎに気付かず眠りこけていたことを気に病んで何度も詫びた。

「本当に申し訳ございません。なんですか、すごい騒ぎだったそうで。もう、誰か起こしてくれればよかったのに……」

「すみません、空木さん。わたしも全然気が付かなくて……。申し訳ございません、姫さま」

狭霧もしきりと恐縮する。

「いいのよ。わたしはたまたま目が覚めていたものだから、榧を呼んで事情を聞いたの。それにしても、お兄さま、いったいどうなさったのかしらねぇ」

「わたくしも椿さんや楸《ひさぎ》さんから聞いたのですけれども。また出た……らしいのですよ」

声をひそめて空木がこそっと囁く。椿と楸は榧に従う妖狐だ。ふたりは兄の両脇に侍ってお酌をしていたとのこと。ふたりともかなりの美女だから兄はさぞかし鼻の下を伸ばしただろう。

「出た？」

「もののけですっ」

「まぁ」

「もういなくなったと思ったのに……」

真帆に手拭いを渡しながら狭霧が泣きそうな顔になる。

「東の対屋はふだん使っていないから、隠れ潜んでいたのかもしれないわね」

「ど、どうしましょう、姫さま。わたし、夜に東の対屋を通れませんわ」

「大丈夫よ、狭霧。もののけが残っていたとしても、わたしたちがここに住むことは認めてくれたんじゃないかしら。だって自分の曹司《へや》ではもう怖いことはないのでしょう？」

「はい……」

顔を拭いて笑いかけると、こっくりと狭霧は頷いた。

「そうは申しましても姫さま、いちおうご祈祷などしていただいたほうがよいのでは……。法師《ほうし》陰陽師（朝廷の陰陽寮に属さず、呪術や占いでお金を稼ぐ僧形の陰陽師）にも優れた者はおりますことよ。御札をいただいて貼ってみてはいかがでしょう」

さんざん脅かされたせいで空木も用心深くなっている。

「そうねぇ……。もう少し様子を見てから考えるわ。それはともかく、お兄さまにお見舞いをしたほうがいいわね。何かお気に召したものでもあれば……」

「榧さんに訊いてみましょう。昨夜の接待を仕切ったのは榧さんですし」

呼ばれてきた榧によると、右近中将は寝所に立てた大和絵の屛風に殊のほか感心なさっていたとのこと。ではそれを差し上げるようにと命じ、ふと思いついてこっそり尋ねた。

「月影からもらったものをわたしが勝手に人にあげるのは、やっぱりよくないかしら」

「そんなことはございません。こちらのお邸に運び入れたものはすべて我が主より姫さまへの贈り物でございます。どのようになさろうと姫さまのご自由ですわ」

にっこりと榧は請け合う。

「それならいいのだけど……。あのね、榧。月影は、その……怒ってたりしないかしら」

「まぁ。けんかでもなさったんですの？」

「けんかというか……。ちょっと、わがままを言ってしまって……」

口ごもると榧はくすくす笑った。

「お可愛らしいこと。真帆さまは姫君なのですから、わがままのひとつやふたつ言ったところで我が主は気になさいませんわ。いえ、むしろ少しくらい困らせておやりになればよいのです。いつまでもどっちつかずではいられませんもの」

「……は？」

「うふふ。口が滑りましたわ。それではわたくし、空木さんと一緒に右近中将のお邸へ行って参りますわね。ついでに椿と楸も連れて行こうかしら。中将さまはふたりがたいそう気に入って……あらあら、姫さまにはお耳汚しですわね、失礼いたしました」

「あ、あんまりいじめないで……ね……？」

「もちろんわかっておりますわ。まがりなりにも姫さまの兄君ですもの」

「……」

顔を引き攣らせる真帆ににっこり笑いかけ、楚々と榧は下がった。真帆は脇息にもたれてはぁと吐息をついた。

「悪いことしちゃったかな……」

腹違いとはいえ兄妹なのだし、仲良くできるならそうしたほうがいいに決まっている。

昨夜、父の思い出話ついでに聞いたところでは、他の兄弟は全員亡くなったというし……。兄の他に近い親族で残っているのは、兄のまだ幼い息子と、亡父の弟つまり真帆たちの叔父、およびその家族だけだ。

（そういえば、昨夜の話では叔父さまとあまり仲良くなさそうだったわね……）

さすがに会ったばかりの異母妹にはぶちまけにくいらしくぼかしていたが、氏《うじ》の長者（一族の長）の地位をめぐって叔父と確執があるらしい。

（お兄さまも、あれで実はけっこう大変なのかも？）

二十一で従四位下の右近中将なのだから出世街道にはきっちり乗っているはず。左大臣の父が生きていれば向かうところ敵なしだったのだろうが、叔父が氏の長者の地位を狙っているとしたら、安穏としてはいられない。

（確か叔父さまは内大臣……よね）

来月、八月《はづき》には秋の除目《じもく》がある。いろいろと噂が気になる時季だけに、没交渉の異母妹に足を引っ張られやしないかと心配になったのかも。

（脅かして悪かったかしら……）

結局、人のよい真帆はあまり感じのよくなかった兄に、つい同情心を覚えてしまったのだった。

戻ってきた榧の報告によれば、兄は予想どおり物忌みと称して引きこもっていた。ちょうど入れ違いだったが、坊さんを呼んで加持祈祷も行なわせたらしい。

「鉢合わせしたらまずかった？」

「そうですわねぇ。有験《うげん》の僧に何人もでかかられたら、ちょっと面倒かもしれません。でも大丈夫ですわ。あの程度の験力《げんりき》でしたら、どうってことありませんから」

ほほほと余裕で榧は笑った。

「お届けした屏風は喜んでいただけたかしら」

「はい、それはもう。兄思いの妹だと感激していらっしゃいましたわ。ほんに調子のよい殿方で……。わたくしの後ろに椿と楸が控えていることに気付くとそわそわなさって。もののけが出たのではなく、怪しい夢を見たのだ、姫に失礼を詫びておいてくれなどと仰って。あの調子ではまたふらふらとおいでになるかもしれませんわね。椿たちはよく気の利く優秀な女房ですけど、見目よい公達をからかってもてあそぶのが好きでして……。あら、これは失礼いたしました」

真帆は苦笑して、ほどほどにしておいてねと頼んだ。

榧を下がらせると、真帆は座を立って廂《ひさし》に出た。御簾を巻き上げ、几帳は立ててあるが庭で働く者もいないので下長押《しもなげし》に寄り掛かって庭を眺める。

さわさわと庭木の梢が風に揺れ、池で魚が跳ねた。

広々とした敷地内には往来の物音もほとんど聞こえてこない。

女房たちは各自の曹司に下がっているのか、どこかで仕事をしているのか、近くには人の気配もなかった。

（なんだか別世界にいるみたい……）

簀子《すのこ》にころんと横になり、大きく伸びをしたついでに深々と溜息をつく。ふいに顔の前に翳《かげ》が射して目を開けると、月影がじーっと見下ろしていた。

「んな……っ⁉」

跳ね起きた拍子に額と顎がぶつかりそうになり、「おっと」と月影が身を反らす。

「な、何してるの⁉」

「おまえこそ。なんで昼間から寝転がってるんだ？　具合でも悪いのか」

「ちょっと休んでただけよ」

「ならよかった」

月影はニッと笑い、懐から取り出した竹皮包みを無造作に剥いて差し出した。

「椿餅《つばいもちい》。好きだろ？」

真帆は唖然として、椿の葉で包んだ甘い餅菓子と月影の顔を交互に眺めた。

何より彼が真っ昼間から出てきたことに驚いたのだ。

「……昼間出てきて平気なの？」

「ん？　何かまずいことでもあるのか？」

「わたしじゃなくてあなたが、よ」

「台盤所で美味そうな菓子を見つけたんで、おまえに食わせたくなったのだ。夜まで待ってせっかくの餅菓子が固くなったらもったいない」

彼は周囲を見回すと、軽く手を叩いて呼ばわった。

「誰かある」

「ちょ、ちょっと！」

止める暇もなく、角を回って女房がやってくる。それは狐女房の柊《ひいらぎ》で真帆はホッとした。姉妹たちのなかで一番物静かで楚々とした美女だ。

「白湯を持て。それと、しばしこちらへ誰も近づけさせるな」

「かしこまりました」

額付《ぬか》いた柊は、さっと袴を捌いて下がった。

「もう……。人間だったらどうするのよ。最近、少しずつ人間の女房に入れ換えてるって榧が言ってたわ」

「大丈夫さ。人には聞こえぬ声で呼ばわった」

「そうなの？」

すぐに柊は折敷《おしき》に白湯の入った提子《ひさげ》と碗をふたつ載せ、女童の榎《えのき》に艶やかな漆塗りの丸高杯《まるたかつき》を持たせて戻ってきた。

高杯に椿餅を盛り、碗に白湯を注いでふたりが下がると、庭の景色を眺めながらのんびりと菓子を摘んだ。

「……もう来ないかと思った」

「なんで？」

「怒ってたでしょ」

「怒っちゃいないさ」

ぺろりと指を舐め、白湯を啜ると月影は小さく溜息をついた。

「真帆に置いていかれるのかと思うと寂しくてなぁ」

「別に、置いていくとか、そういうことじゃ……」

気取りのない述懐に、顔を赤らめて口ごもる。

「どちらとも決めかねて先のばしにしてるのは俺なのに、真帆にまで無理に付き合わせるのはやはり……勝手すぎるよな」

「は？」

いぶかしげに見返すと、月影は空になった碗をもてあそびながら、見るともなしに庭を眺めている。

「……真帆は、さ。俺が髻《もとどり》を結って烏帽子なんかかぶったら、変だと思わないか」

びっくりして真帆はまじまじと月影を見た。

「綺麗な髪を切ってしまうのはもったいない気がするけど……変なわけないでしょ。絶対似合うわ」

「そうかな」

「そうよ。美しい直衣を着て、蝙蝠《かわほり》扇かなんか手にして詩を吟じながら庭をそぞろ歩けば、みんな見惚《みと》れるに決まってるわ」

自分が口にしたことを想像すると妙に胸がもやっとして焦る。

「真帆も？」

「え？」

「真帆も見惚れてくれるのかな」

期待するような、からかうような笑みを浮かべる月影を、顔を赤くして睨む。

「うぬぼれ屋ね」

「みんな見惚れると言ったのは真帆だぞ？　『みんな』には真帆も入っているのか？」

「……は、入ってたら、どうするのよ……」

目を反らしながら憮然と呟くと、月影が急に身を乗り出して耳元で囁いた。

「真帆が見惚れてくれるなら、他のすべての人間に恐れられてもいい——と気付いてな」

目を瞠ると同時に互いの唇が触れた。いや、触れるか触れないかの距離で微笑みながら月影は囁いた。

「そろそろ覚悟を決めるとしよう」

なんの、と問う間もなく、ぺろりと唇を舐められる。

「……!?」

「甘い」

「も……餅菓子を食べたからよ！　いきなり何するのよ!?」

「真帆の唇を見てたら舐めたくなったのだ」

まじめくさった顔で言われ、どう返していいものか眉を上げ下げしていると、ぷっと月影が噴き出した。

「あはは。真帆は可愛いなぁ」

「ど、どうせ童《こども》よっ」

「ああ、そうそう。その気があるならきちんと兄に頼んでおけよ。あれでもいちおう真帆の後見《うしろみ》だからな」

ついと立ち上がった月影は、階《きざはし》を蹴ると同時に煙のように消えてしまった。呆気に取られた真帆は、はたと我に返り、単の袖で口許を覆って赤面したのだった。


数日後、異母兄が真帆の邸を再訪した。相談したいことがあるのでぜひまたお越しいただきたいと文をしたためたのだ。

寝殿の上座に通された佳継は落ち着かない様子で、それとなく周囲を窺っている。

「お忙しいなかわざわざお運びいただき、恐縮でございます」

几帳越しにしおらしく声をかけると、佳継はびくっとしてやたらと咳払いをした。

「う、うむ。いや何、た、たったひとりの妹だからな。いつも、その、気にかけては、いるのだ」

先日ほうほうの体で逃げ出したのは悪夢に驚いたせいだといくら自分に思い込ませても、いざ邸に入ればやはり気味が悪くてたまらないのだろう。

そこに平気で住んでいる真帆にも、ある種の恐れを抱いているのかもしれない。

「お兄さま。ひとつお伺いしたいのですが……」

「な、何かな?」

「わたくしのことは、半分とはいえ血のつながった妹だとお考えいただいていると、思ってもよろしゅうございますか」

「い、今更何故そのようなことを。と、当然ではないか」

兄は青ざめた顔で引き攣り笑いを浮かべた。先日どれだけ榧たちに脅しつけられたのかと、可哀相になってしまう。無用な手出しをされぬようちょっと脅かしただけのつもりが、案外肝の小さい男だ。

「嬉しいですわ。わたくしも、お兄さまをたったひとりの身内と頼みに思っております」

若干の申し訳なさを感じつつ、しかし頼めるのが兄だけなのは確かだからどうしようもない。意を決して真帆は切り出した。

「実はお兄さまに折入ってお願いがございますの」

「言ってみなさい」

兄としての、また家長としての威厳を示すべく、佳継は虚勢を張った。

「このようなことを自分から言い出すのは情けなく、恥ずかしいことなのですが……」

「ん？　なんだ」

ちょっと興味を惹かれたらしく佳継が身を乗り出す。

「実はわたくし……、まだ済ませておりませんの」

「何を？」

こほん、と真帆は咳払いをした。

「あれですわ、そのぅ……裳着《もぎ》を……」

「もぎ？」

ぽかんとした佳継は、にわかに眉を吊り上げる。

「裳着だと!?　確かおまえ、十七だと言ってなかったか……!?」

女子の成人式である裳着は、ふつう十二歳から十四歳くらいで行なわれる。

さすがに気恥ずかしくなって、真帆は几帳の翳で扇を広げ、顔を覆った。

「そうなのです。お母さまも曾祖父《おおじい》さまもお亡くなりになって……、気を配ってくださる方もなく、日々を送るのに精一杯で……」

「――乳母！」

佳継に怒鳴られて空木が焦って膝行《いざ》り出る。

「今の話は本当か⁉」

「そ、そんなはずは……っ。き、きちんといたしましたわ。式部卿宮《しきぶきょうのみや》さまに腰結役《こしゆい》を……」

「式部卿宮さまだと？　あの方は十年以上前から目を病まれておられるはずだ」

「恐れながら、乳母どのの申されているのは真帆さまの御母君の裳着でございましょう」

狭霧が平伏する。空木は混乱しきって真っ青になり、滝のように汗をかいている。

「お兄さま。空木は母の乳母なのです。忠義者で、わたくしのことも母の忘れ形見ということで親身に尽くしてくれますが、それだけに、時折混同することがあるようで」

「も、申し訳ございません！」

床に平伏して空木は泣きだしてしまう。

「空木のせいではありません。正直なところ、裳着を行なうあても余裕もなく、空木の混乱に乗じてこれさいわいと黙っていたのです。狭霧にも固く口止めしておりました。……ですが、亡きお父さまとお兄さまのご厚情により生活の目処も立ちましたし、仮にも邸の主人として、人目に立つこともなくひっそり暮らしているとはいえ、いつまでも童のままでいるのもどうかと思い至り……。恥をしのんでお兄さまにお願いを」

「中将さま。姫さまの御裳着をぜひとも早急にご手配くださいませ！　裳着を済まさなければ、ご結婚もできませんわ」

狭霧がさらに平身低頭する。狭霧はここ数年来、裳着の件でひそかに気を揉み続けていたのである。今回、事前に狭霧には告げていなかったが、この機会を逃してなるものかと決死の形相だ。

「わ、わかった。早急に手配しよう。――では、さっそくに段取りに入らなければ。今日はこれで失礼する」

「なにとぞよしなにお願いいたします」

「うむ」

頭を下げた真帆は、慌てた様子で出て行く兄の足音に耳を澄ませ、ほーっと息をついた。

(どうにかうまく行ったわ)

正直、裳着など必要ないと撥ねつけられるかと思っていた。建前はともかく、佳継にとって真帆は厄介者であろうから。

それに真帆自身も、今までほとんど考えずにいた。姫君らしい生活に戻れるあてもなく、日々を生き延びるだけで精一杯だったのは本当のことだ。

もはや完全に忘れていて、月影を童形《わらわ》のくせにと詰って言い返されたとき、やっと思い出したのだった。

「姫さま、申し訳ありません!」

号泣しながら詫びる空木を、真帆は慌てて慰めた。勘違いをきちんと訂正しなかった自分が悪いのだと。言葉を尽くして慰めても自責の念は深く、自らを恥じるあまり空木はしばらく寝込んでしまったのだった。

さて。右近中将佳継は牛車《くるま》のなかで気を取り直すと、急に裳着の出費が惜しくなってきた。もともと裕福な育ちのくせに物惜しみをする質なのである。

佳継は自邸に戻るのを変更して、妻のひとりである源大納言《げんのだいなごん》の娘・清子の元へ向かった。容貌は十人並みより少しましという程度だが、万事おっとりとした女性で気の置けない相手なのだ。

愚痴まじりの話を聞いた清子は不思議そうに言った。

「いいことじゃありませんの。中将さまはいつも、ご家族に妙齢の女君がいないのが残念だと仰っていたでしょう」

「うん？」

「妹君は十七におなりとか……。でしたら裳着と同時に入内《じゅだい》も可能なのでは」

「う――んん⁉　入内だと⁉」

愕然とする佳継に、ますます不思議そうに清子は首をかしげる。

「ええ、だって妹君の母上さまは宮筋の方なのでしょう？　でしたら身分的になんの問題もないはずですわ。中将さま、御酒を過ごされますと、叔父君の内大臣さまがご自分の大姫（長女）を二の宮さまに嫁がせたことをいつもぶつくさと。自分にもちょうどいい娘がいれば……などとお嘆きに」

しごくのんびりとした口調なので、多少皮肉まじりでも佳継は気付かない。まだ二十一の佳継には三歳の息子がひとりいるだけだ。娘がいたとしてもすぐに入内できるはずもない。

顎を撫でながら佳継は何度も頷いた。

「そうか、そうだな！　いきなり出てきて遺産を横取りした女としか思っていなかったから、それは考えつかなかったぞ……。十七ならすぐにも孕めるではないか。だったら一の宮さまに……。いやいや、あの方は主上《おかみ》の愛息だがお身体が弱く、元服もままならないような御方だ。それより主上の女御として入内させ、ご寵愛《ちょうあい》を賜れれば、右大臣たちの鼻をあかしてやれるぞ。氏の長者を狙う叔父の牽制にもなる……」

「妹君が弘徽殿女御《こきでんのにょうご》さまよりお美しければ、主上も関心を持たれるのでは？」

何気ない清子の言葉に、ハタと佳継は考え込んだ。

そういえば、妹の顔は未だ見ていない。父は息子から見てもよい男振りだったし、わざわざ醜女に通ったとも思えないので、生まれた娘がとんでもないご面相ということはないはずだ。

（接待の女房は、可愛らしい姫君だと言っていたな……）

主のことを悪しざまに言うわけもないが。

かといって二度しか会ったことのない異母妹に『顔が見たい』とは言いづらい。裳着前とはいえ、すでに十七にもなっているのだ。

「そうだ！　清子、おまえ俺に代わって妹の顔を見てきてくれないか？」

「わたくしが？」

面食らう妻の肩を掴んで佳継は頷いた。

「そうだ、入内させても問題ない姿形をしているかどうか、確かめてほしい。お付きの女房どもが言うには箏の琴が得意だそうだが、本当かどうか怪しいものだ。その辺りも探ってきてくれないか？宮筋とは言っても食うや食わずの生活だったらしいからな。あまりに無教養ではこちらが恥をかく」

「もしそのような鄙《ひな》びた姫君だったらどうなさいますの？」

「むろん裳着の前に徹底的に礼儀作法を仕込むのだ。そうでなければ腰結役すら恥ずかしくて頼めんぞ！　さぁ、真帆に文を書いてくれ。俺に頼まれたとは絶対言うなよ」

夫があまりに急かすので仕方なく清子は文を書いて使いに持っていかせた。

返事はすぐに来て、ぜひお目にかかりたいので明日にでもお越しくださいと書かれてあった。

「お手蹟《て》はなかなかですわね」

「女房の代筆だろう。どういうわけかあそこには見目よく受け答えも気の利いた者が揃っているのだ。……そういえば、あの悠々とした暮らしぶりはやはり解せないな。邸は父の供養と思って譲ってやったが、鬼やもののけが出ると恐れられ荒れ放題だった邸にあんな立派な調度類があったとも思えん。生活費や召使の給金はどこから得ているのか」

「どなたか通う方がいらっしゃるのでは？　その方のご援助で……」

「そうだ！　それも確かめてくれ。以前聞いたときには否定されたが、やはり裕福だが身分のない者が忍んできているのかもしれん。もしそうならきっぱりと手を切らせねば」

入内どころかまだ帝の御内意も伺っていないのに、佳継の頭のなかは栄達の妄想でいっぱいになっていた。


翌日、清子は絵巻物や香木などの手土産を持って七条坊門の邸を訪れた。佳継は参内《さんだい》したものの早めに下がり、妻の邸でそわそわと帰宅を待った。

夕方になって戻ってきた清子にさっそく首尾を尋ねる。

「ご心配には及びませんわ、あなた。真帆さまは本当に可愛い方でしたよ。いえ、そうねぇ。正確に言うならば可愛いというよりは――」

「ブスなのか⁉」

「とんでもない！　お綺麗な姫君ですわ。はきはきとして気持ちのよい方。確かに深窓の姫君……という感じはあまりしませんけれど、品がないというわけではありません。ご苦労なさったせいか気丈な方とお見受けします。笑うと可愛いのよ。わたし、真帆さまのことがとても好きになりましたわ」

清子は人を羨んだり妬んだりすることがなく、公平なものの見方ができる女性だ。佳継はそこが気に入って、色気抜きでも信用している。

「琴はどうだ？」

「本当にお上手でしたわ。わたくし、新品の琴爪をお贈りしましたの。真帆さまはその返礼に一曲弾いてくださったのですが、宮中の宴に呼ばれても恥ずかしくない腕前だと思いますわ」

「それはいい！　で、男っ気のほうはどうだ？」

「どなたか通われているような気配はございませんでしたわね。生活のほうは、亡き曾祖父の宮さまとお付き合いのあった方々が気づかってくださっているとか……。女房たちもそちらでご縁のあった者たちが損得抜きで集まってきたようですわ。亡くなられた宮さまや母君さまのご人徳でしょう」

満足して佳継は頷いた。血筋がよく、そこそこ美人で琴が上手ければ充分だ。文だの和歌だのは有能な女房に代筆させればよい。

「さっそく主上の御内意を伺うとしよう。叔父貴と右大臣には知られぬよう用心してな」

意気揚々と参内《まいない》した佳継は、清涼殿勤めの女房に賄賂を贈り、それとなく妹のことを主上のお耳に入れてもらった。

帝はまだ四十前のお若い方だが、何年も前に亡くなった中宮に対する深い想いは未だ褪せることなく、妃としては中宮の生前に入内していた弘徽殿女御しかいない。

弘徽殿女御は右大臣の娘なのだが、たいへんおとなしい人で、派手な宴を主催するより気心の知れた女房たちと絵巻物を見たり、籠に入れた松虫（今の鈴虫）の鳴き声に耳を傾けるのを好むような、地味な方だ。

右大臣は娘を中宮にしたくて何度も働きかけたのだが、主上が頑として受け入れず、また女御自身も先の中宮に未だ遠慮しているのか固辞し続けている。

本来の後宮の主である弘徽殿女御がそんなありさまなので、現在の後宮は弘徽殿の産んだ二の宮に嫁した内大臣――佳継の叔父――の娘が仕切っている状況だ。

二の宮は祖父である右大臣の権勢を背景に、兄の一の宮が病弱で殿舎《でんしゃ》からほとんど出てこないのをいいことに、自分が東宮《とうぐう》であるかのように振る舞っている。

右大臣邸で大勢の召使にかしずかれ、甘やかされて育った二の宮は、内裏に住まうようになる頃にはすっかりわがままで傲慢な子どもになっていた。それは十年経っても変わらず、政治や勉学にはとんと興味がない。そんなところも右大臣にしてみれば都合がいいのだろうが。

佳継の父である左大臣が健在な頃は、遠慮もあり、まだ均衡がとれていたのだが、急な病で亡くなると内裏の勢力図は一気に右大臣側に傾いた。佳継の叔父・佐理《すけまさ》は大姫（長女）を二の宮に嫁がせているのだから当然右大臣側である。

（主上は穏やかなお人柄ゆえ口に出すことはないが、今の状況に満足しておられるはずがない）

そのように佳継は推測している。

頭を押さえていた左大臣が亡くなり、太政大臣《だいじょう》は隠遁《いんとん》同然。このままでは完全に右大臣の天下だ。

（今まで主上が新女御入内を渋っておられたのは、どの姫君も右大臣側だったからだ）

左大臣側からは出したくても嫡流の姫はもとより、ゆかりの姫もいなかった。

父は佳継の母である北の方の他にも、真帆の母をふくめ数人の女性に通っていたが、真帆が現れるまでは佳継しか子どもがいなかった。

いや、いるにはいたのだが、みな病で早世してしまったのだ。

都では数年置きに疫病が猛威を振るい、今上が即位したのも当時の東宮を始め兄弟の宮たちが軒並み病没してしまったからである。今上にとってもまったく予想だにしなかった登極《とうきょく》だった。

（真帆が入内すれば、叔父貴と右大臣の専横に歯止めがかけられる）

妻の見るところ、真帆はなかなか気の強い女子らしい。一度は零落して生活に苦労しただけに肝が据わっているのだろう。そういう姫なら二の宮妃にも充分対抗できるはずだ。

（主上はまだお若く元気であらせられる。いかにもな深窓の姫君で影の薄い弘徽殿さまより、美貌で多少劣ったとしても毛色の変わった真帆に興味を持たれるのではないか）

などと殿上の間で都合のよい妄想を繰り広げていると、女官が呼びに来た。

佳継はウキウキしながら御前にまかり出、深々と平伏したのだった。

第五章　月やは物を思はする

裳着をねだって早半月。

ようやく訪れた佳継と御簾越しに対面して真帆は首を傾げた。

「どうかなさいましたの？　お兄さま。もしや、裳着は中止でしょうか」

「それはない！　槍が降ろうと決行だ」

気色ばんで佳継は断言する。

物騒な……と顔を引き攣らせつつ、遠慮がちに言ってみた。

「あのぅ。ほんの形だけでけっこうですのよ。何も大がかりな宴を開いてほしいわけでは……」

「そうはいかん。裳着が済んだら間を置かずに出仕《しゅつし》するのだ。世間からも注目されている」

「出仕？　誰がですか」

「おまえに決まってるだろう！」

不機嫌な答えに真帆は目を丸くした。

「わたくしが出仕……？　あの、何かの間違いでは」

「入内の間違いだったらどんなによかったことか！」

はぁぁあ～と佳継は盛大な溜息を洩らした。

「じゅ、入内……⁉」

「そうだ、裳着ついでにおまえを入内させようと思ったのだ」

「ついで⁉」

「貴族の娘ならよくある話だ。驚くことではない」

「驚くわよッ」

つい声を荒らげてしまい、側に控えていた狭霧が焦ってたしなめる。

「姫さま、抑えて」

御簾の外に控えていた椢が、こほんと咳払いをする。

「中将さま。順を追ってお話しいただけないでしょうか。姫さまが混乱していらっしゃいます」

「む……。それもそうか」

佳継は何度か咳払いをし、開いた扇をパチンと閉じると憮然とした口調で話しだした。

「ちょうどよい年頃ゆえ、裳着が済めばすぐにも入内できると思いついたのだ。今のところ今上にはお妃がおひとりしかおられぬ。弘徽殿女御さまと言ってな、右大臣の二の姫だ」

真帆たちの父は先の左大臣。現在、左大臣は空位になっている。父の生前は時に対立しつつもそこそこ上手くやっていたのだが、亡くなると俄然《がぜん》右大臣側の権勢が増した。

加えて、父の弟である叔父が、氏の長者の地位を狙って右大臣側と手を組んだ。対抗しようにも佳継は若年。右近中将の地位もいわば親の七光。頼りになる兄弟もいない。

ひるがえって叔父はと言うと息子と娘が三人ずついる。長男は佳継よりひとつ上で、臨時の除目《じもく》で正五位の左中弁《さちゅうべん》から四位の頭中将《とうのちゅうじょう》に特進。当然こちらも親の威光だが、従四位下の右近中将である兄は抜かされてしまった。

「父上さえ生きておられれば、俺が頭中将になれたものを……！」

佳継はぎりぎりと歯噛みした。

後で榧から聞いた話では、蔵人所《くろうどどころ》の次官である蔵人頭《くろうどのとう》と近衛中将を兼任する頭中将は激務なので、どんなに血筋がよくてもそれなりの実力がなければなれない役職だそうだ。

あとふたりの息子も良家の御曹司に与えられる役職をしっかり押さえているし、大姫（長女）は実質的な東宮と見做されている二の宮の妃。妹姫たちも右大臣に与する貴族たちと縁談があるらしい。

「それはともかく、宮廷内の力関係が偏っているのはいかがなものかと奏上したのだ」

えらそうに言っているが、つまり自分も取り立ててほしいと泣きついたようなものではないかと真帆は呆れた。孤立無援に等しい状況なのは確かに気の毒ではあるが。

「どうしてそれがわたくしの出仕話になるんですの？」

「うん、だからな。右大臣側の妃がひとりおられるだけでは釣り合いが取れませんと申し上げたのだ。先の左大臣の娘であるおまえが入内すれば、それが叶うではないか」

帝は佳継の意見に、なるほどもっともであると頷かれたという。色めき立つ佳継に、しかし帝はきっぱりと宣言したのだった。これ以上、女御を持つつもりはない、と。

「まぁ……！　今上はそんなにも弘徽殿さまを大切にしていらっしゃるのね。なんて誠実な殿方でしょう。さすが帝だわ」

真帆は感心して、一気に帝への敬意が増したが、佳継は馬鹿にしたようにフンと鼻息をついた。

「弘徽殿さまを大切にしているのは右大臣への気遣いにすぎん。特別にご寵愛されているわけではない。主上はすでに亡くなられた中宮さまを未だに忘れかね、他の女人が目に入らぬのだ」

「んまぁ、素敵！」

うっとりと狭霧が叫ぶ。

「物語みたいですわねぇ。ただひとりの女君に愛を捧げるなんて、落窪物語《おちくぼ》の右近少将さまみたい」

「落窪姫は死んでないでしょ」

真帆はすぱんと切って捨てて狭霧を嘆かせた。

「全然話が進まないわ。入内を断られたのに、どうしてわたしが出仕することになるんですか」

姫君らしさを取り繕うのも面倒になって、つけつけと尋ねる。

「い、いや……、最愛の中宮さまの忘れ形見である一の宮さまを、今上は非常に気にしておられてな」

先帝の四の宮だった今上は、内親王を母に持ち、血統は優れていたが有力な後見がなかった。母宮が亡くなってしばらくすると遠縁の宮家に引き取られ、やがてそこの一人娘と結ばれた。

そのままひっそりと生涯を終えるかと思われたが、疫病で父帝、三人の兄宮が続けざまに亡くなるという奇禍《きか》に見舞われ、思いがけなくも践祚《せんそ》することになったのである。

「即位の翌年お生まれになったのが東宮、一の宮さまだ。御年十九になられるのだが、この方が病弱でいらしてな。お住まいの殿舎からほとんど出ることもなく過ごしておられる」

「まぁ、お気の毒な……」

「病弱でも頭脳明晰で、亡き中宮さまに似てたいそう美しい皇子さまだ。まるで雲間から射す月の光のように美しいことから、月光の宮さまとも呼ばれている」

（月光の宮さまねぇ……。どんなにお美しい方だろうと、月影のほうが綺麗に決まってるけど）

妙な対抗心を覚えてしまうのは似通った呼び名のゆえか。

「今上は忘れ形見の東宮さまを、それこそ目に入れても痛くないほど可愛がっておられるのだ」

「当然ですわね」

「そこでおまえを尚侍《ないしのかみ》として出仕させたいという話になった」

「はぁ!?　どうしてそうなるんですか」

「だから、おまえをゆくゆくは東宮妃にしたいという御内意なのだ！」

「まぁ、東宮妃ですって」

空木が年甲斐もなくはしゃぎ声を上げる。

「それではいずれは女御さま、ゆくゆくは皇后さまですわね！」

皇后と中宮は同じ意味で正妃のことだ。

「言っただろう。東宮さまはたいへんご病弱な御方なのだ。そのせいで未だに元服もお済ませでない。皇族なら遅くとも十六、七までには元服なさるものなのに。二の宮さまなど祖父の右大臣の肝入りで、わずか十二歳ではやばやと元服されたのだぞ」

「でも、東宮は一の宮さまなのでしょう？」

「そうだ。だからこそ妙な状況になっている。真の東宮は父帝以外に頼るものとてなく後宮の奥に捨ておかれたような御立場。権勢家を祖父に持つ二の宮は早々に元服を済ませた上に妃もいる。御子はまだだが……。東宮さまに嫁したところで、践祚《せんそ》される前に儚くなられたら元も子もないではないか。うちには真帆しか手駒がないというのに」

「そんな言い方は東宮さまに失礼よ！　これからお元気になられるかもしれないじゃない」

言い返して、ハッと真帆は胸元を押さえた。

(鬼の角薬……!)

これを飲ませたら東宮さまの具合もよくなるのでは?

「まぁな。確かにそれを期待してのお考えだ」

口に出してしまったのかとぎょっとしたが、そうではなかったらしい。

「第一に右大臣一派の専横への牽制、加えて、畏れ多くもおまえに対するお気遣いでもあるのだ」

「というと……?」

「最初から東宮妃として入内させては、気が合わなかった場合に可哀相だし、里下がりをして実質的に離縁となっても再婚は難しいだろう。そこでまずは尚侍《ないしのかみ》として出仕させ、東宮の話し相手などさせて相性を確かめ、東宮の意向も伺った上で、改めて入内ということに」

「東宮さまに気に入られなかったらどうなるんですか」

「尚侍としてしばし出仕を続ける。心配するな、実質的にはお妃候補だから実務は次官の典侍《ないしのすけ》や三等官の掌侍《ないしのじょう》がやる。おまえは着飾って若い公達を惹きつけ、右大臣一派を牽制すればよいのだ」

「あいにくとわたくしにはそのような美貌も才覚もございません」

「ここの女房たちを連れて行けばよいではないか。なかなか才気ある女房が揃っていることだし、主人《おまえ》がぼーっとしていても公達を喜ばせるような気の利いた受け答えをしてくれるだろう。弘徽殿の女房たちにも引けはとらないはずだ」

「どうせ出仕するなら、わたくしもきっちり仕事させていただきますわよっ」

憤然と真帆は言い返した。自力で生活してきた実績のある真帆としては、名目だけのお役目でただ遊んでいろと言われて納得できるものではない。

「それもよかろう。お側近くで仕えるうちに気に入られてお手がつくかもしれない。そうなったら身分からして女御は当然。俺としてはそちらを狙っていたのだから、そうなってくれれば本望だ」

なってたまるかと真帆は御簾の内から兄を睨みつける。

「出仕は断れませんの？　まだ内々のお話なのでしょう？」

「断れるわけないだろう！　これは我が家の浮沈にかかわる重大案件なのだ。おまえも一族に加わったからには家長たる俺の意向に従ってもらう。すでに腰結役として太政大臣の内諾も得た。近頃は臥しがちであまり参内なさらないが、隠然たる力をお持ちの方だ。右大臣家とは関わりも薄い」

裳着の日程やら何やら、ひととおり喋ると佳継は引き上げていった。

真帆は御簾のなかでひとりになって考えた。

(東宮さまは本当にお気の毒だと思うのよ)

病弱な愛息を見守る帝もさぞおつらいことだろう。

怪しの君からもらった鬼の角薬を服用すれば、よくなるかもしれない。少なくとも試してみる価値はある。しかし誰かに頼むわけにもいかない。

後宮に住まう東宮に薬を届けるには真帆自身が出向く必要がある。後宮に入る手段は出仕か入内のいずれかだ。

すでに帝から出仕の内達が出ているからには、それに従うしかないのだろう。

(尚侍として出仕して、東宮さまにお目にかかって、どうにかして薬を服《の》んでいただくのよ)

効果を見届けたら、すみやかに退出させてもらう。

これしかない。

東宮に気に入られるとは思えないから、そっちの心配は無用だ。

（入内じゃなくてよかったんだわ。尚侍としての出仕なら辞められるもの）

兄に反対されても、東宮が薬で快復すれば、こっそりと帝に打ち明けて便宜を図ってもらうことだってできるはず。もしも欲しいと仰せなら残った角をすべてお譲りする。

（それにしても。月影は何してるのかしら）

イライラと真帆は扇を開いたり閉じたりした。

もしや鬼の國で揉めているとか……？

その夜、真帆は御帳台を抜け出すと、妻戸を開けて外に忍び出た。曹司で休む女房たちに気付かれぬようそろそろと渡殿を抜け、西の対屋《たいのや》の簀子を通って西の中門廊の端にある釣殿へ行く。

真帆は釣殿の簀子に座って月を見上げた。

八月《はづき》に入り、新月を挟んでふたたび月は膨らみ始めている。晴れた夜空にかかる三日月を見上げて真帆は溜息をついた。

「満ちたり欠けたり。月は気まぐれなんだから……」

しげしげと訪れたかと思うとぱったりと姿を見せなくなる。月影は真帆のもとに『通って』いるわけではないけれど。

（お母さまも、お父さまの訪れをずっと待っていたのでしょうね）

不実な月は雲に隠れたまま、どこかに飛んで行ってしまったけれど。

「……こころみに雨も降らなん宿過ぎて。空行く月の、影やとまると」

思い浮かんだ古歌を口ずさむと、夜風のごとく涼やかな声が囁いた。

「われゆえに月をながむと告げつれば、まことかと見に出でて来にけり……か？」

驚いて振り向けば、月光を織り上げたような白い水干から二藍の衣《きぬ》を覗かせた月影が、丸柱に寄り掛かって真帆を眺めている。

「い、いつからいたのよ……」

赤くなって口ごもると、月影は悪戯っぽく笑った。

「月は気まぐれだと愚痴っていたあたりから」

「本当のことでしょ」

つーんと顎を反らすと月影は忍び笑って側に寄ってきた。

「そう拗ねるな。拗ねても可愛いけどな」

ますます頬が熱くなって顔をそむける。月影はその頬をむにっと引っ張った。

「だいぶ熟れてきたではないか」

「ま、まさか本当に、た……食べるつもり……⁉」

「さぁて。どんなふうに食べようかな」

くすくすと笑う月影は無邪気で楽しそうで。鬼が人を喰らった話はまことしやかに語られているけれど、月影の言う『食べる』はそれとは違う気がする。

「真帆はどうしてほしい？」

「そ、その前にきちんとお文やお歌をいただきたいわっ」

耳朶《じだ》を食まれそうになって慌てて膝行《いざ》り逃げる。

「あいにく和歌はあまり得意でなくてな」

「上手下手の問題じゃないわ。本歌取りでもなんでもいいの。ようは誠意を示すかどうかよ」

「誠意なら示しているつもりだが」

「わ、わかってるわよ……」

庭や寝殿を横目で見ながら真帆は口ごもった。荒れ放題のもののけ邸を綺麗に整え、女房はじめ必要な使用人を手配してくれたのは月影だ。

「なんだ？　足らぬものでもあるのか。あるなら遠慮せずに言え。欲しければ手に入れてやるぞ。珍しい衣でも唐物《からもの》（船来品）でも」

「充分足りてます！　それより元服の話はどうなったの⁉　てっきり姿を見せないあいだに済ませたのかと……」

「ちゃんと要望は伝えたぞ。父上も喜んでおられたが、俺ほどの身分ともなればいろいろと準備がいるのだ」

けろっとした顔で答える月影を、まじまじと真帆は見返した。

「……月影って、やっぱりえらい人の息子だったのね」

「見直したか。俺は帝の息子だぞ」

「うん、見直したわ」

フフンと顎を反らす月影に、真帆は素直に感心した。

（鬼の國にも帝がいるのねぇ）

やっぱり月影は鬼の國の皇子さまだったのだ。

「それより真帆はどうなのだ。裳着の件、兄に伝えたのだろうな？」

「もちろん。――そうだわ、大変なの！　わたし、裳着が済んだら内裏に出仕させられちゃうのよ」

「出仕？　なんだそれは。そんは話は聞いてないぞ」

面食らう月影に、真帆は兄の勝手な思惑が出仕話に繋がったいきさつを説明した。

「――でね、東宮さまに鬼の角薬を服《の》ませて、快復されたら退出させていただこうと思うの。薬が効けば、わたしのお願いも聞いていただけるはずよ。月影、それまで待っててくれる？　――月影？」

真剣に訴える真帆をよそに、月影は眉をひそめ、親指を唇にあてて考え込んでいる。

「そうか、その手があったか。しかしそうならそうと、なぜ仰《おつしや》らぬのか……」

「月影ってば！　聞いてるの⁉」

「真帆！　おまえ東宮に入内しろ！」

「――――は？」

目をキラキラさせて迫る月影に、真帆はぽかんとした。

「こんないい話はないぞ。お膳立てする面倒が省けたというものだ」

「何言ってるのよ⁉　それに入内じゃなくて出仕！　尚侍《ないしのかみ》としての出仕よッ」

「ちぇっ、入内のほうが手間がかからんのに」

ぶつくさと文句を垂れる月影に呆れ返る一方、めらめらと怒りが込み上げる。

「わたしが東宮妃になっちゃってもいいの⁉」

「東宮妃のほうがいいに決まってるじゃないか。いずれは帝の女御だぞ。真帆の身分出自ならすぐにも中宮に立てる」

「――っっっ!!!!!!」

不思議そうに言い返す月影のしれっとした顔に、髪の毛が逆立つような怒りを覚えて真帆はすっくと立ち上がった。

「何を怒ってるんだ？　この世で一番高貴な女になれるのに嬉しくないのか」

「わかんないの？　そうね、わかんないわよね。しょせん鬼と人とは通じ合えないんだわ……！　信じたわたしが馬鹿だったわよッ」

ふんっ、と盛大な鼻息をつき、呆気にとられる月影を睨みつけると、真帆は憤然と身を翻した。

「おい、真帆。待てって」

「知らないっ。月影なんか嫌いよ、大嫌い！　何よ、童《こども》のままでいられれば、なんて言って！　めちゃくちゃ汚い大人になっちゃってるじゃないのっ。出世栄達が一番の幸せだなんて、俗な人間そのものだわ！　ああもう、頭に来すぎて角が生えそう！」

「何言ってる」

「ついてこないでよ――ッあ！」

大股でずんずん歩いていた真帆は、長袴の裾を捌ききれずにつんのめってしまった。

慌てて月影が、はっしと真帆の袖を掴む。胸元に抱き留めて月影はホッと息をついた。

「あのな、真帆。俺は――」

「放してよッ、言い訳なんか聞きたくな、……ッ!?」

ぐいっと引き寄せられたかと思うと、有無を言わさず唇を塞がれた。

「んん!?　んむーッ」

月影の胸元をバンバン叩き、振りほどこうと必死に抵抗する。

しかし彼の力はすらりとした見た目からは想像もつかないほど強かった。このまま絞め殺されるのではと恐怖に駆られた真帆は思い切り彼の唇に噛みついた。

「いてっ」

怯んだ隙に全力で突き放す。息を荒らげて睨みつけると、月影は唇をぬぐった指先を眺め、困惑しきった顔で真帆を見た。

怒りもせず、ただただ困り果てた様子に、ますますはらわたが煮えくり返る。

「―――馬鹿っ」

すっかり頭に血が上り、罵り言葉はそれしか出てこなかった。

真帆は長袴を思い切りたくし上げ、完全に踏み抜くと全速力で中門廊を逃げた。

両手が塞がっていて涙をぬぐうこともできない。

流れるままにぽろぽろと涙をこぼしながら真帆は走った。

月影はもう追ってこなかった。


「姫さま、本当にとってもお綺麗ですわ」

裳着の儀も無事終わり、新品の華麗な唐衣裳《からぎぬも》に身を包んだ真帆をうっとり眺めて狭霧が囁いた。

感極まった空木は無言で頷きながら袖で目許を押さえている。

御簾の外では先の左大臣の姫の裳着を祝って賑やかな宴が繰り広げられていた。

腰結役は政界の重鎮である太政大臣。すでに尚侍《ないしのかみ》としての出仕も決まっている。勢力図は右大臣派に大きく傾いているとはいえ、これで流れが変わらないとも限らない。

そう考えた人々が続々と招待に応じ、宴は大盛況となっている。もちろん右大臣も、叔父である内大臣も、息子たちを従えて席に着いていた。

先ほど挨拶を受けたが、次々やってくるのと緊張の反動の疲れとでぼーっとしていた真帆にはとても覚えていられない。

挨拶といっても真帆は御簾の内で黙って会釈するだけで、直接言葉を交わすわけではない。向こうからは真帆がそこにいるのかどうかもわからないだろう。

初めて身につけた正装の五衣唐衣裳《いつつぎぬからぎぬも》は、一枚一枚は薄手とはいえ、やはりずっしりと肩にのしかかるようだ。

紅の匂《におい》（グラデーション）に重ねた袿に紅葉の襲《かさね》の表着《うわぎ》、青海波《せいがいは》や松を描いた裳をつけた上から伏蝶丸《ふせのちょうまる》文様の赤朽葉《あかくちば》の唐衣を打ち掛ける。

兄が吝嗇《けちんぼ》家なのは察しがついていたが、さすがに裳着即出仕ということで注目されていては手を抜けなかったのだろう。

入内ではなく出仕というのも、なかなか巧みな持っていき方だったらしい。相手が帝にせよ東宮にせよ、入内となれば完全に右大臣側への宣戦布告となるが、尚侍としての出仕であればその立場は微妙である。

お妃候補とも言えるが、そうと決まったわけでもない。そもそも、帝にその気があるなら最初から女御として入内させればいいわけで。

そうしなかったのは右大臣側に偏りすぎている均衡を、先の左大臣の姫を出仕させることで、やんわりと回復させようという御上意であろう……というのが、さしあたって公卿たちが納得した見解であった。

小さく溜息をつき、真帆は鬢削《びんそ》ぎをした髪を憮然と指で梳いた。

溜息を聞きつけた狭霧が膝行り寄って囁く。

「——姫さま、お顔の色が優れませんね。さぞお疲れでしょう」

「大丈夫よ。白湯を少しいただける？」

無理にも微笑んで真帆は白湯を注いだ銀の盃を受け取った。

篝火であかあかと照らされた南庭を御簾の内からうつろに眺める。御簾の内から月は見えない。見えたとしてもどうせ悲しくなるだけだ。

怒りが醒めると、真帆の心は闇夜のように暗く沈んだ。

「……このお衣装、本当に似合っているのかしら」

「まぁ、何をおっしゃいます」

「もちろんですわ！」

空木と狭霧が口々に褒めたたえる。見下ろした襟元の色の重なり具合などは確かにとても綺麗だし、つやつやと光沢のある生地の色も文様もうっとりするほど美しい。

全身が映る大きな鏡などないから女房たちの言葉を信じるしかない。衣装は榧が中心になって選んだ。榧たちはいつも素敵な色目の衣装を身につけているし、きっと似合っているはずだ。

それでも真帆は、あの不実な月が盛装に身を包んだ自分を見て、よく似合うと微笑んでくれたらどんなに嬉しいだろう……と思わずにはいられないのだった。

数日後の吉日を待ち、牛車を連ねて真帆は内裏へ向かった。

お供をする女房と女童は総勢二十人。そのほとんどはふつうの人間だ。邸の手入れがひととおり終わると、椹は少しずつ使用人たちを人間に入れ換えていた。今では椹と狐の四姉妹女房だけが残っている。

そのうち出仕に同行するのは椹と柊、女童の榎。真帆の乳姉妹である狭霧も一緒だ。

空木は七条坊門の邸に残る。最近足腰が弱っていることもあり、里邸の管理を任せることにした。狐女房の椿と楸《ひさぎ》も残っていることだし、昔からの管理人である老夫婦も元気だ。

真帆はつややかな毛並みの黄牛《あめうし》に牽かせた美しい糸毛車《いとげのくるま》に狭霧と共に乗った。簾の内側に布の下簾を掛け、その下からきらびやかな女房装束の袖や裾を覗かせる。こうして女性が乗っている車であることを示すのだ。

女房たちの乗った副車《そえぐるま》も同様にし、ぱりっとした新品の召具《めしぐ》装束に身を包んだ牛飼童や供人たち、車副《くるまぞい》を務める大勢の雑色《ぞうしき》に舎人《とねり》、騎馬で牛車を先導する随身たちに取り巻かれて、行列は掛け声も晴れやかにしずしずと大路を進んだ。

糸毛車には窓がなく、前後の簾も下簾を重ねてあるので外は見えない。そっと簾の端をめくってみると、行き会わせた通行人が道端で大勢見物していた。

牛車は上東門《じょうとうもん》から大内裏に入り、内裏北端の朔平門《さくへいもん》で輦車《てぐるま》に乗り換える。

帝は尚侍《ないしのかみ》として出仕する真帆に内裏内で輦車の使用を許可する宣旨《せんじ》を与えた。実質的な女御待遇とも取れるその処遇は、今上が真帆に特別な関心を抱いていることを示すものと受け取られている。

当の真帆にはかえっていい迷惑だ。帝は真帆を妃にするつもりはないと言っておられたはず。病弱な東宮の話し相手がてら、さりげなくお薬を差し上げて、よくなったらとっとと退出する計画だったのに。

(……あぁ、そうだわ。退出したって別にやることないんだった)

あれほど感情的に怒鳴りまくって絶縁宣言し(思いっきり啖に噛みつきもし)たからには、七条坊門の邸で待っていたところで月影が来てくれるはずもない。

鬱々《うつうつ》と考え込んでいるあいだに輦車は玄輝門《げんきもん》から内裏の内の裏《え》に入った。局を賜る宣耀殿《せんようでん》は玄輝門を入って左手にある。

宣耀殿は東宮が住まう淑景舎《しげいしゃ》(桐壺)の西隣で、反渡廊《そりわたろう》で行き来できるようになっている。帝のおわす清涼殿《せいりようでん》からは、桐壺《きりつぼ》と並んでもっとも遠い。まずは無事到着の報告を上げた。

内侍司《ないしのつかさ》の長官とはいえ、実務能力を買われて出仕したわけではない。妙に厚遇されているようだが、実際に拝謁できるかどうか怪しいものだ。

落ち着いたところを見計らったように内侍司の次官であり実質的に取り仕切っている典侍《ないしのすけ》が挨拶にやってきた。実務家らしく、てきぱきとした人で、歳の頃は二十代の後半だろうか。

まじめに励みますのでよろしくご教示くださいと挨拶を返したのだが、ほほほと笑って『東宮さまのつれづれのお話し相手などなさっていればよろしいのですよ』と言われてしまった。

厭味な言い方ではなく、帝から含むところはすでに聞いているようだ。

「……あの。東宮さまは、どのような御方ですの？」

「それはこちらの椢の命婦《みょうぶ》にお聞きになればよろしゅうございますわ」

思わせぶりに笑って典侍が下がると、当惑した真帆は廂に控えていた椢を呼んだ。

「どういうことなの？　命婦と言っていたけど、内裏でお勤めしていたの？」

「ええ、まぁ……」

椢は困ったように言葉を濁す。真帆はピンと来た。

「月影の命令で内裏を下がってわたしのところに来たのね」

珍しく焦り気味に椢は頷いた。

「わたくしども……は、人のなすことに何かと興味を持つ質でございまして……」

周囲に他の女房は見当たらないが、どこで聞き耳をたてられているかわからない。塗籠《ぬりごめ》以外は壁などなく、御簾や軟障《ぜじょう》、襖障子などで部屋を区切り、几帳や屏風を立てて仕切ってあるだけなのだ。

椢が『鬼』と口にするのを憚っているのはわかったので、真帆も声をひそめた。

「わかってるわ。何も悪さをしようというのでなく、内裏で働いてみたかったのでしょう？」

「え、ええ」

「椢のことだから有能な女官だったのでしょうね。わたしのために下がらせて悪かったわね」

「とんでもございません！」

ますます焦って椢はかぶりを振る。

「戻ってこいって、月影に言われなかった？」

「なぜでございますか」

不思議そうに問われ、真帆は肩をすくめた。

「わたし、月影と絶交したの」

「まぁ……」

「聞いてない？」

「いいえ、全然」

「もしも月影に戻ってくるよう言われたら、わたしに遠慮や義理立てなんかしなくていいのよ。今まですごくよくしてくれて、榧《かや》には感謝してる」

「何を仰います。お暇を言い渡されない限り、お側でお仕えさせていただきますわ」

毅然とした顔できっぱり言い切る榧を見れば、あだやおろそかとも思えない。

「ありがとう。それで、東宮さまなんだけど」

「ええ、はい。そうですわね……」

榧は迷ったように言いよどんだ。やはり貴人の内情を口にするのは憚られるのだろう。

「お小さい頃からたいそうお悩みだったことは確かでございます」

「もののけのせい……？」

「いいえ、そういうことでは。なんと申しますか……寝ても起きても身体じゅうが痛く、苦しくて、ひどくおつらいようでございました」

「まぁ、お気の毒に」

「痛みが引いても、すっかり疲れ果ててしまわれて、出歩くこともままならず……」

「今もそのようにお苦しみなの？」

「近頃はだいぶよろしいようでございます。ただ、ずっと臥せりがちで元服も行なえず、見苦しく恥ずかしいと仰って、滅多に人前には出られません」

蓬髪の童形を気にも留めずに堂々と出てくる月影とはえらい違いだ。

(月影は好きで元服しなかったんだものね)

嬉しくないのか？　と不思議そうに尋ねる月影を思い出すとむかむかと腹が立って、真帆はぎゅっと扇を握りしめた。

「……東宮さまはとても美しい方だと聞いたわ。月光の宮と呼ばれているとか」

「はい！　それはもう」

椐の表情がぱっと明るくなり、真帆はムッとした。

「そんなにお美しいの？　月影よりも？」

我ながら驚くほどとげとげしい口調になってしまい、椐がおろおろと口ごもる。

「それは……そのぅ……」

「ごめんなさい、つい腹が立って意地悪言っちゃった。気にしないでね」

「はぁ……」

「何はともあれご挨拶申し上げないといけないわね。東宮さまのご都合を伺ってきてくれる？」

「かしこまりました」

椐は深々と平伏して下がった。

東宮への挨拶は戌《いぬ》の刻（午後八時くらい）となった。

身支度をして、ふたたび唐衣裳の正装に身を包むと、真帆は前後に女房や女童を従えて灯籠の吊るされた宣耀殿《せんようでん》の簀子を淑景舎《しげいしゃ》へ向かって進んだ。

この辺りは住まう人も少なく、周囲はしんとしている。宣耀殿と淑景舎の南側にある麗景殿《れいけいでん》と昭陽舎《しょうようしゃ》（梨壺《なしつぼ》）は現在使われておらず、後宮の賑わいはここことは反対側の、派手好きな二の宮とその妃が住まう凝花舎《ぎょうかしゃ》（梅壺《うめつぼ》）や、帝の女御がお住まいの弘徽殿あたりが中心になっているという。

もっとも弘徽殿女御自信はおとなしい内気な人で、静かにお暮らしだそうだが……。

建ち並ぶ殿舎の向こうから、夜風に乗ってかすかに管弦の調べが聞こえてくる。梅壺あたりで宴を開いているのだろう。

（静かでいいとも言えるけど、夜など静かすぎてお寂しいのではないかしら）

位置的に後宮の隅っこということもあり、ますます東宮がお気の毒に思えてくる。真帆が宣耀殿に住まうことになって灯籠の数も増えたのだろうが、以前はもっと暗かったに違いない。

（うう……。なんだか気味が悪い……）

灯籠や紙燭だけでは心もとない。今夜は曇り空で月も星も見えないからなおさらだ。真帆は扇を顔の前に翳しながら物陰を窺った。どういうわけか七条坊門のもののけ邸よりも、ねっとりと闇が濃い気がする。

習慣的に懐に入れている鬼の角を収めた錦袋を指先で押さえ、真帆はムッとなった。

（なんであんな奴に頼るのよ）

いやいや、これをくれたのは『怪しの君』だ。まだ純粋で無邪気で本当に童子だった頃の、懐かしい怪しの君。

（おとなになるって幻滅だわ）

涙がにじみそうになり、さっと袖で目元をぬぐう。

反渡廊に差しかかると両側で篝火が焚かれ、ぱちぱちと景気よく粗朶《そだ》が弾けていた。真帆を迎えるために焚いてくれたのだろう。そう思うと東宮に対する心証がにわかに上向いた。それまでは、初めての面会が夜だなんて……と少々憮然としていたのだ。

反渡廊を渡ると淑景舎に仕える女房が出迎えに来ていた。先導されて向かったのは東の孫廂で、前庭には桐壺の由来となった桐の木が植えられ、遣水がさらさらと流れている。

真帆は孫廂で平伏した。廂には几帳が立てられ、高灯台がその左右に置かれている。東宮がいるのはさらに奥の御簾の向こうらしく、ぼんやりと明かりが洩れていた。

三十路半ばあたりの落ち着いた風情の女房が膝行り出て、柳式部と名乗って頭を下げた。

「東宮さまにおかれましては、尚侍《ないしのかみ》さまのご出仕、大変嬉しく思うとの仰せにございます」

「恐れ入ります」

平伏したまま、真帆はさらに頭を低くした。さすがに、直接のお言葉はすぐにはいただけないらしい。実を言えば、月光の宮と称《たた》えられる東宮の美貌を拝見したかったのだけれど。

「尚侍さまは箏の琴がお得意と承《うけたまわ》っております」

「お恥ずかしい。ほんの手遊びにございます」

礼儀として謙遜してみせると東宮付きの女房はにっこりした。

「東宮さまは管弦の調べを大変お好みになられます。ぜひとも一曲所望するとの仰せにございます」

他の女房たちが琴を運んでくる。真帆は驚きつつふたたび平伏した。

「つたない技ではございますが、喜んで」

「ではこちらの爪をお使いください」

と琴爪を入れた袋を渡される。

「何を弾きましょう」

「どうぞお好きなものを」

真帆は少し考え、秋風楽《しゅうふうらく》を弾いた。最初は緊張したが、弾き始めればすぐに演奏に没頭した。

嫋々たる琴の音が仄かな灯を揺らして夜に溶けてゆく。

最後の一音を弾き、余韻が闇に吸い込まれると、真帆は深々と一礼した。

聞き入っていた女房たちが、揃ってうっとりと溜息を洩らした。

「尚侍さまは本当にお上手ですのねぇ……」

お世辞とも思えぬ様子で女房たちがひそひそ囁き交わしていると、御簾の奥でぱちりと小さな音がした。東宮が扇を鳴らしたらしい。心得顔で柳式部は頷いた。

「ぜひもう一曲お願いいたしますわ」

今度は春鶯囀《しゅんのうでん》にした。有名な曲ではあるが、唐土《もろこし》の伝承で、この曲を立太子の日に弾いたところ鶯《うぐいす》が集まって囀《さえず》り続けたという故事がある。それをふまえて東宮に捧げるつもりで弾いた。

通じたかどうかはわからないが、真帆の演奏を東宮はたいそうお気に召してくれたらしい。

褒美に香を賜り——偶然にも落葉《らくよう》だった——、また弾きにくるようにと女房を通じてお言葉を頂戴して真帆は御前を退出したのだった。

第六章　后の位も何にかはせむ

後宮での日々は、思いのほか穏やかに過ぎていった。

東宮とは相変わらず御簾と几帳を隔て、女房を通じてのやりとりだけだが、毎日お呼びがかかって琴や琵琶を弾いては無聊《ぶりよう》をお慰めしている。

いちおう気に入ってもらえたようなのだが、話し相手というには隔《へだ》たりがありすぎるのが問題だ。このままでは薬を服《の》ませられない。

柳式部に頼もうかとも考えたが、出所の怪しい薬など取り次いでもらえるかどうか。事情を話すにしても、おおっぴらにはしたくなかった。なんとか東宮だけのお耳に入れるすべはないものか。

（差し向かいで碁を打つとか双六をするとかの機会でもあればいいのだけど……）

御簾越しなのはともかく、未だに几帳も退けてもらえない。遠慮しているのか用心深いのか。誰に用心しているのかもよくわからないが。

椢に訊いてみると、裳着を済ませた立派な女君である真帆さまのお顔を直に拝見するのは遠慮しているのでしょうとのこと。病弱ゆえに元服の機会を逸しているとはいえ、すでに十九にもおなりだから、自らを恥じる気持ちも強いのでは？　という。

女官として出仕しているのだから、顔を晒して相対するのも問題ないはずだが。

そもそも真帆は生計《たつき》のためにやむなく行商をしていたこともあり、顔を人目に晒すことにほとんど抵抗感がない。なさすぎて、逆に用心しなければならないくらいだ。

どうしたものかと頭を悩ませていると、帝が主催する観月《かんげつ》の宴で琴を弾くようにとの仰せがあった。

尚侍として出仕したものの、未だに真帆は帝へのお目通りを済ませていない。

とはいえありがたくも出仕を歓迎する直筆のお文と美しい染めの絹などの下賜品を頂戴している。どうやら帝が真帆のことを自分の妃候補と見ていないのは確からしい。文にも東宮を気遣うことばかり書かれている。噂どおり、子煩悩な御方のようだ。

帝のお申しつけを伝えに来た女房によれば、真帆の琴の腕前については東宮からお聞きになったという。観月の宴では管弦の遊びを行なうことになっており、弘徽殿や梅壺の女房たちがそれぞれ得意な楽器で女楽《おんながく》を披露する。

そうなると右大臣一派が宴の華やぎを独占し、ひいては右大臣が強力に後押しする二の宮を臣下たちに強く印象づけることにもなりかねない。むろん右大臣はそれを狙っているのだが。

帝が争いを好まれぬ穏やかな気質とはいえ、右大臣一派に朝廷と後宮の権勢を独占させるつもりはなく、ましてや愛息である東宮が無視されるままにしておくのはしのびないとお考えになったのだろう。

つまり、真帆の琴の腕前で東宮の存在感を示してほしい——ということだ。

辞退する理由もなく、拙い伎倆《ぎりょう》ではございますが喜んで、と真帆は返事をした。

東宮に報告すると、私も楽しみにしているとのお言葉を賜った。未だに直接お声がけいただけないのは残念だが、取り次ぐ女房の口調からは、東宮ご本人ばかりかお仕えしている女房たちも真帆に好意を抱いている様子が伝わってくる。

当然ながら、桐壺の女房たちは権勢ずくに二の宮をごり押しする右大臣や、二の宮妃にすぎないのに後宮の主人面をしている内大臣の大姫にいい感情を抱いていなかった。

帝のお声がかりで東宮のお相手をするために出仕した真帆は、桐壺の女房たちにとっては妃も同然らしい。東宮の快復次第退出する気でいる身としては、そう思い込まれても困るのだが……。

(それにしても、きちんと琴が弾けてよかったわ)

怪しの君との約束で、会えなくなった後はいっそう身を入れて練習に励んだ。会えない悲しみや寂しさを紛らわすためという理由も大きい。

いつかまた会えたら、互いの琴と笛を合わせよう。

拝殿の格子越しに交わした、最後の約束。

(そういえば――月影の笛ってまだ聞いたことないわ)

思い出すのは邸を譲られる少し前、夜遅くにどこからか美しい、懐かしい笛の音が聞こえてきて、慌てて琴を合わせたこと……。

夢だったのか現実だったのか、翌朝にはすでに判然としなかった。たぶん、夢だったのだろう。頼る者とてない日々の不安と、怪しの君への思慕が重なって見せた夢。

偶然か、意図したのか、月影は真帆の琴に嬉しそうに耳を傾けることはあっても、自ら笛を吹くことは一度もなかった。

真帆は我にかえってぶるっとかぶりを振った。

(月影とはもう二度と会わないんだから)

あんなに手ひどく彼の厚意を撥《は》ねつけたのだ。

頭が冷え、落ち着いて考えられるようになった今なら、少しはわかる気がする。

たぶん彼に悪気はなかったのだ。

貴族は栄達を望むもの。女性であれば皇后となって栄耀栄華《えいようえいが》を極めることが最高の出世。

それを実現するのが『人間』の幸せだと、『鬼』である月影が考えたとしてもおかしくない。

(わかる気はするけど……やっぱり頭に来るのよ)

真帆はただ、好きな人――鬼だけど――と一緒にいられれば幸せだった。それだけでよかったのだ。

たとえ月影が真帆の幸せを心底から願ってくれたのだとしても、その認識の違い、溝の深さはとうてい容認できるものではない。

(鬼と人とはしょせん通じ合えないんだわ)

自らに何度も言い聞かせつつ琴の練習に励み、宴の日を迎えた。

夜空には十五夜の月が皓々と照り映え、ともすれば月影を思い出して悲しくなってしまう自分を叱りつけて宴に臨む。

清涼殿の東廂の中央、『額の間』の南に御座を設け、その前の孫廂《まごびさし》や簀子に上達部《かんだちめ》がずらりと並ぶ。

簀子に座る公卿の下襲《したがさね》の長い裾《きょ》が高欄に掛けられ、東庭で焚かれる篝火に美しい織がきらきらしく照り映えた。

紫宸殿《ししんでん》へ続く長橋にまで殿上人《てんじょうびと》が座を占めて、名月を愛でながら歓談している。

梅壺の二の宮妃を中心とする女楽は御座の北側に設けられているが、几帳を立て巡らせてあるので姿は見えない。それでも美しい装束の袖や裾が隙間から覗いてとても華やかだ。

真帆が控えているのはその反対側、東孫廂と長橋が交差するところにある南廊だ。前を行き来する者たちに姿が見られないよう、四方に御簾を垂らし、左右には背の高い屏風、前には六尺几帳を立ててある。

尚侍は高位の女官とはいえ、女御なみの扱いではないかと囁き交わす声も聞こえてきて、どうにも居心地が悪い。

（絶対、聞こえるように言ってるわよね）

今上のお手つきになろうと東宮妃に立てられようと、右大臣一派にとって真帆は目障りな存在だ。ただ、現状では先の左大臣の遺児である真帆の兄・佳継がほとんど孤立無援状態だし、東宮は病弱の引きこもりで元服すら済ませていない。いかに帝の愛情が深かろうと政治的な駆け引きではこちらが上手《うわて》、たいした障害にもなるまいと見なされているのだ。

（つまり、ナメられてるってことよね。悔しいけど）

仲良しなわけではないが、いちおう血のつながった兄だ。また、間接的なやりとりだけでも東宮には親しみを感じ、おいたわしいとも思っている。

琴の技巧で右大臣派の権勢をひっくり返せるわけもないが、今上からお褒めのお言葉でもいただければ、半目くらいは置かれるようになるかもしれない。それが東宮と兄の立場に少しでも有利に働いてくれたらいい。

梅壺と弘徽殿の女房たちによる女楽が奏され、満場の拍手喝采を浴びた。箏の琴に琵琶、和琴《わごん》、弾くのが難しい琴《きん》の琴まで繰り出し、右大臣の末息子による笙《しょう》も加わっての華やかな演奏だった。

帝のおわす東廂の御座は御簾によって孫廂と仕切られており、真帆の位置からはたとえ目の前に几帳がなくても見えない。

かすかに聞こえてくる得意気な笑い声は二の宮妃である内大臣の大姫だろうか。今上の唯一の妃である弘徽殿の女御は権勢を振るう右大臣の娘にもかかわらず、いるかいないかわからないと陰口を叩かれるほどおとなしい方だという。今も帝と同席しているはずだが、まったく気配も窺えない。

やがて侍従がやってきて真帆に出番を告げた。

好奇のざわめきが広がるのが御簾越しにも感じられた。先の左大臣の嫡子であるにもかかわらず、叔父の威に圧されて急速に落ちぶれつつある佳継が、認知もされていなかった父の落とし胤をどこからか探してきて、帝に頼み込んで出仕させた異母妹。

本当は女御として入内させたかったのに叶わなかった……と揶揄まじりに噂されている。本当のところはさておき、殿上人のあいだではそのように認識されているのだ。

真帆のいる南廊のすぐ近くの長橋では、右大臣派のさしがねか、わざと聞こえるように真帆の出自を怪しいものだと噂する声がした。

「宮筋の姫というが、本当かどうか」

「落ちぶれはてて邸もなくし、長屋住まいをされていたと聞きましたぞ」

「先の治部卿宮とはどのような御方でしたかな。とんと記憶にございませんが」

などなど、露骨な悪意をふくんだ厭味が聞こえてくる。

(頭に籠を載せて大根《おおね》売りをしていたことがバレてないなら、全然問題ないわよ)

ふんっ、と鼻息をつき、真帆は琴爪を嵌めた。

深呼吸をひとつして慎重に調弦すると、まずはひとふし即興で掻き鳴らす。おや、という感じで周囲が静まった。

真帆は周りのことなど気にせず、ただひたすら帝に捧げ奉る心持ちで『秋風楽』を弾いた。

華やかな女楽に比べてこちらはただ琴一張《ひとはり》。だが、不思議と真帆にはなんの気負いも悲壮感もなかった。なぜだかわからないが、ちゃんと弾けると思った。

自信というのとも違う。ただそう直感していた……としか言いようがない。

事実、真帆の演奏は完璧だった。何も考えず、ただ指の動くまま流れるように弾いた。

嫋々《じょうじょう》と余韻が夜気を震わせ、夜空に吸い込まれてゆく。

しん、と周囲が静まり返るなか、威厳のある声音が涼やかに響いた。

「見事である」

それが玉音《ぎょくいん》（天子の声）であることを、真帆は周囲の驚愕した雰囲気から悟った。

それに追随して拍手が起こる。右大臣側に遠慮しているのか、女楽のときのような歓声は上がらなかったが、けっしておざなりではない。

やがてまた帝の声が聞こえた。

「東宮。あなたから聞いていた以上に尚侍《ないしのかみ》の琴は素晴らしいな」

応える声は聞こえなかったが、真帆はぎょっとした。

（——えっ、東宮さま⁉　いらっしゃったの⁉）

体調不良につき宴は欠席……と聞いていたのに。

「右近中将も、さぞ妹君が自慢だろうね」

「恐れ入ります」

昂奮しているせいか、簀子に控える上擦り気味の兄の声はよく聞こえた。

右大臣側の女楽で演奏したのはたしなみのある女房たちばかりだ。むろん弘徽殿の女御も二の宮妃も弾けるに決まっているが、地位ゆえにもったいぶったのか、あるいは腕前の優劣を重視して自らは演奏しなかった。

今頃、御前で作り笑いをしながら単衣《ひとえぎぬ》の袖先をぎりぎりと食いしばっているかもしれない。

耳を澄ませていると、続いて帝の機嫌よさそうな声がした。

「東宮。久しぶりにあなたの舞が見たいな。気分がいいようなら、ひとさし舞ってはくれないか」

その瞬間、声にならないどよめきが、女房たちの控える御簾の内で上がった。真帆の近くでも女官たちの色めき立つ気配が伝わってくる。

「月光の宮さまがお出ましに⁉」

「ぜひ拝見しなければ！」

「ちょっと！　わたくしの前に出ないでよ！」

影が薄いと皮肉られる一方で、非常に美しいとも言われる東宮は、勢力争いに直接関係ない女官たちのあいだでは人気があるらしい。

真帆も慌てて膝行《いざ》り出た。東宮付きとして出仕したにもかかわらず、未だ直接お声がけいただいていないのだ。御簾に張りつきながら真帆は控えていた榧に焦《かや》って頼んだ。

「榧！　几帳をどけて」

くすくす笑いながら榧は御簾の外に出て、前に立ててあった几帳をどけてくれた。しかしすでに御簾の前にはあちこちの女房たちが、いったいどこから現れたのかというほどぞろぞろ出てきて、顔の前に扇を翳しつつ押し合いへし合いしている。

（くぅ〜っ、これじゃ見えないじゃないのっ）

どけとも言えず、膝立ちしながら真帆は歯噛みした。仕方なく立ち上がると狭霧がびっくりして袖を引く。

「真帆さま！　はしたのうございます」

「どうせ向こうからは見えやしないわよ」

小声で言い返し、御簾越しに目を凝らしていると、東廂の御簾をそっと払って誰かが出てきた。

孫廂に置かれた灯台の明かりで、ふわりと翻る大きな袖と、一括りにした長い髪がなびくさまが一瞬だけはっきり見え、どきりとする。

元服していない東宮は未だ童装束で、髪を長く伸ばしていた。

それが月影そっくりに見えてしまい、真帆はドキドキして胸を押さえた。

（まさかね。そんなこと、あるわけないわよ）

同じ皇子といっても月影は鬼の國の皇子さまだ。

顔が見えれば違いがはっきりするのに、体勢や篝火の加減で横顔すら定かに見定められない。いらいらしながら真帆は御簾に顔を押し当てるようにして、階から東庭に降り立った東宮を見つめた。

よく見ると装束は水干ではなく半尻《はんじり》だった。半尻は通常よりも後身の裾を短くした狩衣で、袖括りの緒は装飾的な毛抜型。絹糸で作られた美麗な造花がつけられている。

袴は堅い生地で仕立てた白い前張大口《まえはりのおおくち》。半尻は禁色の青白橡《あおしらつるばみ》で、織り出された文様は親王を示す雲鶴《うんかく》文様か、東宮のみ使用できる窠中鴛鴦《かのなかにえんおう》だろう。

前のめりに見物している女官たちが、うっとりと溜息をついた。

「まぁ、なんとお美しいこと……。童装束があまりにお似合いなのを惜しまれて、元服をおさせにならないという噂も、案外本当かもしれませんわ」

「ほんにねぇ」

女官たちの囁き交わす声に真帆は顔をしかめた。

（確かにものすごく素敵なお姿だけど……、いくらなんでもそれはないんじゃない？）

それより、はっきりお顔を拝見したいんだけど！

長橋の前の篝火と、軒から吊り下げられている灯籠の明かりがどうにも邪魔でよく見えないのだ。

帝の指図で兄の佳継が横笛で伴奏を務めることになったが、東宮の顔が気になってそれどころではない。曲が始まるとそれは先ほど真帆が琴で弾いた『秋風楽』だった。もともと舞楽曲である。

半尻の袖を翻しながら優雅に舞う姿に、いつしか真帆は見惚れていた。袖で隠れたり、後を向いたり、篝火にかぶったりして、相変わらず顔は判然としないのだが、その所作《しょさ》はうっとりするような優美さと気品に満ちあふれている。

翻る袖の間からちらりと見えた口許に何故かどきっとして真帆は御簾に張りつきながら思わず顔を赤らめた。

舞が終わると帝から満足げにお褒めの言葉があり、東宮はうやうやしく一礼して御簾の内に戻った。

結局、東宮の顔ははっきりしなかった。ただ、前に居並んでいる女官たちが眼福眼福と騒いでいることから、とても美しい御方なのは確からしい。

楽が終わると宴会となり、しばらくして帝は席を立った。東宮も一緒に下がったようだ。こちらへいらっしゃらないかと期待していた真帆はがっかりし、出番も終わったしさっさと引き上げようと思ったところへ兄が主上から御衣《おんぞ》を賜ったと上機嫌でやってきた。

俺の笛もなかなかのものだろう？　と自慢げに言われたものの、東宮の顔を見定めるのに忙しく、そのうち舞に見とれてしまったので、兄の笛については悪いが全然覚えていない。

耳障りでなかったから、たぶん下手ではなかったはず。

正直に言っても気の毒なので適当に相槌を打っていると、見知らぬ公達がやってきて御簾の前に座った。

「やぁ、右近中将。あなたにこのような妹君がいたとはね。実に意外だったなぁ」

「こ、これは二の宮さま」

佳継が慌てて居住まいを正し、真帆は驚いて御簾越しに眼を凝らした。

堅苦しくない宴なのでみな略式の衣冠《いかん》姿とはいえ、日常着である冠直衣《かんむりのうし》で参加しているからには相当身分の高い人だろうとは思ったが。

（この人が東宮さまの弟宮……？）

確か年は東宮よりも二歳下だが、すでに元服を済ませているため、雲鶴文様を織り出した二藍《ふたあい》の直衣に垂纓冠《すいえいのかんむり》を着けている。

顔立ちそのものは整っているのだが、どこか軽薄そうで、傲慢さも表情の端々にちらつく。

現在の政界きっての権力者、右大臣を祖父に持ち、それに次ぐ実力者の内大臣の大姫を妃にしている自負心から来るものだろうが、あまりいい感じはしない。

（腹違いでも兄弟だし、東宮さまと似ているのかしら？）

向こうから見えないのをいいことに、真帆はじろじろと二の宮を観察した。どういうつもりか二の宮はしきりに真帆を褒めそやし、馴れ馴れしくあれこれ尋ねてくる。

（うーん……。なんか鼻につく感じで好きになれないわ）

東宮がこんな顔だったらいやだなぁ、などと心配になってくる。

さっきの舞から受けた印象では、似通ったところはないように思えるけれど。適当に聞き流していると、どうやら二の宮は帝が兄宮にだけ舞を所望されたことがおもしろくないようで、自分も舞には自信があるのですよとかなんとかしきりに強調している。

自分より身分の高い相手では、置き去りにして下がってしまうわけにもいかない。対立する側にいる兄としても、無難な受け答えをしながらそわそわと落ち着かない様子だ。

だんだん眠くもなってきて、あくびを噛み殺しながらどうしようかと悩んでいると、二の宮妃から使いがやってきて、ようやくみこしを上げてくれた。

これ以上引き止められてはたまらないと、真帆は兄に挨拶してそそくさと宣耀殿に引き上げた。


その夜。着替えて手水を済ませ、白湯と軽い夜食（宴ではほとんど食べられなかったため）をいただいてようやく人心地ついた真帆は、ふだんよりだいぶ遅くなって床に就いた。

気が張っていて自覚がなかっただけで、御前演奏にはやはり相当緊張していたらしく、横になったとたんにすぅっと寝入ってしまった。

そのまま朝まで爆睡する勢いだったのだが、どうしたわけか真夜中に目が覚めた。

何やら物音が聞こえた気がしたのだ。

時刻はわからないが、とっくに子《ね》の刻（午前零時ごろ）は過ぎただろう。宿直役を除き、女房たちはそれぞれの曹司に下がっている。

簀子と廂の間には格子を下ろし、妻戸も閉めてある。入ってこられはしないと安堵したのも束の間、ことことと音がして掛け金がはずれた。真帆はぎょっとして身を起こした。

外から妻戸の隙間に何かを差し込んで金具を外したらしい。つまり――手慣れている。

押し破られるよりぞっとして真帆はかぶっていた衾《ふすま》をぎゅっと掴んだ。

（誰……⁉）

宿直は何をしているのか。すっかり寝込んでしまった？　こんな後宮の奥では何事も起こるまいと気を抜いているのだろうか。

室内は真っ暗ではなく、隅のほうで背の低い切灯台《きりとうだい》が灯されている。芯を押さえてあるので薄暗いが、それでもものの輪郭は見て取れる。

もっとも真帆がいるのは御帳台のなかで、廂のほうを向いた面には几帳が立てられているから忍び込んできた者の姿は見えない。

（ひょっとして、月影……？）

ふと思いついて鼓動が跳ねた。

悪かったと思いなおして謝りに来てくれた……とか⁉

それまでとは違ったふうに胸がドキドキし始めて、真帆は我知らず頬を染めながら耳を澄ませた。

慎重に摺り足で移動する足音が近づき、ハッとして一気に背が冷える。

（違う！　月影じゃない）

月影は鬼だけあって、非常に夜目が利くのだ。星明りだけでも昼間のようによく見えるらしい。

この部屋には灯台があるのだから、月影なら足音を忍ばせるにしても、迷いなく進んでくるはず。

そもそも月影はいかなるときもほとんど足音を立てないが。

（ど、どうしよう。いったい誰なの……⁉）

こんな事態は初めてのことで、焦った真帆はとにかく人のいるところ――誰でもいいから女房の曹司にでも避難しようとした。女房たちの曹司は西廂に集まっている。

四つん這いになってそろそろと御帳台を抜け出そうとするも、慌てているうえに暗いので、御帳台の浜床《はまゆか》についた手が滑って、ばったり倒れ臥してしまった。

「きゃっ……」

思わず声が洩れ、まずいと焦った瞬間、御帳台の南側の几帳が荒々しく取り払われ、何者かが強引に踏み込んできた。

起き上がろうともがけば今度は爪先が薄縁を蹴って滑る。どうにか身を起こしかけた瞬間むんずと髪を掴まれ、力任せに引き戻された。

その狼藉だけで真帆はもうこいつが誰であろうと絶対許すものかと決めた。女の髪を掴んで引っ張るなんてありえないわっ！

「お静かに」

冷笑まじりの小馬鹿にした囁き声にカッとなる。

月影ではなくても、その声には確かに聞き覚えがあったのだ。

「に……二の宮ね⁉」

怒りのあまり敬称を付けるのも忘れてしまう。相手は意外そうに忍び笑った。

「おや。よくわかりましたね」

（あれだけぺらぺら喋ってれば厭でも覚えるわよッ）

むかむかしながら真帆は掴まれた髪を振りほどこうともがいた。こんなとき身の丈に余る髪は本当に厄介だ。両手で自分の髪を掴み、渾身《こんしん》の力で引っ張ったが、相手は髪を手首に巻きつけてぐいぐい引いてくるので、いっかな振りほどけない。

そのうえ、両手がふさがっている隙に手巾か何かを口に突っ込まれてしまった。驚いて髪から手を離すと、うつぶせに押し倒され、後ろ手にまとめてひねり上げられる。

手首に激痛が走り、悲鳴を上げたが布切れのせいでくぐもった呻き声にしかならない。

二の宮は真帆の苦痛など気にも留めず、どこからか取り出した紐で素早く手首を縛り上げた。そんなものまで用意してきたのかと腹立たしさが倍増し、真帆は袴の裾を蹴ってじたばたと暴れた。

「ふん、なんと粗暴な女だ。宮筋などと気取ったところでしょせんは野育ち。あの琴だって、御簾の内で見えないのをいいことに、実際には心得のある女房にでも弾かせたのだろう」

憤然となって不自由な口でモガモガ叫ぶと二の宮は容赦なく膝頭で真帆の背中を圧迫した。胸を強く褥に押しつけられ、息が詰まって声が出なくなる。

「おとなしくしていろ。そうすれは少しは優しくしてやる」

何をするつもりかなど問うまでもなくわかってしまい、真帆はぞっとした。しかし何故、いきなり襲ってきたのか。今まで完全に無視してきたのに。

そんな真帆の疑問を察したというよりも、獲物をいたぶる残忍さからだろう。二の宮は袴の上から真帆の腰をいやらしく撫でさすりながら、傲慢さと卑しさとがこもごもにじむ声音で囁いた。

「落ちぶれた宮家の姫などなんの脅威にもならないが、あの死に損ないの兄宮に血筋のよい妃をもらわれては癪に障るんでね。たとえそれが野育ちの粗暴極まりない姫であろうと」

馬鹿にしきった口調で『死に損ない』と罵られ、真帆はカッとなった。

東宮の顔をはっきりと見たことも、直接声を聞いたこともない。だが、御前で琴を奏し、文をやりとりし、女房を介して会話を交わすうちに東宮の雰囲気は自然と伝わってきた。

穏やかで優しくて。学識豊かで少し茶目っ気もあるらしい。女官たちの騒ぎようから、本当に美しい公達なのだろうこともわかる。顔が見えなくて残念だったが、宴での舞は見事なものだった。

事前の準備もなく、思いつきでふいに所望されたにもかかわらず、だ。最愛の妃の忘れ形見として帝が愛しまれるのも当然だと思う。

それだけに、お身体が弱く臥せりがちであるのが本当にお気の毒でならなかった。

兄の立場がどうであれ、真帆は今や心情的には完全に東宮側に立っている。いきなり女の寝所に忍び込むようなとんでもない不届き者のくせに、兄宮である東宮を口汚く罵るなんて許せない。

（こんな奴に無体を強いられるなんて真っ平だわ、それくらいなら死んだほうがましよ！）

しかし口に布切れを突っ込まれていては舌を噛むこともできない。というか、死んだら東宮を助けられないし、月影にも二度と会えないではないか。

二度と会わないと決めて出仕したけど、会わないのと会えないのとでは大違いだ。

（月影の馬鹿っ、仮にも鬼なら異変を察して助けに来なさいよー！）

必死で抵抗しながら、無茶苦茶なことを心のなかでわめきたて、真帆は布切れをギリギリと噛みしめた。二の宮の手が袴の腰帯を探り当て、いよいよ焦って無我夢中で身をよじる。

(月影の馬鹿馬鹿馬鹿馬鹿馬鹿！　今すぐ助けに来なかったら呪ってやるから！　生成《なまなり》の鬼になって五寸釘なんだからねっっ)

「────それは困るな」

苦笑まじりの声がしたかと思うと、背中でぐえぇぇっと妙な呻き声がして、のしかかる重みがふっと消えた。

ばらりと紐がほどけて手首が自由になり、急いで口中から布切れを引っ張りだす。

必死に暴れているうちに布切れが奥に詰まって口蓋に張りつき、引き出した瞬間えずきそうになった。

ごほごほとむせ返っていると、上のほうでごつんと音がして御帳台がぐらりと揺れた。口許をぬぐいながら見上げると、二の宮が顎を掴まれ、御帳台の柱に押しつけられて足をばたつかせていた。

御帳台は土井《つちい》という型に七尺ほど（約二メートル）の黒塗りの柱を三本立てたものを四隅に置き、上部に明障子《あかり》を載せた構造をしているのだが、そのひとつのほとんどてっぺんに二の宮の頭があった。

二の宮の顎を掴み、足がつかない高さに軽々と片手で持ち上げているのは月影だった。

薄物の白い水干が、下に着た秘色《ひそく》（青磁色）の単衣《ひとえ》のせいか、燐光を放っているかのごとく闇のなかで浮き上がって見える。

月光に照らされる雪のごとき横顔は冷酷無残でありながら、ぞっとするほど美しい。まるで、触れただけで命を落とす猛毒を秘めた、この世ならぬ花のよう。

にもかかわらず、ひょろひょろと頼りない体躯とはいえ、それなりに背丈もある二の宮をことなげに吊り上げているその腕は、美しい顔からは想像もつかないほど太く隆々《りゅうりゅう》としているのだった。

極端すぎる対比は目眩を覚えるほどで、あたかもごつごつした巨木から楚々とした百合の花が咲き出ているかのよう……。真帆は乱れた薄縁に座り込み、呆然と月影を見上げた。

苦悶する二の宮は月影の手首を両手で掴み、もぎ離そうと渾身の力を込めた。月影は余裕で薄笑いを浮かべている。二の宮が完全に宙に浮いている足を必死でじたばたさせても、力はゆるむどころか強まる一方だ。

現実離れした光景にほうけていた真帆は、二の宮が白目を剥いたのに気付いて慌てて月影の腰に取りすがった。

「だめよ、殺しちゃだめ！　放してあげて」

「かような屑を何故かばう。俺の大事な真帆に乱暴狼藉を働いたのだぞ。万死に値する」

「だめだってば！　屑でも塵《ごみ》でも親王さまなのよ!?」

「こんな厄介者など消えたほうが帝のためだ。首をもぎ取って右大臣の寝所に投げ込んでやる」

「わたし、月影に人殺しなんてしてほしくないの！　お願いだからやめて！」

無我夢中で叫ぶと、月影はとまどったように振り向いた。

「……俺のために止めているのか？」

「あたりまえでしょ！　そんな人をかばう義理なんてあるわけないわッ」

ぎゅうぎゅう抱きつきながら叫ぶと、月影は悪戯っ子のようにニヤッとした。

「だったら赦してやるか。特別にな」

月影は気絶した二の宮をようやく下ろしたかと思うと、いきなり宮の頬を張り飛ばした。すぱーんと胸のすくようないい音がして、ぐったりしていた二の宮の身体がびくんと跳ねる。

「いつまで寝てる。おい、起きろ」

にべもなく言って月影は反対側の頬にも平手を食らわした。無理やり正気に引き戻された二の宮は、睨みつける月影を認識するなり、ひぃぃぃッとかすれた悲鳴を上げた。

「お……お……おお……おに……っ、ぃぃぃっ」

「そうだ、鬼だぞ。喰われたいか？」

故意に太い犬歯を見せつけるように口端を吊り上げる。二の宮がまたもや失神しそうになったので、月影は面倒くさそうにぐらぐらと宮を揺すぶった。

「情けない奴だ。威勢がいいのは女を襲うときだけか」

気絶して現実逃避することも許されず、二の宮はぼろぼろと涙をこぼしながら命乞いを始めた。

「た、頼む……、い、いの、ちだけ、は……っ」

「ふん。俺としては貴様なんぞ八つ裂きにして宴《えん》の松原あたりにばらまいてやりたいところだ」

宴の松原というのは内裏の西側に広がる松林で、古来、鬼が出ると噂される魔所である。

二の宮はますます色を失い、涙ばかりか鼻水まで垂らして哀願し始める。月影は顔をしかめ、二の宮の後頭部を御帳台の柱にごんごん打ちつけながら脅しにかかった。

「いいか。これに懲りたら二度と姫に手を出すんじゃない。それから、姫のことで妙な噂を流したりしてみろ。貴様の手足を生きたまま引っこ抜くぞ。最後に首を引っこ抜いて、宴の松原にばらまく。下賤の鬼どもが血のにおいに惹かれてすぐに集まってくる。おまえの首には呪いをかけてしばらく生きていられるようにしてやろう。自分の身体が鬼どもに喰われてなくなるのを、その目で見届けるがよい。さぞ興味深い見物であろうな」

「ひぃぃぃぃぃっ」

「それがいやなら口をつぐんでいることだ」

「いッ、言わない！　言わなぁぁぁいッ」

涙と汗と鼻水を垂らして二の宮は絶叫する。月影は汚らしそうに顔をしかめ、むせび泣く二の宮を御帳台の外に放り投げた。

板の間に、べしゃっと打ちつけられる音がして真帆はびくっと身をすくめた。

「榧《かや》」

「はい」

いつから控えていたのか、落ち着きはらった榧の声がうやうやしく応じる。

「親王さまは粗相なされ、たいそう汚れておられる。みどろ池あたりでよくよく洗って差し上げよ」

「かしこまりまして」

笑いをこらえかねたように榧が答え、同時に二の宮の情けない悲鳴が上がった。

それはたちまち遠くなり、気がつけば周囲はしんと静まり返っていた。騒ぎを聞きつけて誰かが様子を見に来る気配もない。

月影は呆然とする真帆を御帳台の外に出すと、乱れた褥を整えたり、倒れた几帳を戻したり、浜床から転げ落ちていた枕や髪箱を拾うなどして、まめまめしく寝所を整えた。

「さぁ、座って」

魂が抜けたように突っ立っていた真帆を御帳台に入れ、褥に座らせて衾を肩からかけて励ますようにそっと腕をさする。

「怖かったろう。すまないな、榧が俺のところに報告に来ていたものだから、警備が手薄になっていた。柊と榎は一族に不幸があって狐塚に里帰りしていたし」

「……ええ……知ってるわ……」

ここ数日、真帆に仕える女房で人でないのは榧だけだった。それで不自由はなかったし、危険だとも思わなかった。まさか二の宮がいきなりあんな暴挙に及ぶとは、思ってもみなかったのだ。

「どうしてこんなこと……」

「二の宮か？　そりゃ焦ったんだろう。東宮の元服が決まったことを耳にして」

「元服？　東宮さま、元服されるの⁉」

「ああ。帝は用心して内々に準備を進めていたが、右大臣側から袖の下をもらっている者が側仕えにまぎれていたらしい」

「どうして東宮さまが元服されると二の宮が焦るの？」

「自分が東宮になれる可能性が一気に下がるからな」

こともなげに言われて真帆はびっくりした。

「二の宮は東宮位を狙ってたの⁉」

「物心ついた頃から祖父《ジジイ》に唆《そそのか》されてちゃ、その気にもなるさ。あいつは七歳まで母の里である右大臣邸で育てられた。祖母《ババア》や乳母にわがまま放題に甘やかされ、何事も自分の思いどおりに運ばなければ気が済まない。自尊心ばかりが異様に肥え太った、学問嫌いの遊び好きだ。遊びといっても風雅な管弦なんかじゃないぞ？　地道に楽器の練習ができるような堪え性はないからな。熱中してるのは競馬《くらべうま》や闘鶏《とうけい》だ。あれは自分でやらなくていい。負けても馬や鶏のせいにできる」

真帆は呆れた。

「何それ。そんなので東宮に——ひいては帝になりたがってるわけ？」

「そんなのだからこそ右大臣にとっては都合がいいのさ。自分の好きなように政《まつりごと》を動かせるだろ」

唖然とする真帆に、月影は目を細めた。

「……右大臣は、東宮が死ぬのをずっと待っていたんだ」

「えっ⁉」

「東宮は病がちで、二十歳まで生きられないだろうと言われていた。だから自然と死ぬのを待っていたのさ。そうすれば自分の手を汚さずに済む」

「そんな！」

「だが、東宮は今もしぶとく生きている。先日の舞の様子など見るにつけ、虚弱な体質も改善されたらしい」

「わたしからはよく見えなかったわ」

「右大臣は正面の廂にいたから、健在ぶりが間近でよく見えたのさ。それで危機感をつのらせた。おまけに后《きさい》がね（お妃候補）とされる尚侍《ないしのかみ》は血筋よろしく、琴も見事に弾きこなす」

からかうようにニヤニヤされ、真帆は顔を赤らめて月影を睨んだ。

「それで二の宮をけしかけたの？」

「いや、二の宮の勝手な暴走だろう。あれは東宮に比べて自分の血筋が劣っていることを以前からひがんでいた。母である弘徽殿女御は、正妻の娘ということになっているが、実際は召人《めしうど》（侍女兼妾）に産ませた娘であることは誰もが知るところだ」

「主上も？」

「もちろん。だから右大臣もそうごり押しはできないのさ」

月影はにやりとした。

「よく知ってるわね……」

「俺は内裏に棲む鬼だからな。内裏のことならなんでも知ってる」

「そうだったの⁉」

「知らんのか？　南殿《なでん》（紫宸殿）には昔から鬼が棲みついているのだぞ？」

くいと顎を取られ、にやりと笑いかけられて真帆は顔を引き攣らせた。

「し、知らなかったわ……」

「公卿どもの裏事情もいろいろと知ってるぞ。右大臣には他に娘がいないから、それしか選択肢はなかった。せめて孫には高い身分の妻を持たせたかったが、あいにく息のかかった貴族にはこれぞという姫がいない。結局、内大臣と手を結んでその娘を妃に入れたわけだが……、残念ながらこちらも母親の身分はさほど高くない。源氏の末裔だが本流ではないし、臣籍降下から代を重ねすぎている。その点、真帆は母親が親王の孫で、父親は代々大臣を輩出してきた名家の出。しかも正妻腹の嫡男だ。文句の付けようがない。多少野育ちだろうとな」

くっくと愉快そうに笑う月影に、真帆は唇を尖らせた。

「なんだかいやだわ、結局身分さえよければ……なんて」

「裏を返せば身分以外にろくな取り柄がないってことだ。気にするな」

「わたしも？」

「まさか。真帆は取り柄がありすぎるくらいだ。琴は上手いし、琵琶も弾ける。書画もなかなかの腕前だ。髪は艶々と長く、顔立ちも凛としながら愛嬌がある。名家の姫君として文句の付けようもない。かと思えば自ら鍬を振るって畑を作り、収穫した大根《おおね》を売り歩く逞《たくま》しさまで持ち合わせている」

「ほ、本当によく知ってるわね！」

真帆は真っ赤になった。

「他にもあるぞ。真夜中に、たったひとりで真っ暗な山中の社に詣でる勇気の持ち主だ」

「……！」

「十歳《とお》になるやならずやで、母親の快復を願ってたったひとりで夜参りした、優しくて勇敢な姫だ」

微笑みかける月影を呆然と見返していた真帆の瞳から涙がひとすじこぼれた。

「……やっぱり、怪しの君だったのね」

月影は静かに微笑み、こつりと額を合わせた。

「俺を怖がらなかった。異形の手をためらうことなく掴んで、握りしめて離さなかった」

「わたしにはいつだって優しい手だったもの」

真帆は人の倍もありそうな、長い指の先に鋭い爪の生えた手を両手でそっと包み、頬に押し当てた。

「守ってくれた。遊んでくれた。わたしをおんぶして野山を駆けたでしょう？　すごく楽しかった。高い梢も跳んだわ。わたしのために、太い枝に鞦韆《しゅうせん》（ブランコ）を吊り下げて、笛を吹いてくれた。怪しの君の笛を聴きながら鞦韆を漕ぐのが大好きだったわ。見上げると、いつもあなたは笛を吹きながらニコッと笑って……。本当に……好きだったの……」

「泣くなよ、真帆。おまえに泣かれると、どうしていいかわからない」

焦って月影が真帆の顔を覗き込む。真帆は泣き笑いの表情になった。

「ずっと泣くのを我慢してたのよ。笑ってたほうがいいって、言われたから……」

「真帆の笑顔が好きだった。可愛くて、いつも見惚れてた」

衒いのない言葉が素直に嬉しい。

「あれからどうしていたの。あのとき病だったのではない？　すごく苦しそうだったけど」

「別に、たいしたことないさ」

「嘘！　ちゃんと本当のこと教えて。もう童じゃないのよ」

「そうだな。裳着も済ませ、もはや立派な女君だ」

「からかわないで！」

「からかってない。尚侍《ないしのかみ》として出仕して、正装の唐衣裳《からぎぬも》に身を包み、後ろにお付き女房を従えて、すっすっと品よく歩いているところなんか、凛々しくて見惚れたよ」

鬢削ぎして短くなった真帆の顔回りの髪を指に絡め、そっと唇に寄せる。

「やっぱり真帆はいいなぁ。すごくいい。可愛いし、格好いいし、見るたび惚れ惚れする」

格好いいなんてまるで男君みたいな褒め言葉だが、たぶん月影は自分の常の姫ならぬところを褒めてくれているのだろう。そう思えば照れくさくも嬉しくなる。

「そ、それで、身体はもういいの？」

「まぁ、大体な」

「まだどこか悪いの？」

「仕方ないんだ。俺には人間の血が入っているから、どうしても身体のなかでせめぎ合いが起こる」

「い、痛いの……？」

恐る恐る尋ねると、なだめるように月影は微笑んだ。

「今はたいしたことない。人間も無理に身体を動かせば痛くなるだろう？　ま、あんな感じだ」

「今はたいしたことない……って、以前はたいしたことあったわけでしょ⁉　あのとき、怪しの君はものすごく苦しそうだった……」

思い出しただけで心苦しくなり、どうしようもなく瞳が潤んでしまう。

「大丈夫だって！　死にそうに痛かったけど、死ぬわけじゃないってちゃんとわかってたし」

「でも……っ、わたしのせいで……！　あの角……、あれをわたしがもらっちゃったから……」

泣きむせびそうになる真帆を抱きしめ、月影はぽんぽんと背中を撫でた。

「あれで真帆の母君が少しでも長生きしてくれれば、そのほうが俺は嬉しかったんだ。そうすれば、真帆は笑っていられるだろう？　どんなに苦しくても、痛くても、真帆の笑顔を思い出すと不思議と楽になった。真帆こそ俺の霊薬だよ」

真摯《しんし》な声音で囁きながらそっと髪を撫でられ、真帆は月影の水干をぎゅっと握りしめた。

「ごめんなさい……」

「謝るのは俺のほうだ。寝込んでて自由に出歩けなかったあいだに真帆の行方がわからなくなってしまって……。苦労をかけて本当に悪かった」

「何言ってるのよ！　月影がくれたあの角のおかげで、お母さまはずいぶんお元気になられたわ。もしも貴船の山荘が残っていたら、毎年行ったのに……」

「あれ、焼けてしまったんだな。何年かしてやっと外に出られるようになって、いの一番にあそこに行ったけど、黒焦げの残骸しかなかった」

「曾祖父《おおじい》さまが知り合いに貸したら火事になったの。本当は失火らしかったのだけど、落雷のせいで自分たちに非はないと……」

言い張られれば、曾祖父には強く賠償を求められるほどの胆力はなく。もともと無口で気難しく、弁の立つ人ではなかった。そんなふうに少しずつ財産をむしり取られ、なおざりにされ……。

やがて、一度は鬼の角薬で救われた母も、ついに天命が尽きた。溺愛していた孫娘を失った曾祖父も急速に心身が衰え、油がなくなった灯台の明かりが消えるように儚くなった。

曾祖父が亡くなると、家司を始め、使用人たちは先を争うように辞めていった。出て行くついでに家から金目のものを持ち出し、都外れにあった邸の地券さえも、いつのまにか人手に渡っていて、真帆たちは追い出されてしまったのだ。

月影が行方を捜し始めたとき、すでに真帆たちは都の雑踏にまぎれていた。

「俺も昼間はそう自由に出歩けなくてな。琴の音色を手がかりにするしかなかった。あのとき約束したから、きっと真帆は琴を練習しているはずだと」

「ええ、一生懸命練習したわ」

「真帆はあまり夜には弾かなかっただろう？　それでなかなか捜し当てられなかったんだ」

「そうね。疲れて早く寝ちゃうことが多かったし、小家の建て込んだ場所で夜遅くに琴を弾くのも気が引けて……」

真帆はかつての暮らしを思い出して赤くなった。零落したお姫さまが住んでいることは近所の人たちには知られていたから、あまり遅くならなければ弾くこともあった。

雅びなものだと実はけっこう喜ばれていたことは、販女《ひさぎめ》に扮していたときにお隣さんから聞いた。

むろん隣人は、その販女がお姫さま本人だなどと知るよしもなく、零落してもお仕えしている感心な女房だと思い込んでいたが。

「――あ。それじゃ、あのとき聞こえた笛……、月影だったのね」

やはり夢ではなかったのだ、と嬉しくなると同時に、ふと不審を覚える。

「もしかして……、七条坊門の邸がわたしのものになったのって……?」

「もちろん俺が先の左大臣に扮して佳継の夢枕に立ってやったのさ」

月影は誇らしげに胸を張った。

「そうだったの……。でも、だったらどうしてすぐに名乗ってくれなかったの?」

「名乗ろうとしたら、雷獣《らいじゅう》にいきなりわめかれて出端《でばな》をくじかれた」

「雷獣? ――あ、あのたぬきみたいな……?」

「頭に来て踏みつぶしたら、真帆、真っ青になって怯えてたろ? なんか名乗りにくくなってさ」

照れたようにそっぽを向く月影に真帆は唖然とした。

「そりゃ、目の前でたぬきを踏みつぶされたら誰だって驚くわよ……」

「雷獣は踏まれたくらいじゃ死なないから大丈夫だ。感動の再会を邪魔した罰に、あの後十回くらい足蹴《あしげ》にしてやったぞ」

フフンと得意げに月影は顎を反らす。真帆はたぬき――じゃなくて雷獣? ――がとても気の毒になってしまった。

「それにしても……。せめて一目、お父さまにお会いしたかったわ」

「すまない」

「謝らなければならないのはわたしよ。してもらうばかりで何も返せない……」

「真帆が笑ってくれれば充分さ」

「それじゃ馬鹿みたいじゃないのっ。月影がわたしのために苦しんでるのに、へらへら笑っていられると思う⁉」

「別に今は苦しくも痛くもないぞ？　それに真帆の笑顔はへらへらではなくにこにこだ。可愛い」

「そっ、そういう意味じゃなくてねっ……」

「俺は真帆を幸せにしたい」

きっぱり言われ、真帆は赤くなって眉を上げ下げした。かつての怪しの君がそのまま大きくなったような、無邪気な笑顔に困惑する。

「……だからわたしに東宮妃になれって言ったの？　そうすればわたしが幸せになれるって」

「東宮妃になればいずれは皇后だ。この国で一番貴い女性になれる。真帆にはその価値がある」

大まじめな顔で断言され、真帆は顔を引き攣らせた。

「嬉しいけど、贔屓が過ぎるんじゃ……」

「真帆は東宮が嫌いか」

「嫌いというか、よくわからないわ。顔も見てないし、直接お言葉も賜ってないし……」

「文をもらっただろう。雅びな文が欲しいとか言ってなかったか？」

「言ったけど！　東宮さまからもらったって意味ないのよッ」

「そうなのか？」

なぜか月影はしょんぼりする。

（もうっ、やたら細かいところまで気を回すくせに、変なところで鈍いんだからっ）

真帆はイラッとして月影を睨んだ。

「月影はわたしが東宮さまと結婚しちゃってもいいの？　わたしのこと好きって言わなかった？」

「言ったさ。真帆が大好きだから、東宮と結婚してくれたらいいと――」

「なんでそうなるのよ⁉　月影の言う『好き』ってなんなの？　わたしが他の人と結婚しちゃって平気なわけ⁉」

頭に来て叫ぶと月影はムッとした。

「そんなわけないだろう。真帆は俺のだ。他の誰にも渡すもんか。ただ俺は」

「ああ、もう！　どうしてわからないの⁉　わたしが結婚したいのは東宮さまじゃなくて月影なのよ。后の位なんてどうでもいいの！」

怒鳴ったせいで瞳が潤み、息を荒らげて月影を睨みつける。月影はぽかんと真帆を見返した。

「どうでもいいのか？」

「月影とずっと一緒にいられるなら、そんなものどうでもいいわよッ」

「……真帆は、俺が東宮じゃなくても好いてくれるのか」

「何言ってるのよ、月影は鬼の國の皇子さまなんでしょ⁉　いいえ、皇子さまじゃなくたっていいの！　平民でもなんでも、わたしはただ月影と一緒にいたいのよ。立派なお邸に住めなくたっていい。

また畑を耕して、大根《おおね》だって売り歩くわよ……」

「ああ、泣くな」

ぎゅっと抱きしめられ、なだめるように髪を撫でられる。

「悪かったよ。真帆があんまり可愛いから、何から何まで最高のものを揃えたかったんだ」

「最高なのは月影が生涯わたしだけを愛してくれることよ。他にはいらない。生活は自分でなんとかする」

真帆を撫でながら、ぷっと月影は噴き出した。

「本当に真帆はしっかりしてるよなぁ。最高の姫なのに全然姫らしくない」

「……褒めてるのか貶《けな》してるのかわからないんだけど、それ」

「もちろん褒めてるのさ」

笑って真帆の頬を撫で、唇をくっつける。真帆は顔を赤くしてされるままになっていた。頬を撫でる手はいつのまにか人間の手に戻っていて、真帆の唇をあらゆる角度から吸いねぶった。

唇の裏側を舌先で舐められ、くすぐったさにそれまで緊張のあまり固く引き結んでいた唇をゆるめると、つるりと舌が口腔に滑り込んでくる。

ひーっと心のなかで悲鳴を上げつつ、もちろん全然いやではなくて。促されるままに口を開き、舌を吸われていると、なんともいえない心地よさにうっとりしてしまう。

気がつけば袴の帯を解かれ、ゆるんだ小袖の襟元から月影の手が滑り込んでいた。優しく乳房をまさぐられ、こそばゆさと快さでとろんと瞳が潤む。

「真帆」

熱をおびた囁き声が耳元で聞こえ、ぞくりと真帆は震えた。

「真帆の乳はすごくやわらかいな。あったかくて、すべすべして、つきたての餅みたいだ」

「い、言わないで……ひんッ」

耳の下をねろりと舐められて肩をすぼめる。

「や、だめ……、くすぐったい」

月影を押し戻そうとしても、ぞくぞくして腕に力が入らない。

忍び笑った月影が耳朶をかぷりと甘噛みした。何故か噛まれた耳朶ではなく、足の付け根、お腹の奥のほうがつきんと痛くなって真帆は焦った。

（な、なんで……）

触られてもいないのに……と、妙に後ろめたい気分になる。

「んっ」

ふたたび唇を塞がれ、じゅっと舌を吸われて、甘えるような声が洩れてしまう。

すでに袴は臍《へそ》の下までずり下がり、小袖は大きくはだけて、露出した乳房を揉みながら捏《こ》ねまわされていた。

「つ、月影……」

「ん？　痛いか」

「痛くは……ないけど……」

痛いのは別の場所……とも言いかねて、真帆はますます顔を赤くした。

月影は目を細め、熱っぽく真帆の唇を吸いねぶる。ぺちゃぺちゃと薄闇に淫靡《いんび》な水音が響き、まるで自分が食べられているような倒錯《とうさく》的な恍惚《こうこつ》を覚えた。

完全に裸体に剥いた真帆を、月影はそっと褥に横たえた。

「……綺麗だな」

上気した肌に掌を滑らせながら月影が囁いた。灯台は御帳台の外にあって離れているが、夜目の利く月影には薄闇でもはっきりと真帆の身体が見えるのだろう。それはそれで恥ずかしく、ぎこちなく身体を捩《よじ》る。

吐息で笑い、月影は身を起こすと無造作に水干を脱ぎ捨てた。暗がりとはいえ男君の脱衣を直視してもいられない。どぎまぎしながら目を逸らしていると、しゅるしゅると忍びやかな衣擦れの音にいっそう胸が轟いてしまう。

今更ながらこの流れにおたおたしていると、顔の両脇に手をついて月影が覗き込んできた。見上げると、仄白《ほのじろ》く発光するかのような月影の裸身が目の前にあって、カーッと頭に血が上った。

男の裸など見るのは初めて……というわけでもない。むろんこのような状況では初めてだが、庶民が集まる界隈《かいわい》で暮らしていたし、行商で出歩いていれば、もろ肌脱ぎで力仕事をする男たちを目にする機会もある。

（い……意外と逞しい……のね……？）

すらりと涼しげな立ち居振る舞いから、ほっそりと優美な体つきをなんとなく想像していたのだが、なかなかどうして。細身ではあれどしなやかな強靱さを感じさせる体躯だ。

「目を丸くして、どうした？　期待外れか」

「とんでもない！　逞しくてびっくりしたのよ」

「がっかりさせたのでなければいいが」

真帆は目を瞠り、ぷるぷるとかぶりを振った。

「わ、わたしのほうこそ……がっかりされてないと、いいんだけど……」

「真帆は綺麗だぞ」

微塵も迷いなく断言されて照れていると、月影は笑って唇を重ねてきた。舌を絡めながら優しく揉み絞るように乳房を愛撫され、くるくると円を描いてなだらかな腹から腿へと掌が滑ってゆく。

足を立てさせられ、腿の内側を上下にさすられると、下腹部がぞくぞくと疼き、秘めた場所の疼痛《とうつう》が大きくなってゆく。それはちくちくと刺すようでいて、うっとりするほど甘い感覚だった。

次第に息が荒くなり、鼻にかかった変な声が洩れて、真帆は慌てて口許を押さえた。

「声出していいのに……。曹司で眠ってる女房たちには聞こえないようにしてある」

真帆は指先を唇に押し当てたまま涙目でぷるぷるとかぶりを振った。月影はくすりと笑って身をかがめ、いつのまにかぴんと尖っていた乳首をぺろりと舐めた。

「……っ」

「がまんしてる真帆も可愛いから、いいか」

ちゅぅっと尖りを吸われ、思わぬ快感にぶわりと涙があふれる。

「ふ……ぅ……」

片手で腿をさすりながら、もう片方の手で乳房を揉まれ、先端を舐めしゃぶられる。とてもじっとしていられず、絶え間なく身じろぎしながら真帆はぎゅっと目を閉じた。

腿を撫でていた手が、足の付け根から秘裂へともぐり込む。愛撫されるうちにだらしなく脚を開いてしまったことに気付き、慌てて閉じ合わせようとしたが、すでに月影は脚のあいだに身体を割り込ませていた。

「んッ」

隠された媚珠を探り出され、ころころと指先で転がされる刺激に真帆は身を縮めた。

「ん……はぁ……あ……。つ、つき、かげ……、っや……ぁ……！」

「ここ、感じる？」

びくびくと身体を跳ねさせながら無我夢中で頷く。月影は真帆の両足をまとめて腹の上に押し上げると、剥き出しになった秘裂に指を沿わせて前後させた。

「……濡れてきた」

昂奮のにじむ囁き声に、両手で顔を覆う。言われるまでもなく、自分が何かぬらぬらしたもので股のあいだをぐっしょりと濡らしてしまっていることには気付いていた。真帆は耳まで真っ赤になって、ごめんなさいと小声で呻いた。

「謝ることはない。遠慮なく、いっぱい濡らせ。俺に触れられて感じてる証拠だ」

「そう……なの……？」

「ああ。だから安心して濡らしていい」

甘やかすように言われ、真帆は顔を赤らめながらこくりと頷いた。

月影の指が前後するたびに蜜が沁み出し、にゅるにゅると滑りがよくなってゆく。最初くちくちと小さな水音だったのが、やがて空気を含んでちゅぷっ、ちゅぷっと粘りけをおびて高くなった。

いつしか真帆は指の動きに合わせて腰を前後させていた。焦点の合わない潤んだ瞳を宙にさまよわせ、押さえた唇の隙間から甘い吐息を洩らして快感に耽溺する。

ゆっくりだった指の動きは今や掻き回すように速くなり、真帆の快楽は急速に高まっていった。目の前で白い光がちかちかと瞬く。真帆は背をしならせ、無意識にぴんと脚を突っ張らせて初めての絶頂に達した。

びくびくと痙攣する熱い肉襞の感触を愉しむように、月影はゆっくりと玉門《ぎょくもん》を掻き回した。そうしながら半開きの真帆の唇を愛おしむように何度も吸う。

放心していた瞳が徐々に焦点を結び、我に返った真帆は急に恥ずかしくなって身を縮めた。笑った月影が優しく火陰《ほと》をまさぐりながら、なだめるように顔中にくちづけを降らせる。

絶頂の余韻で媚肉はまだ不規則にわなないている。月影はぷくりと膨らんだ花芯をあやすように転がし、悦楽にほころんだ蜜口にゆっくりと指先を沈ませた。

「んッ……」

唇を合わせながら真帆は身じろいだ。指の関節で、うぶ襞をこすられる感覚に目眩を覚える。

「痛かったら言えよ?」

囁きにこくりと頷き、逞しい肩にしがみつく。

「……付け根まで入った。わかるか?」

「よく……わからないわ……」

腹の奥に何か異物感はあるものの、どこまで入っているのかなど見当もつかない。

月影は花筒のなかでゆっくりと指を前後させた。

「あ……」

「わかった？」

「ん……」

頬を染めて頷く。柔肉の隘路《あいろ》をしっかりした関節がこすりながら抜け出てゆき、またずぶずぶと押し入ってくる。

「どの指だかわかる？」

「む、無理よ……」

「中指」

笑って耳朶をぺろりと舐める。抽挿されるたびにぐちゅん、じゅぷんとひどく淫らな音がして、昂奮を煽られてしまう。

「すごい濡れてる」

囁く月影の声音も、どこか上擦っているようで……。

蜜洞を指で穿ちながら同時に淫珠を親指の腹でこすられて、快楽以外のすべてが消し飛んだ。

恥じらいすら愉悦に呑み込まれ、月影の背にしがみつく。なめらかな皮膚に浮き立つ筋肉の、しなやかな質感にうっとりしながら、真帆はふたたび快感を極めた。

痙攣する蜜壺からゆっくりと指を引き抜き、彼は身を起こすと真帆の腿を押し上げて脚を開かせ、膝の上に引き上げた。

「……本当、挿れたくてたまらないんだけどな」

溜息をつく彼をぼんやり見返すと、暗くてよくわからないが月影の下腹部から隆々と屹立《きつりつ》するものが見てとれて真帆は頬を染めた。

「別に、いい……の、よ……？」

おずおず囁くと、月影は溜息まじりに苦笑した。

「真帆のためだ。そのときまで待つ」

（わたしの……？　そのときって……？）

とまどう真帆には答えず、月影はそそり立つ肉棹を濡れた谷間に沿わせた。

そのみっしりとした質感に真帆は驚いた。陰になって見ることはできないが、それだけに直接触れた雄茎の思わぬ太さ、固さにたじろいでしまう。

「こするだけだから」

怯えを見て取った月影が、額を合わせ、鼻のあたまに唇を落としながら囁く。

「……月影は、それでいいの……？　大丈夫……？」

「ここまでくれば、もう少しの辛抱さ。今してしまったら、盗むみたいじゃないか？　ちゃんと結婚の段取りをつけてからにする」

「結婚できるの⁉」

「真帆は俺と結婚したいんだろ？」

彼に抱きついて真帆は何度も頷いた。

「嬉しい……！」

熱いくちづけを何度も交わすと、月影は真帆の脚をぴったりと閉じ合わせた。

怒張した肉槍を、秘裂に沿って勢いよく前後させる。先端でぐいぐいと花芽を押し上げられ、びりびりするような快感に真帆は顎を反らして喘いだ。

「真帆……一緒に達けるか」

無我夢中で頷く。じゅっじゅっと濡れ溝をこすり上げる剛直の質感は、どんどん固く猛々しくなってゆくようだ。真帆が三度目の絶頂に達すると同時に、月影が低く呻いた。

腹に熱いしぶきが飛び散る。月影は身を起こして張り詰めた肉棒を扱き、燃えるような滴りが二度三度と吐き出された。

大きく息を吐き出すと、月影は脱ぎ捨てた衣を探り、手にした畳紙《たとうがみ》（懐紙）で真帆の身体からていねいに精の残滓《ざんし》や汗をぬぐい取った。

くたりと放心している真帆に小袖を着せ掛けて袴も穿かせ、乱れた髪を整えて髪箱に収めると、ともに衾をかぶって傍らに身を横たえる。

疲れてうとうとする真帆の瞼に唇を押し当て、彼は囁いた。

「真帆。きっとおまえを迎えに来る」

「ん……」

舟をこぎながらも、こっくりと頷く。

「何があっても、真帆は俺が妻にする。だから、絶対信じろよ？」

「信じる……わ……」

朦朧と呟く真帆の頬を撫で、繰り返し唇が重なった。

その優しい感触に包まれながら、真帆は眠りのなかへ滑り落ちていった。

第七章　恋ぞつもりて

翌朝。いつものように真帆は狭霧の声で目を覚ました。

昨夜のことが夢かうつつか判然としないまま手水を使い、髪を梳《くしけず》らせていると狭霧があらっと声を上げた。

「姫さま、お首が赤くなっていますわ」

女房に持たせた鏡を覗き込むと、右耳の下あたりに花びらのような赤いあざが確かにある。昨夜、月影がやたらその辺を舐めたり吸ったりしていたことを思い出して真帆は焦った。

「む、虫よ。きっと虫に刺されたんだわ。昨夜、なんだか痒いと思ったのよね……」

「まぁ、いけませんわ。痕が残らないようお薬を塗らなくては。――誰か、典薬寮《てんやくりょう》から虫刺されのお薬をもらってきてくださいな」

控えていた女房のひとりが早速使いに立つ。

朝餉を取り、届いた薬を――心のなかで詫びつつ――塗った。身支度を整え、東宮の住まいである淑景舎《しげいしゃ》（桐壺）へ日課のご機嫌伺いに向かおうとしているところへ東宮の使いがやってきて、所用のため留守にするので挨拶に及ばずと伝えてきた。

せっかく正装したのにと女房たちはむくれたが、真帆は正直ホッとした。東宮に義理もないけれど、尚侍《ないしのかみ》として与えられた殿舎で月影と睦み合ったことはなんとなく後ろめたい。

東宮の相手をしないなら別にすることもない。上位の客が来る予定もなく、自分の殿舎で裳と唐衣を付けていることもないので、取ってしまおうかと思っていると、取り次ぎの女房がやってきて、弘徽殿女御からの使いが参っているという。

着替えは後回しにして御簾の内に入り、弘徽殿勤めの女房と面会した。

「女御さまにおかれましては、昨夜の尚侍さまのお琴にたいへん感銘を受け、ご教授願えないかとの思し召しにございます」

「わたくしが、女御さまにご教授ですって?」

「はい。是非にと」

どういうつもりかと真帆は首を傾げた。女御なら、琴の上手い女房などいくらでも側にいるはず。

実際、女楽では素晴らしい腕前を披露していた。

(もしかして、二の宮が昨夜のことを母親に訴えたとか……?)

月影に散々脅されて震え上がっていたから、そんなことはしないと思うが。

支度が整い次第伺いますと返事をして使いの者を帰した。

「榧。えぇと、あれ、は……どうしたかしら?」

榧を招き寄せて小声で尋ねる。

「あれ? ――ああ、虫でございますね」

すぐに心得た榧は、昨夜真帆を悩ませたことになっている虫に引っかけて、澄まし顔で答えた。

「念入りに衣も洗濯しておきましたので、二度と姫さまをお悩ませすることはないと存じますわ」

みどろ池がどうのと月影が言っていたが、榧は本当に二の宮を池に突っ込んで『洗って』きたらしい。

どうやってみどろ池まで行ったのか知らないが、のんびり牛車で行ったとも思えない。二の宮にとっては悪夢のごとき一夜だったことだろう。

真帆は先触れを遣わし、前後に女房たちを従えて弘徽殿へ向かった。途中、庭や殿舎を掃除している女孺《にょじゅ》たちに行き会うと、みなあわてて跪く。

後宮の西に住まう弘徽殿女御および二の宮と、東に住まう東宮と真帆とで対立しているような図式なので、形式的に挨拶状は送っても実際に訪ねることはあるまいと思っていたのだが、まさか弘徽殿女御じきじきのお呼びがかかるとは。

（どんな方なのかしら）

おとなしくて、いるかいないかわからない……などと権勢家の姫なのにひどい言われようだ。

弘徽殿に到着してみれば、御簾の両側にずらりと控えた女房はみな見目よく才もありそうで、それだけにひどくつんけんと気取っている感じがする。

（やっぱり厭味か何か言うために呼んだのかしら）

しかし御簾の前には確かに箏《そう》の琴が置かれていた。恥をかかせるつもりなら琴《きん》の琴でも置きそうなものだ。真帆は箏の琴は得意だが琴の琴はあまり弾けない。

御簾のすぐ脇に控えていた白髪まじりの女房が、扇を広げてすっと頭を下げた。

「尚侍さまにはわざわざお運びいただき、まことにありがとう存じます。昨夜の宴にて奏された曲を、じっくりとお聞きになりたいとの女御さまのご意向でございます」

「喜んで弾かせていただきますわ」

真帆は持参した琴爪を嵌め、『秋風楽』を弾いた。途中で弦が切れることもなく、無事に弾き終わると御簾のなかでかすかにこほんと咳払いがした。

白髪まじりの女房が、軽く頷いてぱちりと扇を閉じる。居並ぶ女房たちは、眉をひそめながらも立ち上がり、すっすっと袴を捌いて退出した。

「……近う」

御簾の合わせ目から扇の先が覗く。真帆が膝行《いざ》り寄ると、白髪まじりの女房が立って御簾を半ば巻き上げた。

内に座す女御の姿を見て、真帆は意外な感に打たれた。

（まぁ、なんて……かよわげな方なのかしら）

そこにいたのは、贅沢な装束に埋もれてしまいそうな、いかにも頼りない風情の女君だったのだ。

あのふてぶてしく気取った二の宮の母君とはとても思えない。少なくとも三十をいくつか越えているはずなのに、まるで少女のようだ。

子供っぽいというのとも少し違って、何かに怯え、小さくなっているような。いたわしいというか、儚いというか……。

（わたしとは真逆ね）

などと真帆は妙な感心をしてしまった。

女御は眩しそうに目を細めると扇を胸にあて、品よく頭《つむり》を下げた。

「素晴らしいお琴でした」

「恐れ入ります」

指先を揃え、真帆は返礼した。女房が女御の隣に真帆の座をてきぱきと用意する。年齢から言って乳母であろう。

間近から改めて拝見した女御は、やはりかぼそく心もとなげだった。美しい小袿《こうちぎ》に細長《ほそなが》を重ねているが、夏の薄物ですらなんだか重そうで、冬になったら衣に埋もれてつくねんとただ座っているだけで疲労困憊してしまうのではと心配になる。

女御は本当に内気な質らしく、うつむきがちにとつとつと喋った。

「昨夜の宴で、尚侍《ないしのかみ》のお琴がとても素敵だったものですから、つい主上にそう申し上げましたの。そうしたら主上が、尚侍に御殿に来てもらってゆっくり聴いてはどうかと勧めてくださったのです。尚侍は気さくで心優しい方だと東宮さまから聞いている、恥ずかしがりなわたくしでも打ち解けて話ができるだろうと」

耳を澄まさないと聞こえないくらいの囁き声で、話し終わるなり疲れたように脇息にもたれた。

「過分なお褒めに預かり恐縮でございます。ですが、お琴でしたらこちらの女房がたもたいへんお上手ですわ」

「ええ、みなとても上手です。でも、聴いていると疲れてしまうの」

「疲れる……?」

「自分の技巧をひけらかすような、見せつけようとするような……。そんな気がして楽しくないのです。わたくし、お琴も琵琶も得意ではないし……女房たちに侮られているように思えて」

「女御さま、それはお考えすぎでございますよ」

白髪まじりの女房が、たまりかねた様子で遠慮がちに口を挟む。

「そうかしら……」

ゆらゆらと女御はかぶりを振った。

そういうことはあるかもしれない。なまじ才走った女房は驕《おご》り高ぶり、内心で主人を軽んじることがままある。この女御のようにおとなしい、内気な主人であればなおさらだ。

(お可哀相に。後宮向きのお人柄ではないのだわ)

真帆が同情を覚えていると、女御ははにかんだ笑みを浮かべた。

「尚侍のお琴はとても優しくて、好きです」

「嬉しゅうございますわ」

真帆はにっこりした。女御はまた眩しそうな顔になり、ためらいがちに囁いた。

「わたくし、主上がいらしたときに自分で何か弾いてさしあげたいのです。でも下手だから、恥ずかしくて……。それで、以前、とりわけ琴が上手い女房に指南を頼んだことがあるの。でも、お手本どおりにできないわたくしにイライラしているのが伝わってきて、ますます恥ずかしくなって……」

「恥じ入るあまり、御方さまは琴に手も触れなくなってしまわれたのです」

女房がいたましそうに溜息をつく。真帆は憤然とした。

「ひどいわ。誰だっていきなり名人のように弾けるわけないのに。——女御さま、よろしければ、わたくしと一緒に練習なさいませんか」

「一緒に練習……?」

「はい。わたくしも、実を言えばそう上手いというわけではございませんの。女御さまと同じで、お聞かせしたい方がいまして……。笛と合わせようと約束したものですから」

女御の顔がパッと明るくなる。

「まぁ、素敵なお約束。もしかして、尚侍のお好きな方……？」

「えっ、ええ……まぁ……その、なんといいますか」

「ああ、初恋の君なのね」

「そ、そうですね」

若干誤解されたようではあるが、まちがいではない。

「好きな方にお聞かせするために練習なさったのね？」

「はい。弾くときはいつも、大切な方を想いながら弾きます。そうすると、何故か上手く弾けるのですわ。まぁ、何割か……ですけど」

照れる真帆を、女御は少し呆然としたように目を瞠って見返した。

「大切な方……」

噛みしめるように呟き、女御はにっこりした。おどおどした表情が消えれば大人の女性らしさが引き立ち、心なしか背筋の力強さも増して見える。

「では、わたくしもこれからはそのようにして弾くことにいたします。尚侍、ご都合のよろしいときでかまいませんから、ぜひわたくしに手ほどきを、いえ、一緒に練習させてくださいませ」

「はい、喜んで」

「御方さま、せっかくですから今お弾きになってみては」

「そうね。……よろしいかしら」

「もちろんですわ」

乳母に琴爪ともう一張の琴を持ってこさせ、向かい合って練習した。本人の言うとおり、女御は上手ではなかった。ずっと弾いていないので指遣いもたどたどしい。だが、熱心に取り組む姿はとても微笑ましいものだ。

（きっと主上も喜ばれるわ）

帝であれば技巧の達者な琴などむしろ聞き慣れている。下手でもたどたどしくても、自分のために懸命に弾く姿を見れば嬉しいはず。

（それを馬鹿にするようでは、夫として全然ダメってことよ）

小半時（約三十分）ほど教え、退出する前に琴爪をしまいながら何気なく主上はどんな方かと尋ねてみた。

「思いやりのある、とてもお優しい方ですわ」

予想どおりの答えが返ってくる。

「いつもわたくしをいたわってくださいますの。まるで兄のように。本当にありがたいことです」

兄？

真帆の怪訝そうな顔に気付いた女御は、慌てて言い繕《つくろ》った。

「わ、わたくし、実家《さと》で兄弟と仲良くする機会がなかったものですから……。尚侍は兄上さまとお仲がよろしいの？」

「特には。出会って半年も経っておりませんし」

「あ、ああ、そうでしたわね」

そわそわと扇をいじりながら、女御は溜息をついた。

「……わたくし、主上に申し訳なくて」

「何故ですか？」

「父の右大臣と二の宮が、無理を言って主上をお悩ませしているものですから……。東宮さまはご立派な方ですのに。折に触れて二の宮をお諫《いさ》めしてはいるのですが、わたくしの言うことなどまるで聞かないのですよ。手元でお育てできなかったことが本当に悔やまれます」

溜息をついた女御は顔を上げて真帆をじっと見つめた。

「尚侍。わたくしから頼むのは筋違いと思われるかもしれませんが、東宮さまによくお仕えしてくださいまし」

いきなり言われて面食らう。女御は目を伏せて呟いた。

「ずっと病がちでいらしたけれど、昨夜の宴での舞は、それは見事なものでした。お戻りになっても少しも息を乱しておられませんでしたし、御簾越しでも堂々と落ち着いたご様子が窺えました。主上もたいそうお喜びで、上機嫌でいらして、わたくしも嬉しゅうございましたの……」

女御がせつなそうに溜息をつくと、乳母が気づかわしげに膝行り寄った。

「女御さま、少しお休みになられては」

「ええ、そうね。楽しくて、はしゃぎすぎてしまったみたい。——尚侍、ぜひまた近いうちに遊びに来てくださいな。よかったら一緒に絵巻物でも見ましょう」

「恐れ入ります」

真帆は指をそろえて深々と一礼し、御前を退出した。

宣耀殿に戻った真帆は小袿姿になり、白湯をもらってくつろいだ。

「榧。弘徽殿さまってずいぶん儚げな方なのね。意外だったわ」

「あの方は本当におとなしくて、善良な方でいらっしゃいますわ。それだけに、野心まんまんの右大臣や二の宮に押し切られていることをひどく気に病まれ、お心を痛めておいでなのです」

「お可哀相ね。笑うと素敵なのに、心に何か重たいものを抱え込んでいるかのように憂鬱そうで……。右大臣のことはおいといて、力になってさしあげたいわ」

「姫さまとのご歓談はとても楽しそうでしたから、遊びに行かれるといいですわ。弘徽殿さまは今上の唯一のお后でいらっしゃるのに、後見の右大臣が放っておかれるものだから、後宮でもないがしろにされがちですのよ」

「お気の毒だわ」

「弘徽殿さまがおとなしいのをいいことに、梅壺の紘子《ひろこ》姫が後宮の主を気取っております」

「二の宮のお妃ね」

出仕したての頃、紘子姫にも贈り物を添えて挨拶状を送ったものの、返礼どころか返信すらなかった。弘徽殿女御からは蒔絵の文箱に色とりどりの上質な薄様の料紙《りょうし》を詰めた、ていねいなお返しをいただいたが。

（内気な方だから、紘子姫がしゃしゃり出ても止められないんだわ）

そんなことを考えていると、女房のひとりが慌てふためいてやってきた。

「申し上げます。二の宮さまの女御さまがお越しになられました」

動転口調の報告に、真帆は飲んでいた白湯を噴きそうになった。

「なられました、って、もう来ちゃったの⁉」

「は、はい、――ああっ、麗景殿《れいけいでん》の角から先導の女房が！」

「姫さま、急ぎお支度を。狭霧、お迎えの準備をお願いね」

「はいっ」

榧の指示に狭霧が他の女房たちとともにあたふたと室内を整える。

さっき脱いだばかりの唐衣裳をふたたび着け、下座で平伏すると同時に『梅壺の女御さまのおなりにございます』と居丈高な女房の声がして、衣擦れの音とともに簀子から廂に人影が入ってきた。

高麗縁《こうらいべり》の畳に褥を置いた上座に座ったところを見計らい、挨拶を述べる。

「ようこそお越しくださいました、梅壺さま」

「お楽になさって」

気取った声が返ってきて姿勢を戻すと、我が物顔で脇息に寄り掛かった紘子姫が敵愾心《てきがいしん》と好奇心の入り交じった顔でこちらを見ていた。

じろじろと真帆を眺め回し、顎を反らして勝ち誇った笑みを浮かべる。

「なんだ、たいしたことないのね」

ムカッとしつつ、聞こえなかったふりで取り澄ました顔を保つ。

（やな感じ～！）

弘徽殿女御に一日で同情を覚えたのとは反対に、梅壺の親王妃・紘子には一日で反発を抱いた。こいつとは絶対に相容れない。それはもう確信だ。

確かに紘子姫は美人ではあった。絶世の美女とまではいかなくても（本人はそう思っていそうだが）、問われれば十人中十人が美人だと答えるであろうくらいには美人である。

本人も充分に自覚していて――それはまぁいいとして――鼻にかけているのがありありと窺えるのはどうかと思う。なんて言ったらやっかみだと笑い飛ばされるだろうけど。

（ふんっだ。月影が可愛いって言ってくれればわたしはいいのよ）

たとえ世界中の人にブスだと言われても、好きな人が本気で可愛いと思ってくれれば、それだけで相殺できるというもの。

そして自分がそこまで残念なご面相でないことくらい真帆にはちゃんとわかっている。

紘子姫は蝙蝠扇をひらひらさせながら厭味たらしく言った。

「弘徽殿さまの御前でお琴を奏したのですってね。弘徽殿さまにご挨拶しておきながら凝花舎《ぎょうかしゃ》に来ないなんて、どういうおつもりかしら？」

「申し訳ございません。弘徽殿さまから二の宮さまのお具合がよろしくないと伺ったものですから」

大嘘だったが、紘子姫が扇の陰でチッと舌打ちを洩らしたところを見ると本当にそうらしい。

「梅壺は広いのよ。廂の隅っこで挨拶したって聞こえやしないわ」

名目上とはいえ真帆は内侍司《ないしのつかさ》の長官たる尚侍《ないしのかみ》だ。廂の隅っこで挨拶させるつもりか。紘子姫は人を貶めることで自分の優位を確認するのがお好きなようだ。

「ねぇ、尚侍。ふと気付いたのだけど、あたくしたち、実は従姉妹同士だったのではなくて？」

「……そう言われればそうですね」

紘子姫の父、内大臣である藤原佐理《ふじはらのすけまさ》は亡くなった真帆の父、先の左大臣・是継《これつぐ》の実弟だ。ということは確かに従姉妹同士である。

しかし、何故今さらそんなことを言い出すのか。仲良くしたがっているとも思えないのに。

「尚侍。あなた、おいくつ？」

「十七です」

「あら、そう。あたくしは十六。十二で裳着をいたしましたの。それはもう盛大に……」

ちろりと横目で真帆を眺め、紘子姫は含み笑った。

「聞くところによると……、尚侍は出仕直前に大慌てで裳着をお済ませになったんですってね」

紘子姫に従ってきた女房たちが、わざとらしくくすくす笑う。真帆は無表情に一礼した。

「もったいなくも太政大臣さまに腰結役をお引き受けいただきました」

「それにしてもずいぶん遅うございましたのねぇ。ふつうはどんなに遅くとも十五歳までには済ませるものですのに。……もしや尚侍は、まだ月のものがないのでは？　それでは入内されても――」

「あいにく貧乏だったものですから」

畏まって相手をするのも馬鹿らしくなってずけずけ答えると、気取っていた紘子姫もさすがにびっくりして、目をぱちくりさせた。

「ま……」

真帆はにっこりと清々しく笑った。

「親王だった曾祖父と女王であった母を早くに亡くしまして」

月影から紘子姫の母親の出自が高くないと聞いたことを思い出し、わざと強調する。帝から五代目までは公式に認知されれば「王」（女性であれば女王）を名乗ることができるのだ。

案の定、紘子姫のこめかみにぴきっと青筋が立つ。真帆はにこにこしながら続けた。

「ふたりともわたくしの父の名を明かさず儚くなったため、父に頼ることもできず、わずかな供人に支えられて生きて参りました。ところが父はあの世からわたくしを気にかけ、兄の夢枕に立って邸をひとつ譲るよう言ってくださいましたの。なんとありがたい親心でございましょう」

神妙な顔で手を合わせる。血筋になど頼りたくはないけれど、一方的に侮って突っかかってくる相手に気遣いは無用だ。

「ふ、ふん。氏より育ちという言葉もございますわ。にわか仕込みの誰かと違って、あたくしは生まれてこのかた大勢の者に大切にかしずかれ、何不自由ない暮らしを送ってきましたもの。血筋しか頼れるもののない、情けない誰かとは違いますのよ」

「は？」

「まさしくそのとおりです！」

「やみくもに血筋に頼るばかりでは、かえって貴い血筋に失礼というもの。わたくしの母もそう申して、血筋に恥じない教養を身につけなさいとさまざま手ほどきをしてくださいました。おかげさまで琴などはそこそこの腕前になりまして。観月の宴ではもったいなくも今上よりお褒めのお言葉をいただき、素晴らしい御衣《おんぞ》を賜りました。弘徽殿女御さまからも御殿での演奏を所望されましたし、まさしく芸は身を助く――ですわねぇ」

扇で口許を隠してはんなりと笑ってみせると、単純にも紘子姫は眉を吊り上げ、ギリギリと歯噛みした。

「く……口は災いの元とか申しましてよ……！」

「本当ですわ。見事なお手本をお示しいただき、感謝いたします」

にっこり。

紘子姫が頭から湯気を噴き上げ、まさしく「キーッ」とわめきだしそうになったところで、簀子からどたどたと慌てふためいた足音が響いてきた。

何事かと腰を浮かせると、転がるように現れたのは兄の右近中将・佳継《よしつぐ》だった。

「やったぞ、真帆！　これでおまえも東宮妃だー！」

我に返った紘子姫が、さっと青ざめる。昂奮しきった佳継はその存在にすら気付かず、真帆の前にどかっと座り込んだ。

「やぶからぼうになんですの、お兄さま」

「東宮さまの御元服が決まったのだ！　すでに吉日は選定済み、準備万端整っておる！　そして真帆、栄えある添臥《そいぶし》役はおまえに決まったぞ！」

「え……」

添臥とは東宮が元服した夜に添い寝する役目を仰せつかった女性のことで、そのまま妃となることがほとんどだ。

真帆はぽろりと扇を取り落とし、感極まって涙目の兄をぽかんと見返した。やっと事情が呑み込めると、勝手に悲鳴が喉を突く。

「ええ――――っっっっ⁉　わっ、わたしが添臥……⁉」

「何をそんなに驚く。尚侍として出仕するとき、すでに帝のご内意をいただいていたではないか」

「勝手に決めないでよ！　わたしの意志はどうなるの⁉」

「馬鹿者！　畏れ多くも帝が決められたことに逆らえるわけないだろうっ」

「…………あたくし、失礼いたしますわ」

よろよろと紘子姫が出ていったが、頭に血が上った佳継も真帆もそれどころではない。

すかさず榧が見送りに立ち、紘子姫は主人同様浮き足立った女房たちに両側から支えられつつ、よろめき去っていった。


「――――冗談じゃないわ！」

真帆は檻に閉じ込められた獣のごとく、ひっきりなしに母屋を行ったり来たりしていた。

「姫さま、おめでたいことではございませんか。何故そんな青い顔をしてらっしゃいますの」

ただならぬ真帆の剣幕に怖じ気付きながらも狭霧が問うと、左大臣家から派遣されている女房たちもそうだそうだと頷いた。

女房たちにしてみれば、落ち目の主家が盛り返す絶好の機会としか思えない。

「こ、後宮みたいに堅苦しいところで一生終えるなんていやなのよ！　わたしには向いてないわ」

本当のことを言うわけにもいかず、苦しい言い訳をすると、女房たちは一斉に抗議を始めた。

「とんでもございません！　姫さまほど東宮妃に相応しい方が他にいるものですか！」

「そうですわ！」

「先ほど梅壺さまを見事におやり込めになったではございませんか。姫さまならいともたやすく後宮を牛耳ることができますわ」

「ちょっと！　人を悪の権化みたいに言わないでくれる⁉」

「まぁまぁ姫さま。何も一生閉じ込められるわけではございませんのよ。折々里下がりをする機会もございましょう」

「そうですとも。七条坊門のお邸は姫さまの持ち物ですし、いつでも気兼ねなく帰れますわ」

「いや、いつでもってわけにはいかないでしょ。というかね！　と、とにかくいやなのよっ」

困りきって叫ぶと、なだめるようにとある女房が言い出した。

「東宮さまは、たいそうお美しい方だそうではありませんか」

「きっと姫さまとお似合いですわ」

「桐壺の女房たちも口を揃えて申しておりましたわ。東宮さまは軽薄な弟宮さまよりお美しいばかりでなく、はるかに優秀であられると」

「主人《あるじ》を褒めるのは当然よ」

「主上の覚えもめでたく、二の宮さまはそれを妬んで、しつこく悪い評判を流させるのだとか……。怪しげな法師に東宮さまの呪詛を依頼したとかいう噂までありますのよ」

「姫さまは東宮さまがお嫌いですの？」

真剣な顔で狭霧に問われ、真帆は答えに詰まった。

「き、嫌いというか……。大体わたし、まだ顔も見たことないんだけど⁉」

「元服の夜に拝見できますわ。大丈夫、美男子です」

ねっ、ねっ、と女房たちが頷きあう。真帆は泣きたくなった。

(顔はどうでもいいのよ〜!)

すでに月影と契った——正確にはその寸前まではいった——真帆としては、心情的には完全に月影と結婚した気でいる。

出世のために東宮と結婚しろなどと、とんちんかんなことを真顔で言っていた月影も、やっと真帆の想いを理解して自分の妻にすると言ってくれた。

昨夜、月影としたような行為を他の男性とするなんて、想像しただけで鳥肌が立つ。

(絶対いや! 東宮さまのことは尊敬しているけど、それだけよ)

こんなことなら人を介してでも鬼の角を東宮に渡して、さっさと下がらせてもらえばよかった。そうすれば七条坊門の邸で月影と結婚できたのに……。

はぁ、と真帆は虚脱の溜息を洩らした。

「……わたし疲れたわ。寝間の用意をしてちょうだい」

「はい、ただいま」

手水を使い、絞った手拭いで身体を拭き清め、小袖を取り替える。榧を呼ぶように命じて真帆は御帳台のなかで横になった。ややあって几帳の向こうから狭霧の声がした。

「姫さま。榧さんは東宮さまに呼ばれて桐壺に行ったそうでして……」

ためらいがちな報告に真帆は眉をひそめた。

(桐壺?)

そういえば、榧は以前、桐壺に勤めていた。

(ひょっとして榧は東宮の味方なのかしら)

いやいや、彼女のもともとの主は月影であるはずだ。人に化けて女官勤めをしていたのは人間界の営みに興味があったからだと言っていたではないか。

側仕えをしていれば情が湧いてもおかしくない。彼女はいったいどっちの——誰の味方なのだろう。

「ああ、もうっ、わけわかんない！」

「姫さま？」

「——なんでもないわ。もう下がっていいわよ」

「はい。では明朝、御格子を上げに参ります。おやすみなさいませ」

衣擦れの音が遠ざかり、襖障子が静かにしまったのを確認して、真帆は大きく溜息をついた。

「はぁ……。どうしたらいいのよ……」

「悩ましげな真帆も色っぽくて可愛いな」

突如、御帳台のなかで愉しげな声が上がり、ぎょっとして飛び起きる。薄縁を敷いたすぐ脇で月影が片肘ついて横になってにやにやしていた。

「い、いつからそこに⁉」

「さっきからいたぞ」

背後に気配など全然感じなかったが。真帆は眉間にしわをよせて嘆息した。

「お願いだから、現れたときにはそう言って。心臓に悪いったらないわ」

「真帆が自然にくつろいでいる美しい姿を眺めていたかったのだ」

美しい月影に真顔で美しいなどと言われると気恥ずかしくて、真帆はへどもどしてしまった。

「よくもそうさらっと言えるわね……」

「本当のことだからな」

「そ、それより大変なの！　東宮さまの元服が決まったのよ！」

「うむ。めでたいことだ」

「元服はおめでたいけどっ、わたしが添臥《そいぶし》役に指名されちゃったのよ⁉」

「それは以前からほぼ決まってたことなんじゃないか？」

冷静に返されてウッと詰まる。

月影は身を起こして胡座をかいた。

「そもそも右近中将は真帆を帝の女御として入内させようと考えて、こっそり打診したわけだろう？　右大臣たちの横槍を避けるために。ところが帝は東宮に添わせてはどうかと言い出した。結婚するにはまず元服しなければならない。加えて今上は愛妃の忘れ形見である東宮にやたらと甘いから、東宮が真帆を気に入るかどうかをまず確かめたかった」

「だから尚侍として出仕させたってわけでしょ。でも東宮さまは一度もわたしをご覧になっていないのよ？　見もしないでどうやって気に入るのよっ」

「真帆からは見えなくても、御簾のなかからは外がよく見えるじゃないか」

「几帳まで立ててたら見えるわけないわよ」

憤然と真帆が叫ぶと、月影はにんまりと顎を撫でた。

「じゃあ、別の場所から見てたんだ。実は御簾のなかにはいなくて、脇のほうから見てたとか。屏風の陰に身を潜めてさ」

「覗き見⁉　やだっ、気持ち悪い！」

「気持ち悪いはないだろう。覗き見ではなく透き見だ」

何故か月影はムッとする。真帆はじとっと半眼で月影を睨んだ。

「月影って妙に東宮さまに好意的よね」

「そんなに悪くないと思うぞ？　二の宮に比べればけっこういい奴だ」

厭味っぽく言っても月影は面白がるような顔をするばかり。真帆は憤然と眉を吊り上げた。

「比べる相手がひどすぎるわよ！　どんなにいい人だろうと東宮さまと結婚するつもりはないの」

「だよな。真帆は俺と結婚したいんだもんな」

突如として甘やかす口調で言われ、くすぐるように顎を擽われて真帆は顔を赤らめた。

「そ、そうよ。わかってるでしょ……」

「わかってるさ。俺も真帆と結婚したい。……本当は今すぐにでも」

ぺろ、と唇を舐められて、ぞくりと身体の芯が震える。

昨夜教えられたばかりの快楽が、早くも頭をもたげた。ちゅっ、ちゅっと甘い水音をたてて唇を吸われ、真帆はたちまち陶然《とうぜん》となった。

薄縁の上に優しく押し倒され、舌を絡めながら深いくちづけを交わす。真帆の舌を吸いながら、月影はするすると袴の帯を解いていった。

はたと我に返って真帆は月影の手を掴んだ。

「ま、待ってよ。添臥役の件はどうすればいいの？　断固断るべきよね？　べきよね！」

「今さら断れないだろ。諦めたふりしておとなしく承知しとけ」

「そんなっ、どうするのよ!?」

「心配するな。ちゃーんと攫《さら》いに来る」

「攫いに……？」

真帆はぽかんと月影を見返した。

「そう。だから安心して待ってればいいのさ」

「……本当に来てくれる？」

「ああ」

「絶対に絶対よ⁉」

「絶対に絶対だ。信じろ」

こつりと額を合わせて月影は囁いた。真帆はぎゅっと彼にしがみついた。

「……うん。信じる」

「大丈夫だから、逃げ出そうとか、変なこと考えるなよ？」

「うん。月影が攫いに来てくれるのを待ってるわ」

「よし」

月影はにやりとし、するりと真帆の袴を取り去った。

「あ。でも、東宮さまにひどいことはしないでね？　良い方だとは思うのよ、本当に。申し訳ない気がすごくする……」

「心配するなって。うまくいくようにするから。ただ、俺にもいろいろと準備があってな。明日から元服の日まで来られないんだ」

「そうなの？」

「なぁに、ほんの数日さ。帝は右大臣に口を挟む暇を与えないように、ギリギリまで伏せていた。殿上人の全員が右大臣におもねってるわけじゃないし、公卿のなかにも帝と同じく右大臣への過度な権力集中に危機感を抱く者はいる」

「よかったわ」

自分勝手で、お世辞にも賢明とは言いがたい異母兄だが、力になってくれる人がいれば嬉しい。

「妻問いの手順どおり三日連続で通いたかったんだが、そうもいかなくなって残念だ。だけど、ちゃんと結婚したらその三倍は続けて共寝するからな」

嬉々として露骨な宣言をされ、真帆は真っ赤になった。

三夜続けて女のもとへ通い、三日目に三日夜《みかよ》の餅を食べて露顕《ところあらわし》（披露宴のようなもの）をするのが貴族の習わしだ。

「任せるわ。信じてるから」

そう言うと月影は嬉しそうに微笑んだ。ふたたび唇を合わせ、貪りあうように何度もくちづけを重ねる。衣を脱ぎ捨て、熱い素肌を重ねてきつく抱きしめあった。

「……もうこんなに濡らしてるのか」

秘処をまさぐって月影がからかうように囁く。真帆の谷間はすでにとろとろに蕩け、熱い蜜をたくわえていた。

ほんの少し刺激されただけで下腹がきゅうきゅう疼き、蜜襞がびくびくと痙攣してしまう。恥ずかしくなって肩をすぼめると、月影は機嫌をとるように真帆の唇を何度も吸った。

「本当に真帆は可愛いな。気をやるときの表情なんか、ぞくぞくして、今すぐぜんぶ欲しくなる」

「そ、そんなの見ないで」

灯台は離れたところにあって、帳や几帳で隔てられた御帳台のなかは暗いのに、月影にはくまなく見えるらしい。

月影は忍び笑い、ふたたび真帆の身体をまさぐり始めた。胸のふくらみを揉みしだき、凝った先端を口に含んでころころと舐め転がす。

舌先でつつくように尖りをなぶられると、そこからの刺激が腰にまで響いて、真帆はびくびくと身体をくねらせた。

宿直《とのい》の女房に怪しまれては、と指の関節を噛んで喘ぎをこらえる。

気付いた月影に唇をふさがれ、舌を絡ませながらぐちゅぐちゅと秘裂を掻き回されると、横たわっているにもかかわらず目眩で倒れそうにクラクラした。

「う……んッ……んぅ」

暗い視界でチカチカと火花が瞬く。濡れそぼった隘路に滑り込んだ指が勢いよく前後するたび、奥処から蜜とともに愉悦が引きずり出され、抗うすべもなく真帆は快楽に溺れた。

ぬめりをまとって襞になじんだ指はいつのまにか二本に増えていた。ちゅくちゅくと淫靡な水音を立てて抽挿される心地よさに朦朧《もうろう》となりながら真帆は達した。

下腹部がじんわりと甘く痺れ、濡れ襞がひくひくとわなないている。このまま何度でも絶頂してしまいそうで、期待まじりの空恐ろしさにぞくりと背が震えた。

そっと媚裂に押し当てられた剛直は、熱さも質感も昨夜を遥かに上回っている気がする。

脚を抱えられ、挟み込んだ肉槍で抉るように刺激されると、密着した腰が月影の動きに合わせて淫らに揺れた。

真帆は両手で口許を押さえ、反り返るように背をしならせて何度目かの深い絶頂に達した。同時に低く月影が呻いて熱いしぶきが真帆の腹や胸に飛び散る。

喘ぎながら頭をもたげ、真帆は自分の身体にまき散らされた月影の情欲をぼんやり眺めた。

「すまん。ひどく汚してしまった」

畳紙《たとうがみ》を手さぐりしながら月影が詫びる。

「……汚くなんてないわ」

真帆はふるりとかぶりを振り、胸に跳んだ雫を指先で掬った。そのまま口に含むのを見て月影が慌てる。

「おい！」

「……苦いような、しょっぱいような……よくわからない味だけど……」

「舐めなくていいって」

月影は真帆の手首を掴むと唾液に濡れた指を畳紙でくるみ、照れ隠しのようにごしごしこすった。他の汚れもきれいに拭き取り、昨夜と同じように小袖と袴を着せてくれる。

装束を整えた月影にもたれ、くちづけを交わしながら余韻に浸っているうちに、真帆はうとうと眠りに落ちていった。


その夜以来、月影は姿を見せなくなった。あらかじめ聞いていていても、やはり不安はぬぐえない。たとえ会えなくても、せめて文の遣り取りだけでもできたら安心だったのに。

真帆にできるのは月影の言葉を信じて、ひとり待つことだけ。

添臥に選ばれたことで、そのまま東宮妃となることも確定し、兄の佳継はご満悦だ。

毎日のようにご機嫌伺いと称して真帆の住まう宣耀殿にやってきては、元服の儀の準備のあれこれや、東宮との会話などを嬉しそうに披露してゆく。

「これまで東宮さまとは、お目通りはおろかお言葉を賜ったこともほとんどなく……正直、どのような御方かよくわからなかったのだ」

あっけらかんとのたまう兄を、真帆は御簾の内から呆れ半分に眺めた。

（その、よくわからない相手に妹を嫁がせようとしてたわけね）

いくらなじみの薄い異母妹でも、もうちょっと考えてほしいものだ。つくづく地位がものを言う世の中である。二の宮が兄を蹴落として東宮になりたがる気持ちもわからなくはない。

そしてその東宮の義兄になるということで、にわかに重んじられるようになった佳継は、俄然張り切っていた。

昂奮して空回りしているだけではと心配だったが、女房たちが聞き込んできた情報によれば意外としっかり諸事万端を仕切っているようである。

政の中心から追いやられ、ふてくされ気味だったが、信頼して任せれば懸命にその信頼に応えようと一途に打ち込む生真面目さもきちんと持ち合わせていたらしい。

はっきり言って兄を信用していなかった真帆としては意外だが、思い出せば裳着のときも佳継はかなりこまごまと気配りしてくれた。

そのときは外面ばかり気にする小心な俗物なのだと決めつけてしまい、悪かったと真帆は心の中でひそかに詫びた。

佳継は悦に入って蝙蝠扇をひらひらさせながらそっくり返った。

「喜ぶがいい。東宮さまはおまえにはもったいないくらい素晴らしい御方だぞ。やはり俺の目に狂いはなかった!」

よくわからなかったと口を滑らせておいて、何食わぬ顔で自画自賛する兄に、入れたばかりの詫びを撤回したくなる。

「もったいなさすぎて、添臥は辞退させていただきたいですわ」

正直に告げると佳継はカッと目を剥いた。

「何を言うか! 東宮さまのような聡明《そうめい》で美しい方に嫁げるなど、血筋以外に誇れるもののない山出しのおまえにとってこれ以上の幸運があるか⁉」

この兄には一度きっちり月影から蹴りを入れてもらおうと、真帆は固く決意した。

「――中将さま」

真帆が御簾の内で押し黙っていることに気付き、榧がこほんと控えめに咳払いをする。

「姫さまはれっきとした都育ちで、けっして山出しではございません」

「む。そうだったな。――ともかく俺の言いたいことは伝わったであろう。言動や立ち居振る舞いにはよくよく気をつけるように」

まじめくさった顔できっぱり言われ、真帆はもたれていた脇息を投げつけてやろうと掴んで持ち上げるところまでいったが、側についていた狭霧が慌てて押さえた。

兄が帰ると真帆はガバッと立ち上がり、御簾の内で地団駄踏みながらひとしきり毒づいた。やっと落ち着きを取り戻すと、狭霧の勧めで御簾から出て、明るい廂で髪を梳いてもらう。

櫛箱は東宮からの贈り物なので、若干後ろめたさを感じるけれど……。

「……なんだかばたばたしてるわね」

直接は見えないが、幾人もの人間が忙しく立ち働いている気配が、今いる宣耀殿以外からもざわざわと伝わってくる。

「引っ越しの準備ですわ。東宮さまが元服後、これまでお住まいだった淑景舎（桐壺）から昭陽舎（梨壺）へ移られます。お妃となられる真帆さまのお住まいも梨壺となりますので、少しずつものを移しております」

聞いているうちに真帆はだんだん不安になってきた。

（月影、本当に迎えに来てくれるんでしょうね……？）

言われるまま待つあいだに、周囲で着々と準備が進められ、気付いたときには身動き取れなくなっているのでは？

月影は自信満々に『攫いに来る』と言っていたが。

（どうするつもりなのかしら）

詳しい手順をちゃんと聞いておけばよかったと、今さらながら悔やまれる。

榧に連絡を頼みたくても、女官勤めの経験のある彼女自身が添臥の儀の担当にされ、あちこちの部署との連絡交渉で忙しく、ほとんど真帆の側にいられなくなってしまった。

それもまた月影の策略で、なんらかの下準備を榧にさせているのかもしれないが。

確かめようもなく不安がくすぶるうちに飛ぶように日々は流れ、あっというまに東宮元服の儀当日となってしまった。

儀式には真帆は出ないので、様子を女房たちから伝えてもらう。

童装束の東宮が長く伸ばした垂髪を切って髻《もとどり》を作る『理髪の儀』、初めて冠をかぶる『加冠の儀』を行い、腋縫袍《ほうえきのほう》に着替える。

加冠役は真帆の裳着で腰結役をお願いした太政大臣が務めたそうだ。太政大臣は数年来病がちだったが、ずいぶん持ち直し、近く政界に完全復帰するらしい。真帆の裳着のときも、まだ病み上がりの印象は残っていたものの、調子は戻ってきているようなことを言っていた。

加冠役は、冠者《かじゃ》の後ろ楯となることが期待される。太政大臣が健在であれば、右大臣もこれまでのように好き勝手にふるまうことはできまい。

晴れて成人となった東宮は、一品《いっぽん》の位を与えられ、影雅《かげまさ》という正式名を賜った。

「東宮さまの美しいお髪が切られるのは本当にもったいなくて、涙がこぼれてしまいましたわ」

報告の女房が単衣の袖で目許を押さえる。

「垂髪と冠では見た感じが全然違いますでしょう？　なまじ今までの垂髪姿があまりにもお美しかったものですから、どうなることかと皆はらはらしていたのですが……」

「どうだったの？」

つい好奇心にかられて尋ねると、女官は目を輝かせた。

「上げ優りというのは、まさにあれを言うのですわ！　あまりの美しさ、凛々しさに、その場に居合わせた殿上人は皆、感嘆の溜息をついて見惚れていらっしゃいました」

思い出したように女官は頬を染めてうっとりと溜息をついた。

元服後にさらに魅力が増した場合を『上げ優り』、元服前のほうがよかった場合を『上げ劣り』と言うのである。

童姿があまりに似合いすぎるため帝が惜しんで元服させない、などという噂まであった東宮のことだ。多くの人が上げ劣りを危ぶんだのだろう。

結果は期待以上の見事な上げ優りで、その後の祝宴では帝が苦笑しながら『こんなことならもっと早く元服させるべきだった』と呟かれた……という報告が、真帆のところまで即座に上がってきたくらいだ。

「黄丹《おうに》の袍をお召しになった東宮さまは、それはもう、凛々しくあらせられて……。姫さま、おめでとうございます！」

「おめでとうございます！」

居合わせた女房たちに一斉に平伏され、真帆は顔を引き攣らせた。

「あ……ありがとう……」

その素晴らしい東宮さまとの新枕《にいまくら》から、鬼に攫われて逃れようという算段を立てているのだ。

後ろめたいし申し訳ないとも思う。東宮がそんなに立派な人だと聞けば、正直、多少心が動いたりもする。

それでもやはり、真帆が結婚したい相手は人ならぬ鬼の月影なのだ。月影と別れて東宮妃となり、女の栄耀栄華を極めようという気にはどうしてもなれない。

清涼殿で宴が催されているあいだ、真帆の周囲では添臥に向けての支度が始まった。

まずは夕餉を済ませると宣耀殿を出て、昭陽舎（梨壺）へ移動する。

髪はすでに昨日のうちに洗ってある。殿舎の裏手に設けられた湯殿で、大きな盥に湯を張って念入りに沐浴《もくよく》もさせられた。

頃合いを見計らって、新しく仕立てられた単衣だけをまとった真帆は御帳台へ入れられた。ふだんなら穿いている袴も、男性と共寝をすることが決まっている今夜はなしだ。

ただでさえどうなることかとひやひやしているので、とにかくものすごく落ち着かない。

早く月影が来ないかとそわそわしていると、祝宴を途中で抜けた東宮が梨壺へ戻ってきた気配がした。正装の装束を脱いだ東宮は湯殿へ向かったらしい。

几帳の綻びからそっと外を覗いてみると、いつもは廂に控えている宿直《とのい》の女房たちが、今夜ばかりは五衣唐衣裳《いつつぎぬからぎぬも》の正装をきっちり着込んでずらずら並んでいた。

（こ、これじゃ逃げられないじゃない……！）

どうしようどうしようと青くなっているうちに、東宮が戻ってきてしまう。さわさわと衣擦れの音がして、女房たちがいっせいに平伏する気配に真帆は真っ青になった。

（月影ったら何してるのよ⁉　東宮さまが来ちゃったじゃない！）

几帳を蹴倒して逃げ出そうにも、こんなに大勢の女房が控えていたのでは不可能だ。

（というか、この人たちいつまでいるつもり⁉）

まさかコトが終わるまで見張ってるとか……⁉

あわあわするうちにも衣擦れと静かな足音が近づき、北側に垂らされた帳を潜って東宮が入ってきた。動転した真帆は東宮の顔も見ないまま突っ伏すように平伏した。

「どうぞ御寝《おより》あそばしませ」

やや低い女性の声がした。見届け役の高位女官が、褥に横になった東宮夫妻に衾をかけるのだ。そこまでが儀式である。

進退窮《きわ》まった真帆は真っ青になり、深くうつむいたまま東宮に背を向けて横になった。頭のなかは『どうしようどうしよう』の一色で塗りつぶされている。

かたわらに自分より一回り大きな体躯が静かに横たわり、ふたりの上に真新しい衾がふわりとかけられた。

見届け役の女官は御帳台の外に出て平伏した。

「それでは明朝、御格子を上げに参ります」

就寝前の決まり文句を言い、するすると帳が下ろされる。ガチガチに緊張しながら耳を澄ませていると、女官に続いて宿直の女房たちは母屋から出ていった。

どうせすぐ近くの廂に朝まで詰めているのだろうが、とりあえず母屋からはいなくなった。どういうわけかいつもよりずっと近くで灯台が灯されており、御帳台のなかもずいぶん明るい。

真帆は思い切って起き上がり、指を揃えて平伏した。

「恐れながら東宮さまに申し上げたき義がございます」

「……ずいぶんと他人行儀ですね」

くすりと笑う吐息とともに、ものやわらかな口調が驚いた様子もなく応じる。

ちらと目を上げると、小袖姿の東宮が目に入ってますます焦った。どこかで聞いたことがある声のような気もしたが、気が転倒している真帆にじっくり考える余裕などない。

「じ、実はわたくしが出仕いたしましたのは、東宮さまに、その……万能の霊薬をさしあげたかったからでして……」

「万能の霊薬とは」

「は、はい。その、鬼――、いえ、その、き、鬼神からもらったものなのです。わたくしの母もその薬のおかげで病が癒え、ずいぶんと寿命が延びました」

「なるほど。ありがたい話だが、私の病は快癒したのですよ。尚侍――真帆姫が内裏に来て、琴を弾いてくれたらすっかりよくなってしまった。私にとっては真帆姫こそが霊薬というものです」

「恐れ多いことでございます！」

真帆は歯噛みしつつさらに平身低頭した。

（あああ、いったいどうすればいいのよー⁉）

どうやら東宮は真帆と結婚する気まんまんらしい。

（月影の馬鹿馬鹿馬鹿馬鹿！　嘘つき！　もう結婚なんてしてあげないから！）

「姫のおかげで健康を取り戻し、無事に元服を済ませることができました。今後、よりいっそう東宮としての務めに励みたいと思います」

（それは大変ご立派ですけれども……！）

真帆の焦燥など知るよしもなく、座り直した東宮はしみじみと話を続ける。

「主上は真帆姫を妃に迎えたいという私のわがままを聞き入れ、うるさい横槍が入らぬようこまごまと手筈を整えてくださった。最初から東宮女御として入内させなかったのも、そのためです。正式に宣旨を出して迎えようとすれば姫の身に危険が及んだかもしれない」

話半分に聞き流していた真帆は、東宮の言葉にふとひっかかりを覚えて我に返った。

（東宮さまが、わたしをお妃にしたいと主上に頼んだ……？）

東宮は住まいの桐壺に引きこもりだった。内裏どころか貴族の世界からも遠ざかっていた真帆と接点などあるわけがない。

平伏したままぐるぐる悩んでいると、しばらく黙っていた東宮がふと思いついたように呟いた。

「もしや姫には、他に想う相手がいるのでしょうか」

「えっ……」

正直に言うべきだろうか。いや、べきだとは思うが、理由は不明なれど真帆に恋着しているらしい東宮にそれを言ったらどうなるのか。

自分はともかく、これで政治の中心に戻れると喜んでいる兄が気の毒だ。月影に蹴りを入れてもおうなどと考えはしても、芯から悪人ではないのだからやはり可哀相になってしまう。

「……実を言うと、私にも想う姫がいるのですよ」

せつなげな溜息をつき、東宮は突然思いも寄らぬことを言い出した。

「ええっ⁉」

俄然、希望が湧いて真帆は弾かれるように身体を起こした。初めて対面した東宮が、涼しげな顔でにっこりと笑う。

「私の目の前にね」

驚愕のあまり真帆はそのまま固まってしまい、声も出なかった。頭のなかにはこれまでの『どうしよう』に代わって『なんで⁉』が渦巻き、ますます混乱する。

「つ……つ……つ……っきかげっ⁉」

しゃっくりみたいに裏返った声で叫んだ真帆の口を、東宮が慌て押さえた。

「変な声出すなよ。何かあったのかと女官が飛んで来るぞ」

たしなめるように軽く睨まれ、かくかくと頷く。解放された真帆はぽかんと東宮を見つめた。

「な、んで……、月影が……ここに……⁉」

呆然と呟き、ハッと怖いことに思い当たって真っ青になった。

「ま、まさか東宮さまを食べちゃったの⁉」

「は？」

面食らった東宮が、こらえかねた様子で盛大に噴き出す。

「何がよ⁉」

「ははっ……、まだわからないのか？」

「もともと東宮は俺だ。昔から俺が東宮なんだよ。貴船で真帆に初めて出会った、あの頃から」

瞬きも忘れて唖然と月影を見つめる。

「でも……月影は鬼の國の皇子さま……なんでしょ……？」

「俺の母は鬼國王の姫だからな」

「それで、人間界の帝の東宮……なの？」

「私の父は今上であられるからね」

涼しげな笑みにむらむらと腹が立ち、真帆は眉を逆立てた。

「ひどい！　騙したのね！　嘘つき——んんッ」

叫び声を封じるように唇をふさがれる。

「大声出すなって」

「んーっ、んんっ」

猛烈に腹が立ち、真帆は唇を吸われながら月影の胸元を拳でぽかぽか殴りつけた。東宮は真帆の頬を両手で包み、優しく、熱っぽく吸い続ける。

腹立ちのあまり歯を食いしばっていたが、そのうち根負けして真帆はしぶしぶ彼の舌を受け入れた。許しを請うような深いくちづけを何度も交わし、やっと唇が離れると真帆は頬を上気させ、恨みがましく月影を睨んだ。

「いじわる」

「ごめんな」

こつりと額を合わせて月影が囁く。こうされるといつも真帆は彼を許す気になってしまうのだ。

「……ずるいんだから」

「真帆が好きでたまらないんだよ」

衒《てら》いのない言葉が嬉しくて、だけど気恥ずかしくて、真帆はふたたび彼を睨んだ。

「早く言ってくれればいいのに！　わたしがおろおろしてるのを見て愉しんでたんでしょ。やっぱり鬼だわ、いじわる！」

「悪かったよ。いろいろと事情が入り組んでてややこしいものだから、結婚してからゆっくり説明しようと思ったんだ」

「だからずるいって言うのよ。どうせ先に説明したら逃げられるかもとかなんとか考えたんでしょ」

憤然と決めつけると、月影は苦笑した。

「まったくもって仰せのとおり。返す言葉もない」

「いつも自信満々のくせに、変なところで臆病なんだから」

真帆はつーんと顎を反らした。

「そう怒るなよ。真帆に振られたら、俺はとても生きていかれない」

「おおげさね……」

懸命に機嫌を取る月影を、赤くなって睨む。

「本当だよ。真帆が結婚してくれないなら、俺は鬼の國へ行くしかない」

「な、何それ!? どうしてそうなるのよ」

「人間界で生きていくと決めない限り、俺の身体に流れる鬼の血が、勝手に俺を鬼の國へ引っ張っていく。どんなにがんばっても人間界にいられるのは二十年くらいだ。もうあと一年もない」

真帆は愕然と月影を見つめた。

「そんな……」

「でも、真帆が俺を好いてくれれば人間界にとどまれる。……実のところ俺は向こうへ行くつもりだった。正直こっちはあまり居心地がいいとは言えない。帰る前に、もう一度真帆に逢いたかった。俺を怖がらず、一緒に遊んでくれた可愛い姫に、もう一度逢いたかったんだ」

真摯なまなざしで囁いた月影が、そっと真帆の手を包む。

「向こうへ行く前にできるだけのことをしてやりたくて、父親の幻を佳継に見せて邸をひとつ譲らせた。その邸が七条坊門の鬼の泉殿だったのは、少し厄介だったが……」

「わたし、月影が以前からあの邸に住んでいたのだと思ってたんだけど、違うの？」

「あそこは長らく放置されてたせいで、いろいろなあやかしが勝手に棲みついていたんだ。真帆が来る前に、本当に危険な奴らは全部追い払っておいた。残ってるのは、ちょっと脅かしたりするだけで実害のない小鬼どもだけだ。弱い奴らにとってあそこは避難所みたいなものだから、無下に追い出すのも可哀相でな」

「空木からの文では、怪しいことは何もないそうよ。邸の切り盛りを任せられて、張り切ってるみたい」

「うん、脅かすなと言ってある」

「……ねぇ。もしかして、自分が怪しの君だと名乗らなかったのは、たぬきさん――じゃなくて、雷獣だっけ？　――に邪魔されたから、というだけじゃ、ないんじゃない？」

　ふと思いついて尋ねると月影は苦笑した。

「前にも言ったとおり、時機を逸して言いそびれたのは本当だ。そのままにしておいたのは、やっぱり近い内にお別れだと思っていたから……かな」

「わたしを置いて、鬼の國へ行くつもりだったの……？」

　胸が締めつけられるような感覚に襲われて、小さな声しか出なくなる。

　脳裏に鮮明に浮かんだのは、幼い日、夜の御社で別れたときのこと。すごく苦しそうだった月影。あのとき真帆の涙をぬぐってくれたのは人の手ではなかったけれど、怖くなどなかった。

　離さずにずっと握りしめていたかった。

「……そのほうが、月影にとっては楽なのよね……？」

「ああ、そうだな。確かに楽だ。しかし全然楽しくない」

とまどう真帆に額を合わせて月影は笑った。

「真帆と再会して一緒に過ごすうちに、つくづく実感したんだ。やっぱり真帆と一緒にいたほうが楽しいし、幸せだなって。だから人間界《こっち》に残って、真帆と暮らそうと決めた」

「鬼の國へは行かない、って……？」

「うん。こっちで人として生きようって決めた。というか、覚悟ができた。それまではどっちつかずで……、東宮として立てられながら元服は拒否していた」

「え。月影がいやだって言ってたの？」

「俺にとって、元服は人としてこちらで生きると決めることだったんだ。真帆と結婚しようと決意するまではその覚悟がなかった。鬼として生きるほうが俺には楽だったし……、こっちにとどまっていたのは、もう一度真帆と逢いたかったというのもあるが……、父上をこれ以上悲しませるのがどうにもしのびなくてな」

「主上はご存じなのね？　こちらにいると月影が苦しいのだということを」

「ああ。それだけに父上も悩んでおられる。申し訳ないと思うよ。以前、東宮を辞退したいとお願いしたこともあるが、それだけはできないと言われた」

「月影が東宮を降りたら二の宮が東宮になるんでしょう？　それは……帝として、ちょっと容認しがたいんじゃないかしら……」

父親としては愛息の願いを叶えてやりたい。だが、帝としてはそうはいかない。

月影は溜息をついた。

「ここ数年、ずっと悩んでいた。父上を見捨てて自分だけ楽になるのはいかがなものかと。亡くなった母上に怒られそうな気もするし。かといって、人としてこちらで生きていくことに我慢できるかどうかも自信なくて。鬼の本性をひた隠しにするのは、正直かなりしんどい。今は東宮だからまだいくらか自由もあるが、帝になれば軽々しく行方をくらますわけにもいかないし」

「月影って、自分勝手なようで実はすごくまじめよね」

「そうかな」

「そうよ。だからよけいに主上も月影のことが可愛くてならないんだわ」

呟くと月影は照れくさそうに微笑んだ。

「父上は、俺が人間界《こっち》にとどまることにしたと申し上げるとすごく喜ばれてな。後を継いでくれるなら望みはなんでも叶えると言ってくださった。だから真帆と結婚させてほしいと頼んだんだ」

「わたしも月影と結婚してずっと一緒にいたいわ。でも本当に大丈夫なの？　すごく苦しいんでしょう……？」

「それが、不思議なことに真帆に触れると痛みや苦しみが消えるんだ。こうして――」

と月影は真帆をぎゅっと抱きしめた。

「――真帆を抱きしめていると、すーっと楽になる」

「え。ど、どうして。わたし何もしてないわよ……？」

「だから真帆は俺の霊薬なんだ。真帆がいてくれれば、人間界《こっち》でもやっていけそうな気がする」

真帆はおそるおそる月影の背を撫でた。よくわからないが、自分が側についていれば楽だと言うなら、そうしてあげたい。

「月影。よく顔を見せて」

　真帆は改めて月影の顔をじっと見つめた。

「……髪を上げたら本当にずいぶん違って見えるのね。すごく大人っぽい」

「気に入らないか？」

　不安そうに問われ、笑ってかぶりを振る。

「とても素敵よ。女房たちが素晴らしい上げ優りだと騒いでいたわ」

「真帆さえ気に入ってくれればいい」

　にこにこと嬉しそうな笑顔は童形のときと変わらない。少しやんちゃで、悪童めいたその笑顔が、本当に好きだと改めて思う。

　真帆は初めて自分からそっと唇を重ねた。

「あなたが好きよ。貴船で一緒に遊んだときからずっと好きだった。鬼とか人とか、そんなことは関係なくて、ただあなたが好き」

「俺も真帆が好きだ。子どもの頃はその『好き』がよくわからなかった。ただ大切にしたくて、真帆がいつも笑っていられるようにしてやりたかった。真帆が幸せでいてくれるなら、引き換えにちょっとばかり苦しい思いをしたってかまわないと思ったんだ」

「ちょっとばかりじゃ、なかったんでしょ……」

　申し訳なさに眉を曇らすと、月影は焦って真帆の顔を覗き込んだ。

「真帆が側にいてくれれば全然平気だって」

「側にいなかったわ。あれから何年も、月影は起き上がれないくらい苦しんでいたのよね。なのにわたしは側にいなかった。わたしのせいで月影が苦しんでいることも知らずに……お母さまの側でのんきに笑ってたのよ……！」

「俺がそう望んだんだ。言っただろう？　俺の母上は早くに亡くなったから、真帆にはできるだけ長く母君の側で笑っててほしかった。母上が遺された角を真帆に渡せば、守護がなくなって痛い思いをすることは最初からわかってたんだ」

「……後悔……しなかった……？」

「するわけない。今頃真帆は幸せに笑ってるだろうなと想像すれば気持ちが楽になって、痛みがやわらいだ。真帆は側にいてくれたよ。思い出のなかで、俺は真帆とずっと一緒だった。真帆と過ごした日々の思い出がなければ、俺はとっくにどうかなってた」

　月影は少しおどけたように笑った。

「真帆と出会わなければ、確かに痛みも苦しみも知らずに済んだだろう。楽だけど全然楽しくない日々を送って、力を持て余して……。父上を今よりもっと悲しませて、それに気付きもせず、何もわかってない馬鹿な童《ガキ》のまま鬼の仲間入りをしてただろうな。……たぶん俺は、真帆に出会って初めて、俺の半分は人だってことに気付いたんだ。真帆が俺を人間にしてくれた。真帆が側にいてくれれば俺は人間でいられる。立派な帝にだってきっとなるよ。それらしく澄まし顔をしてるのも、ちょっと面倒だけどな」

　真帆は泣き笑いのように噴き出した。

「うそ。元服した月影――いいえ、東宮影雅親王に皆ぼーっと見惚れてたって言うじゃない。主上もすっかり感心なさったって」

「そりゃ父親の贔屓目って奴だ。俺にはむしろ少しお寂しそうに見えたな。垂髪じゃなくなって、母上の面影が薄くなったことを嘆いていらしたのかもしれない」

「さぞお綺麗な方だったんでしょうね……」

「よく覚えてないな。四つの頃に亡くなられたから。俺にとっては真帆が一番綺麗だ」

「そ、それこそ贔屓の引き倒しだわ」

「俺に可愛いって思われればいいって考えてたくせに」

「どうしてそれを⁉」

仰天する真帆に月影はにやりとした。

「真帆が俺のことを考えてると、ときどきわかるんだ」

「何それ、ずるいっ」

月影は笑って真帆を薄縁に押し倒した。

「勝手に伝わってくるんだから仕方ないだろう。なんて可愛いことを考えるんだ……ってますます真帆が愛しくなった」

「やだ、覗かないでよ！」

じたばたする真帆を、月影は笑いながら抱きしめた。

「本当に真帆は可愛いな。まったく食べてしまいたいくらいだぞ」

「た、食べちゃだめ」

「だめなのか？」

「だめっ」

「仕方ないな。じゃあ舐めるだけにしておこう」

「ひんッ」

れろ、と首筋を舐め上げられ、真帆は悲鳴を上げた。舌先で耳の後ろをちろちろくすぐられると、はしたなくも玉門がじゅわりと潤んでしまい、羞恥に焦ってもがく。

「こら。暴れるな」

「そ、そこはくすぐったいから舐めないでっ」

「くすぐったくないところを舐めたっておもしろくないだろ」

月影は笑って真帆の耳朶をこりりと甘噛みした。

「真帆が感じるところ、いっぱい舐めてやる」

甘い囁き声だけで下腹部からぞくぞくと淫らな戦慄《せんりつ》が走って抗えなくなる。月影は単衣《ひとえ》の帯をほどき、真帆を裸体に剥いた。

「今夜こそ真帆と本当に契るぞ」

それは確認ではなく宣言だ。真帆は彼を見上げ、小さく喉を震わせた。

月影が身をかがめ、獲物のにおいをかぐ獣のように耳元に鼻をすり寄せながら囁く。

「……いいよな？」

こくりと真帆は頷いた。

微笑んだ月影が小袖を脱ぎ捨て、熱い身体を重ねてくる。くちづけを交わしながら真帆は彼の背をおずおずと撫でた。

すらりと着痩せして見えるけれど、実際には骨格のしっかりした筋肉質の体躯をしていることが、こうして実際に触れればわかる。

触れないとそれがわからないというところに妙な優越感を覚え、真帆は顔を赤らめた。

大きな掌で乳房を包まれ、やわやわと押し揉まれると心地よさがじんわりと全身に広がって、熱い吐息を洩らす。

「珊瑚《さんご》みたいに綺麗な色だ……」

月影は呟いて真帆の乳首をそっと口に含んだ。舌先でつつくように転がされたかと思うと、桃色の乳暈《にゅううん》ごと緩急をつけて吸いねぶられる。

「んっ……、んぅ」

真帆は喘ぎながら月影の逞しい肩や背中にあてどなく指を這わせた。

最初はくすぐったいだけだったのが、今やぞくぞくするような快感がとめどなくあふれ、もっと強く吸ってほしいとさえ願ってしまう。

片方の乳首をちゅくちゅくと舐め転がしながら、もう片方の乳首を指先でつまんで左右にくりくりと紙縒《こよ》り、固くそばだたせる。それを爪でピンと弾かれると、下腹部まで刺激が走り、敏感な花芽がきゅんと疼いた。

真帆がもじもじと腿をすり合わせていることに気付いて、月影が含み笑う。

「触れてほしいか」

羞恥をこらえ、こくんと頷く。月影はそのかすように甘く命じた。

「だったら脚を開け」

うろたえた真帆は、かーっと頬を染めて月影を睨んだ。月影はにやにやと見返すだけだ。

（い……いじわるなんだから……っ）

恨めしく思いながらも逆らえないのが、惚れた弱み……というものか。

ぎくしゃくと肩幅くらいに脚を開くと、「もっとだ」と無情に命じられた。

さすがにこれ以上は……とためらっていると、軽く溜息をついた月影が無造作に膝を掴み、ぐいと押し開いた。

「ひゃっ⁉」

「もっと開かないと見えない」

「見なくていいわよっ」

「俺は見たい」

平然と言って、月影は脚の間に身体を割り込ませた。腰が浮き上がり、濡れそぼった谷間がぱくりと割れて男の眼前にあますところなく晒される。

「やっ、だめ！　見ないで」

「すごいな、とろっとろだ」

感心したように呟かれ、真帆は火を噴きそうな顔を両手で覆った。ただでさえ月影は夜目が利くのに、いつもより灯台が近いぶん御帳台のなかも明るいのだ。

「どうしてそんなとこ見るのよ……っ」

「可愛いから」

またもぬけぬけと言われてますます頬が熱くなる。

「そ、そんなとこ可愛いわけないわ……」

「真帆はどこもかしこも可愛いぞ」

甘やかす口調で囁いた月影が身をかがめ、次の瞬間、花芯にびりっとするような刺激が走った。

「ひッ⁉」

慌てて頭をもたげると、月影は真帆の秘処に顔を埋め、濡れた谷間をためらいもなく美味しそうに舐め回していた。

「やっ、ちょ、ちょっと！」

反射的に肩を掴み、力の限り揺さぶっても月影は執拗に舐め続ける。ずきっと、下腹部が痛むほどの快感に、たまらず真帆は嬌声を上げてのけぞった。

「あ、ぅっ……！　あんッ、あっ、はぁん」

びくびくと陸揚げされた魚みたいに身体が跳ねる。快感でにじんだ涙が珠となって目尻からこぼれ落ちた。指で愛撫されたときもすごく気持ちよくて、恥ずかしいほど感じてしまったのに、敏感な突起を舌で優しく転がされる快感はその比ではない。

たちまち追い詰められ、あっけなく真帆は絶頂してしまった。

「おい、真帆。大丈夫か」

飛んでいた意識が戻ると、心配そうに月影が覗き込んでいた。ぼんやり頷くと、月影はホッとしたように真帆を抱きしめ、顔じゅうに唇を押しつける。

「……びっくりした」

放心したまま呟くと、月影は詫びるように甘く真帆の唇を吸った。

「悦くなかった？」

「ううん……。あんまり気持ちよくて……びっくりしたの」

はにかみながら素直に告げると月影は嬉しそうに微笑んで真帆の頬を撫でた。

くちづけを交わしながらふたたび愛撫に身を委ねる。脚を立てさせ、内腿を撫でる彼の手つきはうっとりするほど優しくて、真帆の女壺はしとどに甘露をあふれさせた。

蜜をまとった指がとろけた襞をこすり、鞘を剥いて露出させた秘玉をあやすように転がされる。愉悦にふわりと意識が飛ぶ感覚を、幾度となく真帆は味わった。

それは、いともたやすく虜になってしまいそうな極上の快楽だった。

滑り込んできた指が律動的に花筒を行き来し、狂おしいほどの悦楽を腹の底から掘り起こしてゆく。真帆が喘ぎ、恍惚に達するさまを、魅入られたように月影は見つめていた。

最初はそれが恥ずかしくてたまらなかったが、何度も気をやるうちにためらいも羞恥もどこかに飛んでしまい、感じるままに真帆は悶えた。

いつしか指は二本に増え、蜜飛沫を上げて処女襞をじゅぷじゅぷと穿っていた。真帆はとろんと瞳を潤ませ、甘い溜息を洩らしながら指の動きに合わせて淫らに腰を振るばかりだ。

時間をかけてほぐされた媚壁は、関節のしっかりした長い指を二本とも根元までずっぷりと銜え込んでいる。

「……そろそろいいか」

月影は呟くと、にゅるりと指を抜いた。指先から玉門にかけて蜜が淫らな糸を引く。それを眺めて月影は満足そうに微笑んだ。

「見ろよ、真帆。おまえの熱い蜜に浸りすぎて、すっかり指がふやけてしまったぞ」

ぬるぬると唇を撫でられ、真帆はほとんど無意識のうちに彼の指を口に含んでいた。自らの蜜で濡れた指を無心に吸い、舌を絡めて丹念に舐める。

くすぐったそうに指を引き抜くと、おもむろに月影は膝立ちになった。下腹部から猛々しくそそり立つ剛直は翳《かげ》になってよく見えない。

たぶん見えなくてよかったのだろう。もしはっきり見えてしまったら、真帆は夢うつつの心地よさに浸っていることはできなかったはずだから。

濡れ滾《たぎ》る固いものが蜜口に押し当てられ、くぷりと先端が襞のあわいに沈む。思いがけないその質量を真帆が自覚する前に、月影はぐいと腰を入れた。

「いっ……!?」

脳天に突き刺さるような激痛が走り、息が詰まる。反射的に身体をこわばらせ、拒もうとしたときにはすでに月影の肉槍は閉ざされた関門を突き破り、女壺の最奥を深々と貫いていた。

ぴたりと腰を密着させ、月影は硬直する真帆の身体を抱きしめた。

「痛かったよな。ごめん」

「ふ……」

泣き声か呻き声か、自分でもよくわからない吐息が弱々しく洩れる。なだめるように月影は真帆の背を優しく撫でた。

「真帆に痛い思いなんて絶対させたくないけど、こればっかりは、な。一度だけ我慢してもらわないといけなかった」

「……本当に一度だけ？」

「ああ」

「死ぬかと……思ったわ……」

「うん、ごめんな」

ちゅっと濡れた睫毛を吸われる。月影は真帆の身体を撫で、甘いくちづけを何度となく繰り返した。

少しずつ破瓜の痛みがやわらぐと、その場所を固く締まったものが貫き塞いでいる感覚がじわじわと込み上げてきて真帆は顔を赤らめた。

「……わたしたち、繋がってるのね？」

「そうだよ。わかるか」

月影がゆっくりと腰を引き、ふたたびひそやかにわななく隘路へ戻ってくる。

逞しい肩にすがって囁くと、月影は微笑んで真帆と唇を合わせた。

「ええ、わかるわ」

真帆は彼の背に、肩に、頬に、確かめるように指先を滑らせた。こうして隔てるものなく身体を繋げ、抱き合っていると、彼への想いがいっそう強く、深くなってゆくのを感じる。

「月影。あなたを愛してる。あなたがすごく、すごく大切なの。言葉になんてできないくらい」

「ああ、俺もだよ」

見つめ合う瞳のなかに同じ想いが息づいている。

幼い日、鬱蒼《うっそう》とした木立に囲まれた貴船の参道で、彼に危機を救われたとき。彼が真帆の瞳を無邪気に覗き込んだとき。

すでに真帆の魂は絡め取られ、しっかりと緒が結ばれてしまったのだ。

光と闇の狭間に立つ、美しい怪しの君に。

（離れられないのは、きっとわたしのほう）

だから。

「離さないで……ね」

囁いてその背に縋る。

「真帆。泣いてるのか？　すまん、痛いのか」

「違うわ。嬉しくて涙が出ることだって、あるのよ」

心配そうに覗き込む月影のおろおろした様子に笑ってしまう。ホッとした月影は機嫌よく真帆の顔にまたくちづけの雨を降らせた。そうするあいだにも受け入れた彼の熱杭がますます固さを増し、滾《たぎ》っていくのを感じて、真帆は顔を赤らめた。

「え……っと。これで終わり……じゃ、ないのよね……？」

月影がニヤリとして真帆の顎を摘む。

「よくわかってるじゃないか」

「そりゃ……ああいうこと二回もしちゃえば、ね……」

もごもごと口ごもる真帆の頬に、月影は愛おしそうに唇を押しつけた。

「そういうことだ。そろそろ馴染んできたか？」

「た、たぶん……」

さすがに気恥ずかしくて目を逸らしながら頷く。月影は身を起こして真帆の腰を抱え直した。

「痛かったら我慢せず言うんだぞ。俺も慣れてるわけじゃないからな。加減がよくわからん」

「慣れてたりしたらひどいわよ！」

ムッとして睨むと、月影は妙に色っぽい笑みを浮かべ、ゆっくりと抽挿を始めた。

挿入したまましばしゆるゆると睦み合っていたのがよかったのか、破瓜の痛みは痺れたような疼痛に変わっている。

探るように慎重な動きで穿たれるうちに、それさえも次第に甘美な感覚へとうつろっていった。

「大丈夫そう？」

「ん……」

頬を上気させて頷く。月影は真帆の唇にちゅっとくちづけを落とし、腰を振りながら熱い溜息をついた。

「真帆のなか、すごく熱くてやわらかい……。とろとろの襞が絡みついてくるみたいだ」

ふだんは涼しげな目許がほんのりと赤味をおび、凄絶《せいぜつ》な色香が漂う。欲望にとろりと潤んだ瞳に見入っていると腰骨のあたりがたまらなく疼いて我を忘れた。

腰の動きが次第に速まり、月影の吐息が乱れ、切迫してゆく。真帆の感じる悦楽はもう一息であふれ返りそうなほど高まり、不安定に揺れていた。

「あ……あっ……ぁん……んんっ……」

むせぶような嬌声がひっきりなしに唇をつき、真帆は力なく左右に首を振った。ずくずくと熱棒を突き込まれるうちに腰が浮き上がり、いつしか上から刺し貫かれるような体勢になっている。

濡れた下腹部がぶつかり合うたび淫らな打擲《ちょうちゃく》音が響き、奥処から掻き出された蜜がしぶいた。

愉悦に囚われた真帆の視界で白い火花がちかちかと瞬いて、迫りくる絶頂の激しさを予感させる。

めくるめく忘我の境地へ差しかかった真帆は、絶え間なく襲いかかる快感にただただ身を委ねるしかなかった。ぞくぞくするような浮遊感は、昔、怪しの君が作ってくれた鞦韆《しゅうせん》（ブランコ）をはしゃいで漕いでいたときの感覚にも似て、さらに百倍も強いものだ。

「く……、真帆……ッ」

月影が低く呻き、ぐっと腰を押しつける。

次の瞬間、解き放たれた熱い情欲が真帆の奥処へと一気に注ぎ込まれた。どくんどくんと肉棹が脈打つたびに新たな熱液が噴きこぼれ、収まる気配もない。

同時に真帆の快楽もまた臨界を超えてあふれだした。身体の中心で快感が弾け、瞬時に指先まで深い悦楽で満たしてゆく。

真帆は背をしならせ、絶頂のさらに極みで声もなく恍惚に浸った。蜜襞がひくひくとわななき、受け入れた精を貪婪《どんらん》に貪っている。

幾度となくくりかえし吐精して、ようやく月影は満足の溜息をついた。想いを遂げた欲望を慎重に引き抜くと、含みきれない白濁がこぷりとあふれ、会陰から尻朶《しりたぶ》へとろとろと伝い落ちた。

月影は絶頂の余韻で放心したままの真帆を愛おしそうに抱きしめた。

「ああ、真帆。なんて素晴らしいんだ」

囁いて何度も唇をついばむ。

彼を抱きしめたかったけれど、身体じゅうが甘だるく、痺れたように腕が上がらない。

なすがままに唇を吸われ、優しく背中を撫でられる心地よさにうっとりしているうちに、真帆はいつしか深い眠りに落ちていた。

第八章　乱れそめにし

翌朝目覚めると、真帆は御帳台にひとり横たわっていた。

きちんと単衣をまとい、身体の上には衾がかけてある。横になったまま傍らの枕をぼんやり眺めているうちにようやく頭がはっきりした。

同時に頬が熱くなる。

（わたし、昨夜、月影と……）

いや、東宮だ。

鬼の月影は実は人間の東宮で、昨日元服された。真帆は添臥を仰せつかり、東宮の妃となったのだ。

（でも、本当にそんなことってある……？）

改めて考えればどうにも荒唐無稽《こうとうむけい》な気がして悩んでいると、南側の几帳の向こうで窺うような小さな咳払いがした。

「……狭霧？」

「姫さま。お目覚めでございますか」

ホッとした狭霧の声が返ってくる。真帆は周囲がふだんよりかなり明るいことに気付いた。

「ずいぶん寝坊しちゃったみたいね」

「まだお休みになっていてかまいませんよ。好きなだけ寝かせておくようにと東宮さまも仰っておられました」

「東宮さまは？」

「先ほどまで姫さまのお側におられましたが、主上にご挨拶するため清涼殿へお渡りになりました」

いぎたない寝顔を見られてしまったのかと恥ずかしくなる。

「どうなさいますか。今しばらくお休みになりますか」

「もう起きるわ」

「では、すぐにお手水のお支度を」

御帳台を出て手水を使い、身繕いを済ませると、榧が挨拶に現れた。

「東宮さまよりお文を預かっております。姫さまがお目覚めになりましたらお渡しするようにと」

美しい組紐をかけた漆塗りの文箱に入っていたのは後朝《きぬぎぬ》のお歌だった。

長年の想いがようやく通じて嬉しい、これを千歳《ちとせ》の契りとしたい……といったことが、端正でありながら勇壮さを感じさせる筆遣いでしたためられている。

以前、月影はあまり歌は得意ではないと言っていたように、技巧を凝らさず率直なものではあるが、かえってその実直さが好ましく思えた。

（それに、手蹟《て》はなかなかのものよ。凛々しくて素敵だわ）

嬉しくて何度も見返していると、朝餉の膳を運んできた狭霧がにこにこと話しかけてきた。

「ご機嫌ですわね、姫さま。東宮さまは本当に素敵な方でしたでしょう？」

「え。ええ」

どきっとした真帆はあたふたと手紙を畳み、文箱にしまった。

「ようございましたわ。姫さまったら、東宮妃はいやだなんて駄々をこねていらしたし」

「だって、その……、し、知らなかったのよ」

「そうですわね。あれほどお美しいとは正直わたくしも思っておりませんでした。お付き女房が主人を褒めるのは当然ですもの。大げさに言っているにしても、別口からの噂話を考え合わせれば悪いはずがないとは思いましたが……」

給仕をしながら狭霧はうっとりと溜息をついた。

「わたくし、今朝初めて東宮さまを明るいところで拝見しましたの。噂以上の男ぶりに見惚れてしまいましたわ。本当に、なんてお美しい方なのでしょう。凛として、高雅な気品に満ちて……、主上が可愛がられるのも当然ですわ」

「……そういえば、わたし東宮さまのお顔をまだよく見てなかったわ。昨夜は暗かったし」

「これから好きなだけ見られるではございませんか！　東宮さまという貴いご身分ばかりか、あのように見目麗しく優れた男君が姫さまのご夫君とは。わたくしもう嬉しくて晴れがましくて！」

共に苦労を重ねた狭霧には喜びもひとしおらしい。確かに、自ら大根《おおね》を作って売り歩いていたことを考えれば、奇蹟のごとき大出世だ。

狭霧が感極まって袖で目許を押さえると、側にいた他の女房たちまで一斉にもらい泣きを始める。

なんだかきまりが悪くなって真帆は顔を引き攣らせた。

朝餉を済ませると、真帆は廂に設けた御座から梨壺の庭を眺めつつ溜息をついた。

（身体がだるいわ……）

身動きするとあちこち痛むし、特に下腹部が重だるい。初めて欲望を受け入れた部分はぼんやりと痺れたようで、時折じわりと疼痛がぶり返す。

まだ何か太いものがそこにあるような、妙な感覚に顔を赤らめていると、女房がやってきて几帳の向こうで平伏した。

「東宮さまがお戻りになられました」

「えっ⁉」

どうして人が恥ずかしいことを思い出しているときを狙い済ましたみたいに戻ってくるのよ！

おたおたしているうちに、簀子を衣擦れと足音が近づいてきて、女房たちがさっさと几帳を取りのけてしまう。

「やぁ、お目覚めでしたか」

涼しい笑みを浮かべてやってきた東宮を、真帆は呆気にとられて眺めた。

東宮は冠直衣《かんむりのうし》姿で、さりげなく檜扇を手にしている。三重襷《みえだすき》文の、紅味の濃い二藍《ふたあい》の直衣。雲立涌《くもたてわく》の紫の指貫《さしぬき》。

秀麗さただよう額に男らしく凛とした眉。すらりと通った鼻筋。艶然と微笑む血色の良い唇――。

昨夜見てはいるのだが、帳越しの灯台だけでは、いつもよりは明るかったとはいえ、くっきりはっきり見えたわけではない。

その乏しい明かりでさえ月影――ではなく東宮・影雅親王は惚れ惚れするほど美しかったのに、格子を上げ、御簾を巻き上げた明るい廂で改めて見れば、その艶やかさ、凛々しさは格別であった。

東宮は女房が持ってきた円座《わろうだ》に無造作に腰を下ろし、にっこりと真帆に微笑みかけた。

「ご気分はいかがですか。ゆっくり眠れましたか」

「――あ。は、はい」

我に返った真帆は慌てて扇を広げ、顔を半分隠した。

「ああ、私の贈った扇を使ってくださっているのですね」

にこにこと嬉しそうに東宮は言った。花飾りをつけ、美しい彩色を施した檜扇《ひおうぎ》は、実際には東宮ではなく月影からの贈り物で、七条坊門の鬼邸にいたときにもらったものだ。

(本当に月影が東宮なんだわ……)

まっすぐ見返すのが照れくさくて、どきどきしながら扇越しの上目遣いで眺めていると、ふと東宮が眉をひそめた。

「お顔が赤いようですね。もしや熱でもあるのでは」

「い、いいえ、なんともありません！」

「東宮さま。御方さまは初めてご夫君と対面され、照れていらっしゃるのですわ」

狭霧とともに控えていた榧が微笑みながらそつなく取りなす。東宮は上機嫌に頷いた。

「なんと愛らしい方だ。私に見惚れているると自惚れてもいいのかな」

おどけたように東宮が言うと、若い女房たちが頬を染めてきゃあきゃあとはしゃいだ声を上げる。

ますます恥ずかしくなって真帆は扇に顔を伏せた。

すると、ふいに耳元で甘い囁き声がした。

『あまり可愛い顔をしてくれるなよ。今すぐ押し倒したくなるぞ』

「……⁉」

驚いて顔を上げると、ぱらりと扇を広げて東宮がにんまりした。すぐに隠されてしまったが、その笑い方はまさに月影そのもので……。

真帆はカーッと赤くなって睨みつけたが、東宮は涼しい顔で微笑んでいる。

東宮が小さく扇を鳴らすと、女房たちは心得顔でふたりの回りに几帳や屛風を立て回し、さわさわと下がっていった。

立ち上がった東宮は真帆の隣にどかりと腰を下ろした。

「本当に顔が赤いぞ。熱があるんじゃないのか」

囁いて、額に手を当てる。凜々しさと色香の同居する希有《けう》な美貌が間近に迫り、真帆はますます赤くなってうろたえた。

「だ、大丈夫よ……」

「うーん……。微熱か？」

眉をひそめる影雅親王の端正な横顔をちろりと窺う。

（本当に上げ優りだわ……）

大人びた貴公子ぶりに、何度見ても胸が轟いてしまう。これは心臓に悪い。

「わたし、早死にするかも……」

思わず呟くと、影雅は色を失った。

「なんだと⁉　やはり具合が悪いのだな！　待ってろ、今すぐ侍医を――」

「ち、違うわ。月影――じゃなくて影雅さまが格好よすぎて、気絶しそうなの」

目を丸くした東宮が、ぷっと噴き出す。

「なんだそれは。昨夜さんざん見たではないか」

「あなたほど夜目が利かないもの。昨夜だってすごく素敵に思えたけど、明るいところで見たらそれどころじゃなくて……」

くっくっと東宮は笑い続ける。

「可愛い奴だなぁ。元服で顔まで変わったわけでもなし」

「そうだけど……。でも、見た感じは全然違うわ」

「ふぅん？　惚れ直したか」

素直に頷くと、影雅は照れくさそうな顔になった。

「俺も惚れ直したぞ。抱いたら真帆がますます可愛くてたまらなくなった。『逢ひ見ての、のちの心にくらぶれば』……だ」

「『昔はものを思はざりけり』。……本当にそうね。ずっとあなたが好きだったけど、契りを交わした今はそれとは比べられないくらい、もっと好きになってしまった」

東宮にもたれて真帆は呟いた。懐かしい落葉《らくよう》の香りがほのかに漂う。

優しく真帆の肩を撫でながら影雅は心配そうに尋ねた。

「なぁ。冗談抜きで、大丈夫か？　昨夜はやっと真帆と契れるのが嬉しくて、つい我を忘れてしまった。無理をさせたよな」

「大丈夫よ。わたしも……嬉しかったし……」

影雅は照れる真帆の頬を撫で、そっと唇を重ねた。優しく吸っては離し、睦言のような吐息とともに甘く食まれると陶然となってしまう。

くちづけを繰り返すうちに袴の帯を解かれ、小袖の裾をかいくぐって影雅の指が、ふっくらと腫れた火陰《ほと》へもぐり込んでくる。

「んっ……！　だ、だめよ、こんな昼間から……」

「怪我してないか確かめる」

「してないから！」

「血が出てた」

「さ、最初は出るものなんでしょ……」

「でも気になる」

影雅は濡れ溝のあわいで探るように指を動かした。彼は確かめるだけのつもりでも、悦楽の余韻さめやらぬ真帆としては、慎重な動きにかえって性感を刺激されてしまう。

身を縮めて息を殺していると、ようやく納得したように影雅は頷いた。

「裂けてはいないようだな」

「怖いこと言わないでよ……」

影雅は指を引き抜くと、目の前に持ってきてしげしげと眺めた。

「……うん、出血も収まった」

「だ、だから大丈夫だってば」

涙目で睨むと、彼は指先のにおいをふんふんかいだかと思うと、いきなりぱくりと指を銜えた。

「血の味はしないな。だが俺のにおいはしっかりする」

ニヤッとされて真帆は赤面した。昨夜、熱い精を大量に注がれたことを思い出すといたたまれなくなる。逃げ出そうともがいたが苦もなく押さえ込まれ、畳の上に押し倒された。

「ちょ、ちょっと」

「夜まで待てそうにない」

「まだお昼前……っ」

「だから待てないんだって」

平然と言って彼は身体を重ねてきた。狼狽して抗うも、指による刺激ですでに潤んでいた媚壁は猛る雄茎をすんなりと受け入れてしまう。

「や……っ、外……！　見られ……っ」

「庭掃除は済んでるから誰もいないさ。いても床が高いから、横になってれば見えやしない」

見られたってかまうものかと言いたげな口調に泣きたくなる。影雅は真帆にのしかかるようにして腰を振り始めた。

こうなってはもう、あられもない声を聞かれないよう必死に口を押さえることしかできない。

ずくずくと激しく突かれ、深く挿入した先端でぐりぐりと抉り回すように穿たれる。

「ぅ……ぁ……あ……っ」

口を押さえた指の隙間から、哀願するような声が洩れた。

結局、影雅が劣情を遂げるまでに真帆は三度もの絶頂を強いられたのだった。

以前、堂々と宣言したとおり、影雅は十日にわたって夜毎《よごと》真帆を抱いた。いや、夜どころか昼間のことも多々あった。

元服したことで政への関わりも今までとは段違いに増え、以前にも増して勉学の時間も増えているというのに、暇さえあれば梨壺に戻ってきては真帆の機嫌を取る。

そのうち月の障りが来て寝所を別にしたので、久しぶりにひとりでゆっくり休むことができた。共寝がいやなわけではけっしてないけれど、半分が鬼であるためか、影雅の熱情はいささか度を越している。只人の真帆としては、たまには遠慮させていただきたいというのが正直なところ。

東宮の元服と結婚を祝う宴も引き続いて催され、豪華な衣装を取っかえ引っかえするのもかなり大変だった。

月のものも終わり、髪を洗ったり入浴したりと気分もさっぱりしたある日のこと。

その頃には影雅の過剰な情欲もいくらか収まり――あくまでいくらかだが――、穏やかに横笛と琴を合わせたりする機会も増えた。そうしていると、昔の約束が叶えられたことを実感し、しみじみと幸せを覚えた。

影雅が側近とともに大内裏へ出かけた後、真帆は簀子に几帳を立てさせて庭を眺めながら、一度七条坊門の邸に里下がりさせてもらおうかしら……と考えていた。

空木の様子も確かめておきたい。定期的に寄越す文では元気そうで、特に邸で問題も起こっていないようだが、なにぶん年が年なので気がかりだ。

まだ紅葉には早いが、涼しい秋風がそよそよと庭木の梢を揺らしている。秋の除目《じもく》も終わり、兄の佳継は右近中将という役職は据え置かれたものの、位は三位に上がって三位中将《さんみのちゅうじょう》と呼ばれる身の上になった。晴れて公卿の仲間入りである。

（まぁ、能力的にいまひとつ不安だけどね……）

　東宮妃の兄ということで、東宮の側近に取り立てられて本人は大張りきりだ。信頼されれば全力で応えようとする実直さはあるのだから、持てる能力を影雅がうまく引き出してくれるといいのだが……などと考えていると、慌ただしく狭霧がやってきた。

「姫さま、主上のお使いが参られます。御簾の内へ」

「主上の？」

　とまどいながら、ともかく母屋へ戻る。

　御簾を下ろして座っていると、清涼殿の女官が現れて平伏した。

「主上におかれましては、梨壺の女御さまのご機嫌伺に参られたいとの思し召しにございます」

「まぁ、主上がこちらに？」

　御簾の外で椢が受け答えをする。椢の視線を受け、真帆は緊張を抑えて静かに応じた。

「わかりましたわ。お待ちしております」

　女官は扇を手にふたたび平伏すると、するすると裳を引いて戻っていった。

「さぁ、早くお支度を！」

　椢の号令で女房たちがわらわらと動き出す。真帆もくつろいだ小袿姿から唐衣裳の正装に急いで着替える。御座を整え、几帳や屏風をほどよく配置し、お出迎えの準備が整ったところへ、さわさわと衣擦れの音が近づいてきた。

　簀子に並んだ女房たちが一斉に平伏する。真帆もまた下座で指を揃え、深く頭《つむり》を下げた。

　ゆったりと上品な足どりが母屋に入ってきて、上座に座った。

「楽になさい。そう畏まらずに」

深みのある穏やかな男性の声がした。

（……東宮と似てるわ）

親子なのだから不思議ではないけれど、なんだかちょっとどきどきする。

おそるおそる顔を上げると、気品のある端整な顔立ちの男性が微笑を浮かべて真帆を見ていた。

（まぁ……。よく似ていらっしゃること）

真帆は感心してしげしげと帝を見つめてしまった。

冠から覗く秀麗な額や、凛々しくも意志の強さを感じさせる眉、涼しげな目許のあたりが特に似ている。影雅の唇が艶っぽい色香をおびているのとは違って、帝はやや峻烈《しゅんれつ》な感のある、毅然とした雰囲気だ。だが、今その口許は真帆に向けてとても穏やかな笑みを浮かべていた。

「――ああ、本当に東宮が自慢するとおりだ。実に愛らしく、それでいてしっかりとした芯の強さを感じさせる方ですね」

嬉しそうに言われて真帆は頬を染め、扇で半分顔を隠した。

「恐れ入ります……」

「弘徽殿の御方から聞いたのだが、琴を教えてくださっているとか」

「教えるなどというほどでもございませんわ。ご一緒に弾かせていただいております」

「あの人はとても喜んで、熱心に練習なさっておいでだ。真帆姫がとても親身になってくださるので嬉しいと言っていましたよ」

「こちらこそ、仲良くしていただけて嬉しゅうございますわ」

帝はしんみりと頷いた。

「弘徽殿はたいそう内気でね。強く出られると萎縮して、言い返すこともできなくなってしまうのだよ。もう少ししっかりしていただきたいとも思うが、やはり持って生まれた性格ゆえ、自分でそう努めようとしてもなかなか思いどおりにはいかないのかもしれないな」

真帆は帝の口調に、少し違和感を感じた。

（なんだか妻に対するものじゃないみたいな……？）

そういえば、弘徽殿女御も帝のことを『兄のような』と言っていた気がする。

まだまだ帝は壮健で、周囲の者たちも当分は今上の御世が続くと思っている。だからこそ兄は最初、真帆を帝に入内させようと考えたのだ。

（主上が亡き中宮さまに今でも想いをかけていらっしゃって、他の女人が目に入らない……というのは本当なのかも）

月影——影雅のあの美しさを思えば、母君が絶世の美女だったことは間違いない。元服したら父親に似たところが目立つようになったけれど、垂髪のときはもう少し女顔の印象だった。

そうなると弘徽殿女御は名ばかりの妃……ということなのだろうか？　しかし女御自身はそれを嘆いているような雰囲気ではなかった。

（主上とは仲よさそう……だったわよね）

女御について話す帝の口ぶりからも、よそよそしい感じはしない。

帝は真帆に、何か不自由はないか、東宮が困らせてはいないかなど、まめやかに尋ねた。

「東宮が無事元服し、妃も得て、しみじみと嬉しくてね。……あの子がずっとこちらにいると決意してくれたのも、真帆姫、あなたのおかげだと思えば、どんなに感謝してもしきれないくらいだ」

「えっ……」

真帆はぎくっとして周囲を見回した。大勢控えていた女房たちが、いつのまにか姿を消している。

帝は悪戯っぽく忍び笑った。

「大丈夫、人払いはしておいた」

「あ、あの……」

「あなたはもちろん知っているのだろうね。あの子がどういう生まれなのか」

真帆はこくりと喉を震わせた。きゅっと扇の要を握り、おそるおそる頷くと帝はにっこりして、あっけらかんと口にした。

「あの子の母は鬼國王の姫なのだ」

月影から聞いてはいたものの、帝から言われると改めて驚愕に襲われる。

「そ……そこがよくわからないのですが。確か、亡き中宮さまは宮家のご出身だったはずでは」

「あの子から聞いていないのかね？」

「母君が早くに亡くなられたとお聞きしたので、あれこれ尋ねるのも気が引けて……」

帝は真帆を見つめて微笑んだ。

「中宮はさる宮家の姫だった。だが、それは言わば身代わりだったのだよ」

「身代わり……？」

「宮家には姫ひとりしか子がなかった。正確に言えば残っていなかった。よくある話だが、子どもが早くに亡くなることは多い」

宮とその北の方はとても仲むつまじかったが、生まれた子を次々に亡くし、ともに老境にさしかかって諦めかけたときに生まれたのが、かの姫だった。

「おそらくは最後の子。そして初めて授かった女の子でもあったことから夫妻は大姫を大事に大事に育てた。ところがやはり生まれついて病弱な質だったのだな。大姫も十四で儚くなってしまった」

埋葬を終えた夜、打ち沈んでいる夫妻の元を訪れた者があった。それは亡くなった大姫そっくりな少女で、てっきり大姫が生き返ったものと夫妻は驚喜した。

「……違ったのですか？」

「ああ。戻ってきたのは鬼の姫だった。鬼姫は以前から人間界に興味があって、ちょくちょく遊びに来ていたのだそうだ」

そうするうちに自分によく似た容貌の大姫を見つけた。鬼姫は大姫に友だちになってほしいと頼んだ。邸の奥で退屈な日々を送っていた大姫は喜んで受け入れた。

「ふたりは何年ものあいだ、本当の姉妹のようにそれは仲良く過ごしたそうだよ。だが、大姫はついに重い病を得て床に伏してしまった。死の床で大姫は鬼姫に頼んだ。自分が死んだら代わりに父母に仕えてほしいと」

その話を鬼姫から聞いた夫婦は、むろん信じなかった。何しろ鬼姫は本当に大姫そっくりだったのだ。また、ふつうなら荼毘に付されるところ、大姫は特に遺言で土葬にされていた。

よくよく考えれば、たとえ息を吹き返したとしても、きれいな身なりで戻ってくるはずがない。しかし、とにかく愛娘が生き返ったのだと思い込みたい夫妻は矛盾点には目をつぶり、大姫は死にかけたせいで頭が混乱しているのだ、ということにした。

鬼姫も老夫婦を苦しめようというわけではないから、そのままにしておいた。むしろ本当の娘と思い込んでもらったほうがよかったのだ。

最初は怪しんでいた召使たちも以前の姫とほとんど変わらない様子を見ているうちに、本当に生き返ったのかもと思い始めた。そうして三年が経ち、鬼姫はすっかり宮家の大姫として人間界に溶け込んでいた。

「……そんなときだったのだよ。私がその宮家に預かりの身となったのは」

帝は当時に思いを馳せる様子で呟いた。

「本来、私は皇位を継承できる立場ではなかった。母は王女御《おうのにょうご》（内親王から女御になった人）ではあったが、すでに両親は他界し、有力な後見もいなかった。父帝の寵愛も薄く、私が生まれてからはほとんどお渡りもなかったようだ。その母も私が十三で元服してまもなく亡くなった。当時、私は雷鳴壺《かんなりのつぼ》――襲芳舎《しゅうほうしゃ》で暮らしていたのだが、母が亡くなり、新しい女御を入れたいということで……、ようは追い出されてしまったのだな」

「まぁ、ひどい」

真帆が憤然とすると帝は苦笑した。

「我が父帝は多情な方でね。当時後宮は、寵愛を競う女性たちでぎゅうぎゅうだったよ。親王や内親王も大勢いた。私は四《し》の宮と呼ばれる、位階もない一介の無品《むほん》親王に過ぎなかった。下賤な言い方をすれば、なんの旨味もない存在だ」

引き取ろうと言ってくれる者もなく、いよいよ出家するしかないかと思い詰めたところで、申し出てくれたのが父帝の大叔父の宮だった。

「そこで、沙羅《さら》の姫と出会ったのだ。たまたま庭に降りて、沙羅双樹《さらそうじゅ》（夏椿）の花を眺めていた、美しい姫と……」

（それが、中宮さま……）

真帆はそのときの光景を想像してみた。

はらはらと散り敷く白い花びら。その下に佇む麗しい鬼の姫――。たとえ鬼とは思わずとも、どんなにか美しく幻想的な光景であっただろう。

「宮家の大姫とは御簾越しに挨拶したくらいだったし、それまではほとんど気にも留めていなかった。自分自身の行く末ばかりが気がかりでね」

有力貴族の後見を得られない身ではどうしようもないと、ほとんど諦め、ふてくされていたのだ。

「しかし、沙羅の姫と出会って私は変わった。姫を妻に迎えたいと切望し、姫を幸せにするためならどんなことでもしようと決意した。初めて人生の目的ができたのだな」

最初、姫は渋っていた。誰とも結婚する気はない、老いた両親に仕えながら静かに暮らし、いずれは出家するつもりだと言い張った。

両親のほうも、姫には幸せな結婚をさせてやりたいが、これといって財産もない宮家の姫に有力な公達が通ってくることもなく悩んでいた。かといって、どんなに裕福だろうと地下人《じげにん》ふぜいを通わせるなど皇族の矜持が許さない。

帝――当時の四の宮は、皇族とはいえ官職に就いてもいない無品親王で将来の見込みがない。人となりがどんなによかろうと、大事な姫にめあわすのはためらわれる。

「どうせ親王としての将来がないなら、いっそ臣籍に下してもらおうと考えた。そうしてどうにか五位の官職に就けていただけるようお願いしようと。検非違使でもなんでもする。五位が無理なら六位の蔵人《くろうど》でもいい。兄弟姉妹に頭を下げることになろうとかまわない。熱心に掻き口説くうちに宮も折れ、帝にお願いしてみようと言ってくれた。姫もついに諦めたというか……」

ふふっと帝は笑った。

「何度断られても諦めないものだから、業を煮やした姫は鬼の正体を表して私を脅かしたのだよ」

当時を思い浮かべて楽しそうに笑う帝を、真帆は感心して眺めた。

「恐ろしくはなかったのですか?」

「怖くなかったと言えば嘘になるな。だが、それ以上に魅入られた。なんと美しいのかと。それで、改めて結婚してくださいと頼むと、おまえは馬鹿なのか? と呆れられてしまった」

「まぁ……」

「真帆姫は、あの子の正体を見たとき怖かったかい?」

「いいえ。――あ、ちょっとは怖かったです。怖かったけど、見惚れてしまいました。この世のものとも思われないほど……綺麗だったので……」

鬼だから、実際この世のものではないのだが。

くすりと帝は笑った。

「どうやら私たちはご同類のようだね」

「と、とんでもない! 恐れ多いことでございます!」

慌てて真帆は平伏した。

「畏まることはない。あなたは東宮妃、私の娘になったのだ。似た者同士の娘で嬉しいよ」

冗談めかしているが、帝はにこにこと上機嫌で、本当にそう思っているようだ。

真帆はぎくしゃくと笑った。

「そ、それで、大姫さまとご結婚されたわけですね」

「まだ臣籍降下するか、品位を授けられて親王として任官させてもらえるかは決まっていなかったが、どちらかにしてもらえそうなのは確実という雲行きでね。私も若くて気が急いていたこともあって、先に結婚してしまった」

「おいくつでいらしたのですか」

「出会ってから一年経って、私は十六。姫は十八だった。……幸せだった。希望に満ちていたな。絶対に姫を幸せにするぞ、と決意してね。……そんな矢先だった。都で疫病が猛威を振るったのは」

帝の口調が重くなり、真帆はハッとした。

そうだ。第四皇子だった帝は、本来なら皇位を継げるはずがなかったのだ。

「疫病で、東宮を始め兄宮が三人ともほとんど同時に亡くなってしまってね。思いがけなくも私に帝位が転がり込んできたというわけだ。といって喜んでいるわけには当然いかない。皇族だけでなく公卿たちにも多数の死者が出ていた。上達部《かんだちめ》の顔ぶれが一新されてしまったくらいだ。現在の太政大臣が左大臣、右大臣が大納言、真帆姫の父君である先の左大臣は内大臣となって政に当たった。都じゅうに死人があふれ、大混乱の時代だった。皆、頼りない新帝の私をよく補佐してくれたよ。……それを思うと、今のぎすぎすした政界の空気は実にせつない」

帝は扇を口許に当て、溜息をついた。

主上のお気持ちはごもっともだわ、と真帆はひそかに頷いた。

右大臣の専横を強く戒められないのも、かつて支えてもらった恩を感じているからなのだろう。

(右大臣家の姫である弘徽殿さまをお迎えになったのも、その縁で……ということかしら)

「世の中が落ち着いたのは、践祚から三年経った頃だった。やっと即位の儀を行い、同時に沙羅の姫を立后《りっこう》(正式に皇后とすること)、生まれたばかりだった皇子《みこ》を立坊《りつぼう》(正式に東宮に立てること)した。今から十八年前のことだ。平穏な時代だったらそれも難しかったかもしれないな。宮家出身とはいえ、やはり後見が弱かったから」

「そのときには、まだ弘徽殿さまはいらっしゃらなかったのですか?」

「弘徽殿が女御入内したのは翌年だ。右大臣にごり押しされたというのもあるが……、実を言うと中宮に勧められてね」

「中宮さまが……」

もしや、自分の余命が長くないことを知って……?

確か月影が四歳のときに中宮は亡くなったはずだ。人ならざる身には己の死期が見えたのだろうか。

(本当に月影は、ほぼ生まれながらの東宮だったのね)

それでいて不安定な立場だった。有力な後見もおらず、母は早くに亡くなった。父帝の愛情だけが頼り。しかも、母から受け継いだ鬼の力を持て余し、苦しめられて……。

「……わたし、東宮さまには本当に申し訳ないことをしたと思っています」

「何故だね?」

不思議そうに帝は尋ねた。

「東宮さまは、わたしに鬼の角をくださいました。病み臥していたわたしの母を救うために。そのせいで東宮さまは母君の守護を失い、ひどく苦しむことになってしまった……」

「そのことならあの子から聞いているよ。自分を怖がらない、可愛い小さな姫にあげたのだと言っていた。自慢していたな。いいことをしたと満足していた。あの子はね、どうなるかわかっていて、それでも手放したのだよ」

「わたしには何もわかってなかったことが……申し訳なくてならないんです」

「過ぎたことだ。確かにあの子は苦しんだが、自力で乗り越えた。……実を言えば、角はもう一本あったのだ。私の手元に」

「え……⁉」

「中宮は私と東宮にひとつずつ角を遺した。それぞれの守りにするようにと。だから私はすぐに自分がもらった角を東宮に渡した。だが、そうしたところ……私はやけにもののけに悩まされるようになってしまってね」

「もののけ……に……？」

「鬼と契ったせいなのか……、どうやら怪しいものを招き寄せる体質になってしまったらしい。私自身はただの人間で、もののけを撃退する力がない。中宮の遺した角が守りとなって、それを防いでいたのだ。陰陽師に結界を張らせたり、有験《うげん》の高僧に読経させたりで、ある程度は対処できたのだが、結局はいたちごっこ。祈祷の効き目がないとなれば、陰陽師や僧侶の責任となるし、内裏にも不安が広がる。それに気付いて東宮は角を突き返してきた。自分のことは自分でどうにかする、と。……あなたを責める資格など私にはない。私だってあの子に甘えていた」

「……東宮さまらしいと……思います……」

瞳が熱くなり、真帆はうつむいた。

本当に。月影なら絶対そうしたはず。

飄々《ひょうひょう》と笑って。へっちゃらさ、なんて偉そうにうそぶいて――。

「わたし、そういう影雅さまが……、すごく……好きなんです……」

「ああ、そう言ってもらえて嬉しいよ。真帆姫、生涯に渡ってあの子を支えてやってほしい。どうか、頼みます」

深々と頭を下げられ、真帆は慌てた。

「いけません！　主上が頭など下げられてはっ……」

慌てふためいて懇願すると、やっと顔を上げた主上は真帆を見つめてにっこりと笑った。その笑顔は月影にとてもよく似ていてどきどきしてしまう。

思えば主上はまだ三十七歳の男盛り。顔立ちが似ているうえ、大人の余裕と自信も感じられて、たいそう魅力的だ。

（み、魅力的だなんて！　いえ、月影に似てるからよ。魅力的に思えて当然だわ）

焦って真帆は自分に言い訳した。

「話せて嬉しかったよ、真帆姫。あなたになら、中宮に対する私の気持ちもわかってもらえるのではないかと期待してしまってね。つい昔のことまでくだくだしく話してしまった」

「わ、わかります！　すごくよくわかります！」

帝は嬉しそうにうんうんと頷き、また琴を聞かせてほしい、今度は東宮との合奏をぜひ、と言って機嫌よく梨壺から出て行かれたのだった。

その夜。女房たちを下がらせ、寝所で影雅とふたりきりになると、真帆は帝が梨壺を訪れたことを話した。

「中宮さまのお話も伺ったわ。宮家の姫さまなのに鬼というのがよくわからなかったんだけど、そういうことだったのね」

「母上は少し、というか、だいぶ変わった鬼だったらしいぞ。鬼も王族となれば人間界など関心が薄いのがふつうだそうだが、人間の女の子と姉妹同然の親友になった挙句、その子の身代わりとしておとなしいお姫さまのふりをしてたんだ。さらには父上を虜にして、中宮にまでなった」

「そういえば、主上が弘徽殿さまをお迎えになったのは中宮さまに勧められたからだって仰っていたけど。それもちょっと変わってるわよね。いくら後宮とはいえ……」

「真帆なら絶対許さないよな」

月影《おに》の顔になってニヤニヤする影雅を、真帆はじろっと睨んだ。

「それ、主上とお話しした後ずっと考えてたわ。いつかは影雅さまも新たな女御を入内させるんだろうな、って」

「俺は真帆さえいればいい」

「本当かしら」

「鬼神に横道《おうどう》なきものを」

まじめな顔で言って影雅は拗ねる真帆を横抱きにした。

「真帆が本気で別の妃を娶れと言うなら考えてもいいぞ?」

「さっそく本音が出た!」

「形ばかり娶って放っておく。弘徽殿みたいにな。抱きたいのも、実際抱くのも俺は真帆だけ」

真帆は驚いて影雅を見上げた。

「弘徽殿さま?」

「俺は鼻が利くんだ」

「どういう意味? 主上は弘徽殿さまのところへお渡りになってるでしょ」

「ただのご機嫌伺いさ。夜のお召しはずっとない」

「二の宮がいるからもういいってこと……?」

人のよさそうな弘徽殿女御が可哀相に思えて顔をしかめると、影雅がひそっと囁いた。

「朱に交われば赤くなる、というだろう?」

「ええ……」

「鬼と交わるとな、鬼以外とはできなくなるらしいぞ」

「!? それことわざと全然関係ないと思うんだけど!」

「関係あるさ。俺と交わった真帆には鬼の匂いがついた。鬼の匂いのする人間は、もののけに好かれるんだ。鬼の匂いと人間の匂いが入り交じると言うに言われぬ妙なる香りになるらしい。合香《あわせごう》みたいにな。……うん、ますますいい匂いになってる」

耳の後ろをくんくんかがれ、ぺろりと舐められて真帆はヒッと身を縮めた。

「俺の側にいないと真帆もものけに襲われる。だから浮気するんじゃないぞ」

「変なこと言わないでよ！　――あっ、じゃあ主上も……？」

「母上の角がないとかなり危険だ。俺が貸してもらうわけにはいかなかったんだよ。なに、俺はちょっとばかりがまんするだけでよかったし」

「だからちょっとばかりじゃなかったでしょ……」

はぁ、と溜息をついて、真帆は影雅の頬を掌で包んだ。

「……どうしてそんなに優しくできるの？」

「俺はいじわるだぞ。真帆がそう言ったじゃないか」

「いちいち揚げ足取らないでよ。ひねくれもの」

くすくすと影雅は笑う。

「真帆のことが大好きで、大切だから。父上のことも大好きで、大切だから。それに、俺はただがまんしてたわけじゃない。闘ってたんだ。自分のなかの鬼の力と。勝てばその力を自在に操れるようになる」

「もし負けたら……？」

「負けない。負けられない。絶対に。だから、ほら。勝っただろ？」

ニカッと笑う月影を絶句して見つめる。瞳が潤んで、たまらなくなって、真帆は月影に抱きついた。

「……本当に平気？」

「心配性だな。もう二年も前に克服したさ。病弱なふりをしてたのは、そのほうが何かと都合がよかったから。まぁ、ほとんど自分勝手な都合だが。こうして腹も括ったことだし、もう気にするな」

「ん……」

頷いて唇を合わせた。ちゅくちゅくと舌を絡めて吸いあううちに、とろりと蜜襞が潤って甘い疼きが下肢にわだかまる。

月影は身を起こすと真帆に自分の膝を跨がせた。薄縁に膝立ちさせた真帆の単衣を脱がせ、自分の小袖をはだけて前を露出させる。

露を滴らせてそそり立つ雄々しい肉楔に、真帆は顔を赤らめた。

「真帆が可愛いことばかり言うから、もうこんなになってしまったぞ。責任取ってもらおうか」

「せ、責任って……」

「自分で挿れるんだ」

「自分で⁉」

「できるよな？」

甘い声音でそそのかすように囁かれ、真帆はちょっと涙目になった。

こうして直視すると、改めてその質量に怖じ気づいてしまう。

「怖がることないだろう。いつも真帆が喜んで銜え込んでるやつだぞ」

「そうだけど……」

「あんまり焦らされるとつらいんだが」

「ご、ごめんなさい！」

つらいとかしんどいとか言われると、つい罪悪感が湧いてしまい、真帆は焦って膝を進めた。

肩に手を置いて、おそるおそる蜜口を肉棹の先端に寄せる。つぷっと雁首が花襞のあわいに沈み、真帆は肩をすぼめた。

「そのまま腰を落とせばいい」

頷きながらも、やはり怖くて迷っていると、月影は真帆の白い尻朶をやわやわと揉み始めた。同時に目の前に来た桃色の尖りを銜《くわ》え、舌先でちろちろと舐め回しながら軽く歯をたてて扱く。

ぞくりと下腹部に快感が走り、真帆はぶるっと震えた。

「ほら、早く」

耳元で甘く命じられ、真帆は思い切って腿から力を抜いた。

ずぷん、と張り出した部分が隘路を押し開く。真帆の自重で、猛り勃つ熱杭は一気に最奥まで突き刺さった。

「ひぁ……っ」

ぞくぞくっと痺れるような戦慄が腰から脳天まで走り抜け、顎を反らす。

衝撃で軽く達してしまった。

こわばる真帆の背中を、なだめるように月影がさする。

「よしよし、うまいぞ」

真帆は月影にすがり付き、詰めていた息を漸う解いた。

「はぁ……あ……」

「真帆のなか、熱くて気持ちいい」

「ほんと……?」

「ああ。真帆のなかほど気持ちのいい場所はないよ。ほら、わかるだろ?」

軽く突き上げられ、真帆は頷いた。

「ん……。また大きくなった……」

ふふっと笑い、真帆は彼の首に腕を絡めてくちづけた。唇を貪りあいながら、どちらからともなく腰を揺らし、くねらせる。

「ぁ……ふぁ、は……あ……ぁん」

快感が昂り、目の前で閃光が弾ける。淫らに腰を振りたくりながら真帆は恍惚に達した。

汗ばんだ喉元を舐め、月影が囁く。

「色っぽいな……。よし、もう一度自分で動いて達してみろ。真帆が気をやるときの顔をもっとよく見たい」

そう言って月影は薄縁に横たわった。剛直で貫かれたまま、真帆はとまどって彼を見下ろした。

「……自分で動くの？」

「そう。今みたいに腰を振って」

「やだ、恥ずかしい……」

「じゃあ手伝ってやる」

ニヤリとした月影が真帆の腰を掴み、真下からずんずん突き上げた。

「あッ、あん！　んんっ……んっ……ふぅ……っ」

正常位のときとは異なる場所をごりごりと突かれ、瞬く間に追い上げられる。だが、もう少しで達するというところで突然月影は抽挿をやめてしまった。

「ゃ……」

中途半端に放置され、焦って見下ろすと、月影は頭の後ろで手を組んでニヤニヤしている。

「続きは自分で、な」

「も……、いじわるっ……」

涙目で睨み、真帆はしぶしぶ腰を振り始めた。

初めは恥ずかしさから憤然としていたが、ぎこちなく腰を上下しているうちにだんだんとコツも掴め、心地よさが増して陶然となった。

気がつけば真帆は無我夢中で腰を振り立てていた。かき混ぜられた蜜が結合部からとろとろとあふれ、ぬめる肉棹に淫らな泡をまとわせる。

「……まったく、たまらないな」

真帆の痴態を見上げながら熱っぽく呟き、月影は手を伸ばして揺れる乳房を掴んだ。掌全体を使ってむにむにと揉みしだき、捏ね回す。

ますます愉悦が込み上げ、一心に腰を振っているうちに、ついに切望の瞬間が訪れた。

脳天で快楽が弾け、全身を駆けめぐる。

頭のなかが真っ白になり、際限なく押し寄せる快感に呑み込まれて真帆は恍惚の極みを漂った。

気が付けば薄縁に横たえられ、のしかかった月影にはち切れんばかりの欲望を激しく突き上げられていた。達したままさらなる絶頂を強いられ、きれぎれに喘ぐ。

快楽と苦痛がないまぜになった甘い責め苦になすすべもなく、真帆は意識が完全に飛ぶまで弱々しい嬌声を上げ続けた。

第九章　みをつくしても

右大臣である藤原盛貞《ふじはらのもりさだ》は、苦虫を十匹くらい噛み潰した顔で凝花舎《ぎょうかしゃ》（梅壺）の母屋に座していた。

先日から寝込んだままの孫、二の宮の見舞いに来たのである。

二の宮は出入りのできない押障子に挟まれた母屋の隅を軟障《ぜじょう》で囲み、さらに衝立障子と屏風と几帳をありったけ立て巡らせたなかで、頭から衾を引きかぶっている。

「――二の宮。いったいどうなされたというのです」

祖父の問いにも震えるばかりで返答はない。

室内には護摩の煙くさい匂いが充満している。つい先ほどまで僧侶を呼んで祈祷させていたのだ。

凝花舎での祈祷は連日連夜におよび、辟易した二の宮妃は煙くささや読経の声から少しでも遠ざかろうと、東廂に居を移してしまった。

二の宮が凝花舎に引きこもってすでに一月近くにもなる。

ずぶ濡れで簀子に倒れているのを女房に発見され、大騒ぎとなった。本人は酔って御溝水《みかわみず》（宮中を流れる水路）に落ちたのだと言い張ったが、髻《もとどり》や直衣には水草が絡みつき、池か沼に落ちたようなありさまだ。内裏にはそのような大きな池などない。

いくら問いただしても真っ青な顔でがたがた震えながら同じことを繰り返すだけで、当初は瘧《おこり》かと典薬頭《てんやくのかみ》に診察させ、病気平癒のための加持祈祷を行なった。しかし少し回復したかと思えばまた悪夢にうなされて飛び起きる。

どこか縁の寺にこもりたいと懇願するのを、右大臣がなだめすかして留め置いている状況だ。

(梅壺さまも、妃としてもう少し気にかけるべきではないか)

もともと右大臣と内大臣の思惑だけで進められた縁組で、夫婦仲がよいとは言えないが……。

こうして二の宮が引きこもっているあいだに、東宮の存在感はどんどん増している。

悔しいが器量ではとても敵わない。ただ、東宮が病弱で床を離れることもままならないという状況のみが、二の宮にとって有利だったのだ。

それがまるで入れ代わるように、東宮が表に出たとたん二の宮が引きこもるようになってしまった。

右大臣は手にした蝙蝠扇《かわほり》でいらいらと膝を叩いた。

(くそっ。あの東宮にはすっかり騙されたぞ……！)

二十歳まで生きられぬはずが、引きこもっていた桐壺から出てきたかと思えば、どこが病気だったのだというくらいピンシャンしているではないか。

いつまでも童形なのを侮っていたら、元服すれば目の覚めるような貴公子ぶり。自分までうっかり見惚れ、目をこすって三度見してしまった。

添臥に抜擢された先の左大臣の姫である尚侍《ないしのかみ》を東宮女御に迎え、小金を握らせて買収した女嬬《にょじゅ》(下級女官)の情報によると毎晩のようにせっせと睦み合っているらしい。

(このままでは早晩ややこができてしまう！)

ただでさえ帝は愛妃の忘れ形見である東宮を溺愛して憚らない。これで孫ができればますます気持ちが傾くのは目に見えている。

ろくな後見もなく病身の東宮では心もとないと、何度となく二の宮に東宮を替えるよう迫ったのだが、頑として聞き入れられなかった。

(くそっ。こんなことなら密かに毒でも盛っておくのだった)

物騒なことを考え、右大臣は歯噛みした。

このところ東宮はあちこちに顔を出しては健在ぶりを見せつけている。朝議では的確な意見を述べ、鋭い質問を発し、宴では達者な琵琶や横笛を披露し、即興の舞を一差し舞えば衆目を釘付けにする。

二の宮とて貴族のたしなみはひととおりこなせるものの、どれもせいぜい及第点。顔立ちも悪くはないが、東宮と並べば明らかに見劣りする。さらには勉学嫌いの遊び好き。

これは右大臣が望んだことでもあった。孫を傀儡《かいらい》の帝に仕立て上げ、関白となって政を掌握する腹積もりだったから、あまり優れていてはかえって困るのだ。

なまじかの政治意見など持たず、自分の言うことを素直に聞くお飾りの帝でいてくれれば、あとは好きに遊んでいてかまわない。そのために、乳母や自分の妻が甘やかすままに放置し、生母である弘徽殿女御にも滅多に会わせなかった。

(弘徽殿は御子を東宮に立てようという気概も意気込みもまったく持っていないからな)

腹を痛めた我が子にこそ御位を継がせたいと願って当然だろうに。とっくに死んだ中宮に未だ遠慮しているのか、顔を会わせるたび身の程をわきまえろだの、帝と東宮によくよくお仕えするようにだのとくだくだしく諭す。

二の宮は祖父の仕込みによって自分こそ東宮になるべきと思い込んでおり、母をうるさがって機嫌伺にもめったに行かない。

娘を女御入内させ、ほどなく懐妊したときには右大臣は躍り上がったものだ。すでに中宮腹の一の宮が東宮に立っていたが、中宮の実家はあまりパッとしない宮家で、血筋はよくともたいした財力はなかった。いずれは一の宮に東宮位を辞退させ、後見にめぐまれた二の宮を東宮に立てればよい。

十を過ぎた頃から東宮が病がちになったことで右大臣の自信は増した。

それで、焦らずともよいと余裕を持ってしまったのがいけなかったのかもしれない。辞退させるよりは亡くなってくれたほうが東宮位の移動が自然なものになると思ったのだが。

「まったく、帝があれほど頑固だとは思いもよらなんだわ。いや、中宮が食わせ者だったか」

兄宮三人の死によって転がり込んできた皇位。当時十六だった今上はまだ紅顔の美少年といった初々しさで、いかにも与しやすそうに見えたものだ。

しかしこれが思いのほか難物だった。皇位から遠かったゆえろくな知識もあるまいとタカをくくっていれば、鋭い質問を投げかけ、的確な指示を飛ばす。

いつも側についている中宮——当時は女御だったが——の入れ知恵だった。帝よりふたつ年上とはいえ深窓の姫君のくせに妙に頭の回る女で、摂政《せっしょう》のごとく帝にくっついていた。

しかもその提言がまた実に適切で、文句の付けようがないのだ。朝議に出席する公卿以外は妃の入れ知恵とは知らないので、英明な君主であられると、今上の評判はたちまち高まった。

（時期も悪かったのだ。疫病の大流行で都じゅうが混乱していたからな）

三年経ってやっと世情が落ち着きを取り戻すと帝はさっそく女御を中宮に、生まれたばかりの一の宮を東宮に冊立した。自分の娘を入内させ、中宮に押し立てようと目論んでいた右大臣はもちろん不満だったが、反対しようにもこれといって難点がなく、涙を呑むしかなかった。

中宮が後宮に引っ込んだときには御年十九の今上はすでに威風堂々たる賢帝となっていたのである。

さらに右大臣の計算違いは続く。翌年には念願かなって娘が弘徽殿女御となったはいいが、どういうわけか妙に中宮に懐いてしまい、中宮亡きあとも一向に後宮で存在感を示そうとしない。

今では二の宮妃である梅壺の紘子姫が勝手に主人面をしており、そちらは身内なのでまぁいいとして、東宮妃が立ったとなれば後宮の勢力図もおのずと変わるはず。しかも新東宮妃は弘徽殿と違って気の強そうな女で、尚侍《ないしのかみ》であった時分に早くも梅壺と一戦交えたという噂もある。

いくら勧めても帝は弘徽殿女御を中宮にしようとせず、また弘徽殿もそれにまったく不満を示さないのだから、野心の塊である右大臣には理解できない。

(今さら弘徽殿が中宮になったところで影が薄いのは変わらないだろうしな。あれはもうだめだ。なにしろ新東宮妃に琴を習って喜んでいるような腑抜《ふぬ》け。まったく、父親の宿願をないがしろにしおって。親不孝な娘よ)

もはや頼みの綱は孫の二の宮だけ。

「……それがこのありさまとは」

ぶつぶつと不平を洩らし、右大臣は情けない孫を睨んだ。

「宮。お熱は下がったのでしょう。いいかげん起きなされ。このままでは兄宮にすべてもっていかれてしまいますぞ！」

ふがいなさから声を荒らげると、衾をかぶった二の宮がびくっと震えた。

「兄……」

「こうして籠もっているあいだに、世に忘れられてもよろしいのですか⁉」

注目を浴びるのが好きな二の宮の性質を梃子に活を入れる。しかし二の宮は枕にかじりついていっそう激しく震えだした。

「あ、あにはおにだ……っ」

「は？」

「お、鬼なのだ。兄宮は……お、鬼だったのだ……！」

右大臣はぽかんと二の宮を眺めた。

「鬼？」

「ああ兄は鬼なのだぁぁ……ぉぉぉにぃぃぃぃぃ……」

あに？　おに？　と混乱した右大臣は、背後に向けてごほんと咳払いをした。几帳の向こうに控えていた女房たちが、さわさわと衣擦れの音をたてて下がってゆく。

耳を澄ませ、寝所の周囲に人がいないことを確かめて、右大臣は膝を進めた。

「どういうことですか、宮。はっきり仰い」

「み、み、見たのだ……っ。尚侍《ないしのかみ》には、鬼が憑《つ》いている……！」

「新東宮妃のことですか？　東宮妃がもののけ憑きだと？」

「鬼だ！　兄が憑いてるのだ！　鬼は兄だ、兄が鬼なのだ……っ」

ますます混乱する。

「東宮が鬼だと言うのですか」

「そ、そ、そうだ……っ。あのっ、顔……！　た、確かに兄宮の……顔だった……！　お、お、お、おおお恐ろしい鬼が……兄宮の顔をして……わ、私の首を、絞めたのだ……っ」

「なんと！　東宮が弟宮の首を絞めたと⁉」

驚いた右大臣は、次の瞬間にたりと狡猾《こうかつ》な笑みを浮かべた。

二の宮の言っていることは支離滅裂だが、どうやら東宮が鬼となって二の宮を襲ったということらしい。そこに新東宮妃がどう関わってくるのか不明だが、どうせ二の宮が好き心を起こして手を出したとか、そんなところだろう。

東宮はお妃がたいそう気に入っているから、手を出した相手を半殺しにするくらいやりかねない。

そう、東宮に鬼が憑いている——もしくは鬼が東宮のふりをしているのだとすれば。

「もののけ憑きの東宮か……。いいぞ。それはいい。そのような穢《けが》れた者を東宮の座に据えておくことはできぬ。早々に廃位してどこぞの寺にでも閉じ込めてしまわねば」

満足そうに顎を撫でながら右大臣はくっくと忍び笑った。

二の宮は自分が何を口走ったのかも気付かぬまま、すっぽりと衾を引きかぶり、枕を抱えて蒼白な顔でガタガタと震えていた。


それからまもなく、宮中に奇妙な噂が広まった。

本物の東宮はすでに亡くなっていて、今の東宮は鬼がその亡骸《なきがら》を貪り喰って成り代わっているというのだ。

噂が真帆の耳に届く頃にはすでに宮廷じゅうの者が知っており、ありとあらゆる荒唐無稽な尾ひれが付きまくって大変なことになっていた。

曰く、東宮は夜な夜な内裏を抜け出しては都で人を食い荒らしている。

曰く、日の本に大混乱を起こさんとする鬼が内裏に入り込み、帝の御命を狙っているのだ。

曰く、東宮御所である梨壺の簀子にべっとりついた血の跡を、女嬬《にょじゅ》（下級女官）たちが毎朝恐怖に震えながら拭き取っているそうな。うんぬんかんぬん。

「――――何それ」

真帆は呆れて狭霧を見返した。

「そういうおかしな噂が内裏に吹き荒れているんですよっ」

憤然と狭霧は叫んだ。

「全然知らなかったわ」

「巧妙に梨壺を避けて広まったらしいです。わたしが知ったときにはもう殿上人から御端《おはした》まで噂で持ちきりでした」

他の女房が不可解そうに首を傾げる。

「鬼だなんて……。東宮さまはあんなにお美しい方ですのに」

「お美しすぎて、かえって納得してる人が多いらしいですわよ。そう言われれば、確かに人間とは思えぬ美貌だと」

「それはそうよね。目が眩みそうなお美しさですもの」

「お美しいだけでなく、実はたいそう逞しくていらっしゃるのよね」

「鬼のように逞しいというのが変なふうに伝わったのかもしれないわ」

「女御さまと仲むつまじいのを羨ましがられて」

「そうそう、散りかけの梅のあたりが」

きゃっきゃと騒がれ、御簾の内で真帆が顔を赤くしていると、それまで黙って控えていた椛が若い女房たちを毅然とたしなめた。

「おやめなさい。女御さまの前で、はしたないですよ」

「も、申し訳ございません」

女房たちがあたふたと平伏する。真帆は扇の陰で溜息をついた。こちらの女房には梅壺の二の宮妃を敵視している者が多いのだ。

「――これ以上妙な噂が広まると困るわ。あなたたちも口を慎んで、根も葉もないことをしゃべり散らさないでね」

釘を刺すと女房たちは互いの顔を見合せ、不承不承といった面持ちで頷いた。

退屈しのぎの噂話は限られた娯楽のひとつなのだ。それはわかるが、対抗意識からでたらめな噂を流されても困る。二の宮夫妻はどちらも好きではないけれど、義理のきょうだいとなったのだからいらぬ波風を立てたくない。

(それにしても、どこから出た噂なのかしら。東宮が鬼だと知っているのは、本人を除けば主上とわたしと……椛だけよね)

人外の女房は今は椛だけで、別に不自由もないので増員予定はない。

正体を知るものはすべて味方で、うかつに洩らすとは思えないが……。

(――あ。ひょっとしたら二の宮も知ってる……?)

二の宮が真帆を襲ったとき、まだ童形だった月影が二の宮の喉を片手で吊り下げ、榧に命じてみどろ池で洗ってこさせたことがある。

元服前の垂髪姿と今ではずいぶん見た目が変わっているはずだが、不仲とはいえ兄弟だ。公の場には滅多に出なかった兄宮の顔を知っていても不思議ではない。

(引きこもりといっても折々の夜宴には出ていたそうだし)

かつての『月光の宮』という通り名は、美しさだけでなく夜しか拝めないという意味も含まれていたようだ。

「——賑やかですね。なんの噂話かな」

涼やかな声がしてふいに東宮が現れる。女房たちが慌てて座をしつらえた。腰を下ろした東宮は蝙蝠扇を開き、悪戯っぽく微笑みながら口許を隠した
「さだめし私の噂話でしょう。聞くところによれば私は美女を喰らう鬼だとか……。それが本当ならこの梨壺はたいへんなごちそう尽くしですね」

「まぁっ、東宮さまったら!」

顔を赤らめて女房たちがきゃあきゃあ騒ぐ。

「もちろん一番のごちそうは女御さまですわよねぇ」

「当然です」

まじめくさって頷けば女房たちは一斉に黄色い声を張り上げ、真帆は御簾の内で顔を引き攣らせた。

明るい廂から御簾の内は見えないはずなのに、東宮はまっすぐに真帆を見つめて微笑んだ。

「いや、一番というのは誤りだな。唯一無二と言うべきですね」

真帆は真っ赤になって扇を顔の前に翳した。

（もうっ、月影ったらいけしゃあしゃあと……）

女房たちは東宮の溺愛ぶりに苦笑するどころか、夢見るようにうっとりと溜息をついている。真帆は気を取り直して咳払いした。

「もしや主上のお耳にまでくだらない噂が届いているのですか」

「ええ。先ほどそのことでお召しがありました」

東宮は平然と頷き、くすりと皮肉っぽい笑みを浮かべた。

「右大臣から大いに突き上げを食らいましたよ。こんな噂が流れるのも私の徳に問題があるのではと。ま、遠回しにですが、そのような厭味を」

「まぁ憎らしいこと」

女房たちが憤然とする。

東宮はしばし女房たちと雑談して皆を下がらせた。御簾の合わせ目から窺うと、にっこりして扇で差し招く。真帆は急いで膝行《いざ》り寄った。

「主上は噂についてなんと？」

「むろんひどく立腹され、馬鹿なことをと一蹴された。しかしすでに広まりすぎて打ち消すのは難しい。躍起になって否定すればかえって疑いを招きかねない。……実際、事実ではあるわけだし？」

こそりと耳打ちされ、真帆は影雅を睨んだ。

「笑ってる場合じゃないでしょ！　事実だと知られたら主上だってかばいきれないわ。都中の僧侶や陰陽師がかき集められて、総掛かりで調伏でもされたら……」

「それはそれで、もののけが落ちたことにすればいいではありませんか。負けたふりをして」

影雅はいきなり馬鹿丁寧な言葉づかいになってまぜっかえす。真帆は赤くなって小声で言い返した。

「本当に負けたらどうするの⁉」

「負けるとは思わないが、本気でやり合う必要もないからね。適当なところで降参してみせますよ。

――ああ、しかしそうはいっても下手な坊主や陰陽師に負けたふりなどすれば、勘違いしてつけあがるかもしれないな。うーん、それはまずい。どうせ右大臣の息のかかった奴が呼ばれてくるに決まってるし……」

影雅は腕組みをして考え込む。にわかに真帆は不安になった。

「もうそんな話になっちゃってるの？　御祓いだとか祈祷だとか」

「ここまで噂が広がってしまっては放置するわけにもいかないでしょう。あまりに主上がかばえば右大臣は逆にそれを利用して難癖をつける。天子たるもの身内でも公平に扱うべきだとか、よからぬ噂のある東宮はその地位にふさわしくないとかなんとか。正論だけに言い返せない」

「自分だってえこひいきして身内ばかり要職につけてるじゃないの！」

「そんなことを言い出したら、完全に清廉潔白な人物などどこにもいないよ。ともかく人心を安んじることがこの国を治める帝の務めであることは間違いない」

「そうだけど……」

しぶしぶ真帆は頷いた。

「それに、案外これはいい機会じゃないかと思うんだ」

「どういうこと？」

「右大臣は野心過剰なところを除けばそれなりに有能な人物だ。左大臣は今のところ空位。太政大臣は立派な人物だが病も持ち直したとはいえやはり高齢だ。今右大臣が失脚すれば、おそらく内大臣がその地位に就く。そうなると今度は内大臣の一族が要職を占めることになる。真帆の兄・佳継は彼の甥だが、氏の長者をめぐって対立しているから、身内扱いはしてもらえないだろうな」

「……でしょうね」

身内扱いどころか他人以上にいじめられ、出仕できなくなってしまうかも。

「内大臣はおそらく右大臣を上回る野心家だよ。一概に野心が悪いとは言わないが」

真帆は眉をひそめつつ頷いた。

「つまり……、単純に右大臣を追い払えばいいってわけじゃないのよね」

「利用価値があるうちは使い倒すほうが得策だろうな。理想としては生かさず殺さず、だ」

影雅は真顔で怖いことを言う。

「でも右大臣は孫をどうしても東宮にしたいわけでしょう？　今回やり過ごしたとしてもまた何かのきっかけで蒸し返してくるんじゃないかしら」

「だろうね。私が即位してしまえば諦めるかもしれないが、妙な噂が宮中を飛び交っている状況ではそれも無理だし、まだまだご壮健であられる主上に御位を降りてほしくなどない」

「まだ三十代ですものね」

呟くと、影雅は不審そうに真帆の顔を覗き込んだ。

「なんだ？　妙な溜息などついて。まさか父上に浮気心を抱いたのではあるまいな？」

「ち、違うわよ。いずれ影雅さまもあのようになられるのかしら……って想像したの」

「ふーん」

じろじろと影雅は真帆を眺めた。

「で？　父上のようになったらどうなんだ」

「そりゃ……素敵だわ。すごく……」

「そうか？」

影雅は月影の貌《かお》になってニヤリとし、素早く真帆の唇を奪った。

「真帆は俺の機嫌を取るのがうまいな」

「もうっ、ふざけないでよ」

眉を吊り上げると影雅は愉しげに笑って真帆を抱き寄せた。

「いずれ私が即位するときには男皇子がおられると安心なのですが？」

「え!?　そ、そういうのは……時の運……というか……」

くすくす笑う影雅に抱きしめられて真帆は赤面した。

「ふむ。では安心して子作りに励めるような環境を早く整えないとね」

「そういう言い方やめて……」

ますます赤くなる真帆に、影雅は愛おしそうに頬をすり寄せた。

「まずは調子に乗りすぎた右大臣に黙ってもらうとしよう。ま、こっちは簡単だ。なにしろ弱みを握ってるからな。それを知れば黙らざるを得ない。己の保身のためにも」

「そんなものがあるの？」

「ある。主上もご存じだ。ただ、なるべくなら伏せておきたいとの思し召しだった。だが、こうまで悪辣な手に出られたのではやむをえない」

影雅はそれ以上教えてくれなかったが、その場に立ち会うことは認め、真帆は翌日ひそかに弘徽殿へ迎え入れられたのだった。


右大臣は娘からの文で呼び出され、久しぶりに弘徽殿へ赴いた。大事な話があるとのことだが、どうせ東宮位を狙うのはやめてほしいとしつこく泣きつかれるに決まっている。

(まったく、娘ならば実家の興隆のために尽力して当然だというのに)

二の宮が帝として即位すれば弘徽殿は国母となる。これに優る名誉、これ以上の出世はないのがどうしてわからぬのか。

内気にもほどがあるぞ、と渡殿を進みながら右大臣は憤然とした。

出迎えの女房に案内され、南廂に設けられた座に着く。西廂の細殿との間にある遣戸《やりど》は風を通すためか少し開いていた。

「ようこそお越しくださいました、父上さま」

御簾の内からかぼそい女御の声がした。

「なんのご用ですかな。私は忙しいのだが」

埒もない泣き言など聞いていられるか、とばかりに右大臣はつっけんどんに問うた。帝におねだりひとつできないようなおどおどした娘など、もはやなんの価値もない。

けんもほろろの口調にたじろいだか、女御が黙り込む。

右大臣はさらにイライラした。万事てきぱきと滞りない進行を好む右大臣は愚図が嫌いである。その点、目から鼻に抜けるようにそつない内大臣の姫、梅壺の紘子は見ていて小気味よい。

（いっそあれが娘であってくれれば、主上にうまく取り入って中宮に立てたかもしれないのに）

あの時点では入内させられる年頃の娘は大姫だけで、彼女は疫病の犠牲となってしまった。それで思い出したのが召人《めしうど》に産ませたきり忘れていた二の姫だ。右大臣は母方の親戚に引き取られていた娘を強引に本宅へ連れてきて北の方の養女とし、入内させた。

（好きな男がいるから入内なんてしたくない、などと言い張りおって）

挙句に駆け落ちまで企んだ。相手の男を雑色（下男）に命じて袋叩きにして追い出すと、ようやく諦めておとなしくなった。

入内して華やかな後宮生活を始めれば過去のことなどすぐに忘れ、父親に感謝するに違いないとたかをくくっていたのだが、すぐに皇子を授かったにもかかわらず女御は得意になるどころかますます内気に、引込思案《ひっこみじあん》になってしまった。

中宮とは仲良くしていたようだが、右大臣にしてみれば仲良くしている場合かと怒鳴りたくなる。妍を競ってこそ後宮の花なのに、弘徽殿ときたら中宮に遠慮して後ろに引っ込んでばかりなのだ。

口を酸っぱくして言い聞かせても中宮と主上の気遣いをありがたがるばかりでなんの手応えもなく、ついには右大臣も諦めた。

ともかく男皇子を産んだのだからよしとしよう。しょせんこの娘の器量はその程度だったのだ。

「……あの。父上さま」

右大臣が昔の出来事を思い浮かべ、改めて憤っていると女御がふたたびおずおずと声を上げた。

「東宮さまのことで根も葉もない噂を流されるのは、どうかおやめくださいませ」

「はて、なんのことですかな」

そらっとぼける右大臣に、女御は意を決したふうにたたみかける。

「二の宮に聞きました。ひどく体調を崩したせいで心弱くなっていたところ、お元気になられた兄宮の活躍を伝え聞いて羨ましくなり、つい気の置けない祖父君に愚痴ってしまったのだと……。とんでもない噂が広まっていることを知って仰天し、二の宮は足元もおぼつかぬ様子でわたくしに取りなしを頼んできたのです」

「むしろ私はそのようなことを軽々しく口にしてはなりませんとお諫め申し上げたのですがねぇ。側仕えの女房が聞きかじって広めたのではありませんか」

あくまでもしらを切ると女御は涙声で訴えた。

「父上さま、何度も申し上げたとおり、二の宮は東宮の器ではありません。弟宮としての分をわきまえ、東宮さまや主上のお手伝いをさせていただけるだけでありがたいことと――」

「弘徽殿さま！　あなたはどうしてそう弱気なのですか」

くどくど言われてうんざりした右大臣は声を荒らげた。

「そもそもあなたさまを入内させたのは我が右大臣家の隆盛のためですぞ。今の東宮は我が家とは縁もゆかりもない御方。あの方が帝になったところで私が権勢を振るうことはできない。それどころか傍流に押しやられてしまう危険性すらある。主上は即位したばかりの頃に私が懸命にお支え申し上げたことも忘れて今や煙たがっておいでだ」

腹に据えかねた態でべらべらまくしたてると、その勢いに気圧されて黙り込んだ女御は押し殺したような小声で呟いた。

「……父上さま。今のお言葉は不敬すぎますわ」

「本当のことではないか」

「それは父上さまがあまりに野心を剥き出しになさるからです。そのことで主上はたいそうお悩みなのですよ」

「東宮をすげ替えればすむことだ。二の宮が東宮になれば、私はこれまで同様、いや、これまで以上に無私の心で主上にお仕え申し上げる所存」

私利私欲に突っ走っていることは棚に上げ、右大臣は白々しくうそぶいた。

「……もう一度お願いいたします。父上さま、どうぞこれ以上主上を悩ませるのはおやめください。二の宮とて、自分はその器でないことがよくわかったと申しております」

「は！　それこそ気の迷いというもの。東宮に脅されているのですよ。東宮が本当に鬼なのか、鬼のふりをして弟宮を脅かしただけなのかは存じませんが、どちらにしても将来の帝にふさわしいとは言えませんな。ここは主上に強く申し上げ、東宮にもののけ祓いの祈祷を受けていただかねば」

右大臣は昂然と高笑いした。結果がどうであろうと、そのような場に引き出された時点で次代の帝としての資質に問題ありと万人に印象づけられる。

鬼かもしれない帝など、誰が戴きたいと思うものか。

(もしも本当に東宮が鬼ならば陰陽師や侍どもに退治させればすむ。そうそう、うちの家人《けにん》や息のかかった陰陽師にやらせれば、我が家の評判も上がって一石二鳥だ)

などと、すっかり東宮を追い落とした気でいると、御簾の内から女御の深い溜息が聞こえてきた。

「これほどお願いしても聞き入れてはいただけないのですね」

「しつこいですぞ。あなたを国母にしてさしあげようという親心がどうしてわからないのですかね」

「……仕方がありません。ならば本当のことを申し上げます」

女御の口調が変わったことに気付き、右大臣はふと警戒心を抱いた。

「なんですか……」

「二の宮は――いいえ、基明《もとあき》は、けっして東宮にはなれません。なってはならぬのです。基明は主上の御子ではないのですから」

「な……⁉」

思いも寄らぬ告白にしばし唖然とした右大臣は、ハッと我に返ると急いで周囲を見回した。

吐き捨てるように女御が言う。

「ご心配なさらずとも人払いはしてあります」

「い、いったい何を言い出すのだ⁉　頭がどうかしたのか⁉」

「わたくしはいたって正気です。基明の父親は主上ではありません」

「では誰だと言うのだ⁉」

「おわかりのはずでは？」

「……！　ま、まさか」

「そう。父上さまに殺された、わたくしの恋人――左京大属《さきょうのだいさかん》であった、あの方の忘れ形見ですわ」

「殺してなどいないぞ⁉」

「ええ、そうですわね。父上さまはただ家人に命じてあの方を足腰が立たぬほど打ち据えなさっただけのこと。そして夜陰にまぎれて橋の上から鴨川に投げ入れただけのこと。……そう、それだけのことですわ。あの方が溺れ死んでしまったことなど、父上さまの与り知らぬこと」

「入内できる娘を、たかが八位の地下人ふぜいにやれるわけがないではないか！」

「姉上さまが亡くなられるまでは、わたくしのことなど娘とも思わず捨ておかれたくせに」

怨嗟のこもった呟きに、右大臣は青くなった。

「い、今さらそんなことを言えるか！　主上が知ったら我々は揃って身の破滅だぞ……！」

「ご心配なく。主上はとうにご存じです」

「な、に……⁉」

「最初からご存じでしたわ。主上も、中宮さまも」

右大臣は血走った目を見開いて口をぱくぱくさせた。

「ま、まさか、そんな……っ」

「――本当だよ、右大臣」

御簾の内から重々しい声が響く。するすると御簾が巻き上げられ、几帳を背に女御と並んで座した帝が厳しい顔で右大臣を凝視していた。

「お、お、主上……」

「私は、そなたに自分の姫を入内させるよう執拗に迫られてほとほと手を焼いていた。そんなとき中宮が、姫には恋人がいると教えてくれたのだ。想う相手がいる姫を後宮に召しだすのはしのびないと断るつもりだったが、その恋人がひどい暴力を振るわれた挙句に溺死してしまったことがわかった。姫がすでに身ごもっていることも……。妊娠が父親に知られれば、入内は免れたとしても生まれた赤子と引き離されてしまうに違いない。それは可哀相だと中宮は言った。知らぬ振りで入内させ、生まれた子を親王として育てさせれば、そなたも当面は満足して別の姫を入内させようと考えることもあるまい、とね。孫を親王として遇することで、そなたの献身に報いることにもなるかと思ったのだ」

唖然とする右大臣を眺め、帝は溜息をついた。

「――二の宮。聞いていたね」

西廂との間の遣戸がゆっくりと開かれ、祖父と同じくらい、いやそれ以上に色をなくした二の宮が現れた。二の宮は漸う《ようよ》南廂に膝行《いざ》り出ると、ものも言わずに平伏し、そのまま泣きだしてしまった。

大きく震える孫の背中をほうけたように見ている右大臣に、帝は穏やかに言った。

「右大臣。そなたには感謝している。政のイロハも知らずに皇位に就いた私を支え導いてくれた。最初の三年間、私たちは疫病で荒れた都を建て直すため、一丸となって政にあたった。そなたの政治力には一目置いているし、本性は善良だと信じている。これからもよき政を行なえるよう支えてほしい。そうしてくれるなら女御と二の宮の待遇はこれまでどおりとし、むろんそなたの地位もそのままだ」

がくりと右大臣はうなだれ、孫と同じように平伏した。

「……主上の思し召しのままに」

「主上。以前からお願いしていたとおり、どうぞわたくしを出家させてくださいませ。亡き夫の供養をしながら静かに余生を送りたいのです」

女御が指先を揃え、頭を下げる。

「余生などと言うにはあなたはまだまだ若い。そのことはまた後で改めて話すとしよう。あなたのよいようにしてあげるから安心なさい」

いたわるように帝が言うと女御は涙ぐみ、袖で目許を押さえた。

茫然自失したままよろよろと右大臣が退出すると、女御は御簾を出て、まだ突っ伏して泣いている息子を助け起こした。ふたりが西の細殿へ出てゆき、遣戸が静かに閉まると、主上は脇息にもたれて背後の几帳を振り向いた。

「——とまぁ、そういうわけだよ」

すっと影雅が立ち上がり、几帳を脇へ片づける。ともに几帳の陰で話を聞いていた真帆は、未だに信じられない思いで、ほうっと大きく息をついた。

真帆の隣に座り直すと影雅は気の毒そうに遣戸を眺めた。

「赤の他人だということには気付いていましたが、あの様子を見ていたら少し気の毒になってしまいましたよ」

「できればずっと伏せておきたかったな。女御のことは妹のように思っているし、基明を二の宮として育てさせたのは私の、言わば計略みたいなものだ。二の宮には可哀相なことをしたと思うよ。一番の被害者はあの子かもしれない」

しみじみと帝は呟いたが、影雅はさほど同情的ではなく、そっけなく肩をすくめた。

「主上のお情けが身に沁みて心を入れ替えてくれればいいのですが。今まで自分は有力貴族を後見に持つ親王なのだぞと鼻高々だっただけに、実の父が地下人《じげにん》と知った衝撃は大きいでしょう」

「立ち直れないかもしれないわね……」

手込めにされかけたとはいえ、女御の告白を聞いた後では『ざまあみろ』という気にはなれない。

「女御さま、お可哀相だわ。騙そうとしたわけじゃないんだし」

真帆の呟きに帝も申し訳なさそうな顔になる。

「むしろ私の都合に無理に付き合わせてしまったのだ。本人は、とんでもない、恐れ多いと固辞するのを中宮が説得してね」

「それにしても中宮さまは、どうやってそのことを知ったのですか？」

「そこはやはり鬼だからね」

帝は苦笑した。

「こっそりと内裏を抜け出して自分で調べてきたらしい」

「まぁ……。やはりお血筋でしたのね」

横目でちらりと見やると影雅は苦笑した。

「人を使うとどうもまどろっこしくてならないのですよ。自分でやったほうがてっとり早い」

「適切に臣下を働かせるのも上に立つ者の務めではありませんの？」

「ははは。これは一本取られたな。女御の仰るとおりだよ、東宮。これからあなたは自ら優秀な側近を取り立て、育てていかねばならない」

「御心、胸に刻みます」

影雅はうやうやしく一礼した。別にやり込めるつもりでなかった真帆は、気恥ずかしくなって扇で顔を隠した。

「――さて。これで右大臣の件は片づいた。後は内大臣だな」

「野心家だけに頭の切れる人物です。切り捨てるには惜しい人材かと」

東宮の呟きに帝は頷いた。

「あの一族の当主である三位中将《さんみのちゅうじょう》に、もそっと胆力があればよいのだが……。ああ、彼はまだ若いからね。今後大いに期待しているよ」

佳継が真帆の兄であることを思い出した帝がさりげなく言い足す。真帆は恐縮してうつむいた。

「恐れ入ります……」

「東宮、あなたの義兄になったのだからできるだけ引き立てておあげなさい」

「そうですね。父の左大臣が亡くなって以来、叔父の台頭に焦ったのか軽率なふるまいが目立ちましたが、妹が女御となったことで落ち着きを取り戻せるでしょう」

「兄は単純な人なので、御目をかけていただければ張り切って働くと思います」

気後れしつつ申し上げると帝は微笑した。

「ああ。左大臣が健在の頃はのびのびと闊達で、よく場を盛り上げてくれたしね」

「緊急時にはあまり役に立ちませんが」

要するにお調子者ということなのだ。それは真帆にもわかっている。

ずけずけ口にする影雅を帝がたしなめた。

「適材適所と言うだろう。そこはあなたがうまく補ってやらねば」

「わかっています。大事な妃の兄ですからね。——そうそう、内大臣は私の噂にかこつけて真帆のことでもけしからぬ噂を流そうとしたのですよ」

「えっ」

「大丈夫、そちらは念入りに潰しておいた」

扇の陰で影雅がニヤ〜っと不穏な笑みを浮かべ、真帆は焦った。

（いったい何をしたのよ～⁉）

「まぁ、そのせいで私の悪評が一段と増したようですが」

「そんな！」

「妻を守るのは夫の役目だろう」

「そ、そう言ってもらえるのは嬉しいけど……」

「おかげでますます内大臣にお灸を据えたくなったね。とびきり熱いやつを。……ふふふ。馬鹿な奴だ。おとなしく私の陰口だけ叩いておれば見逃してやったのに」

すっかり月影の顔になって凄味ただよう笑い声を洩らす東宮に、さしもの愛息家である帝もたじたじとなって苦笑した。

「東宮。何やら策がありそうだが、あまりやりすぎないでおくれよ」

「御意」

影雅はそつなく頭を下げたけれど、これまでの行状を鑑みるに不安でならない。

どうやら帝も同じ気持ちらしく、中宮も涼しい顔してやることが半端なかった……とかなんとか、真顔でぶつぶつ洩らしていた。


「――御修法《みしほ》を……？」

清涼殿、昼御座《ひのおまし》。

御帳台で大床子《だいしょうじ》に腰掛けた帝が眉をひそめると、内大臣・藤原佐理《ふじはらのすけまさ》は神妙な顔で一礼してみせた。

「東宮さまの御元服以来、宮中では怪事が打ち続いております。怪しき影を見、陰々滅々たる囁き声や主なき足音を聞いた者は数知れず……。原因不明の御不例《ごふれい》で二の宮さまが床に臥されたかと思えば、右大臣まで寝込んでしまうありさま。これは宮中に怪しきものがはびこり、その瘴気にあてられたに相違ございません」

内大臣の言葉に公卿たちがざわめき、頷きあう。

御帳台のもっとも近くで太政大臣と向かい合った東宮は、窠中鴛鴦《かのなかにえんおう》文様の黄丹《おうに》の袍に象牙の笏を持ち、伏目がちに端座している。

太政大臣は御帳台の気色を窺い、重々しく咳払いした。

「内大臣。怪しきを見て怪しまざれば怪しみ却って破る（怪しい事を見ても気にかけさえしなければ、怪しい事が自然に消える）、と申しますぞ。高い位にある者こそ口を慎むべきであろう」

「もはやそのように泰然と構えていられる状況ではないのでございますよ、大相国《だいしょうこく》どの。早晩、噂は禁門を越えて市中にまで広がることでしょう。そうなっては今上の御稜威《みいつ》（御威光）に影が射すことは必定」

帝の権威に託《かこつ》け、さらには『影』という言葉でそれとなく東宮・影雅親王を当て擦る。公卿たちはひそひそと隣り合った者同士で囁き交わし、恐ろしげに東宮を窺っている。

内大臣は内心ほくそ笑みながら口調だけはあくまで真剣に続けた。

「けしからぬ噂を打ち消すためにも都じゅうの高僧をそろえて御修法を執り行い、禁中の穢れを一掃すべきと存じます」

こんなふうに言われては、単なる個人攻撃と撥ねつけることもできない。

帝は困惑して影雅を見やった。

「……東宮はどのように思うか」

影雅は御帳台に向き直って一礼した。

「内大臣の進言はまことに時宜を得たものと存じます」

「ほう？」

「主上の深い御慈愛により健康を取り戻し、無事元服を済ませることができたにもかかわらず、このような噂が広まってしまい……。返す返すも情けなく、申し訳ないことと私も胸を痛めておりました。こうなったのも自らの不徳ゆえ……。まこと恥じ入るばかりにございます。どうぞ内大臣の申すとおり、ただちに御修法を執り行なってくださいませ」

落ち着きはらった言上に、帝はためらいながらも頷いた。

「……いいだろう。陰陽頭《おんようのかみ》に吉日を占わせるように」

内大臣はうやうやしく一礼しながら東宮の横顔を窺った。

（澄ましていられるのも今のうちだ）

心の内でひそかに嘲る。顔色ひとつ変えないところを見ると、やはり鬼うんぬんは臆病な二の宮の見間違いか幻覚なのだろう。それならそれでかまうものか。

むしろそのほうが簡単だ。読経によって東宮に憑いていた鬼が燻《いぶ》りだされ、別の者に憑いたように見せかければ事足りる。

朝議が散会し、御前を下がった内大臣はさっそく陰陽寮に赴いて帝の意向を伝え、邸へ戻る牛車のなかであれこれと考えを巡らせた。

（いや、手下の鬼ということにしたほうがいいな）

そして東宮の命令で悪行を働いたと告白させる。東宮が鬼に憑かれていたというだけでは、祓えば大丈夫ということになりかねない。それでは意味がないのだ。本物の東宮はとっくに死んでいて、鬼が東宮に成りすまして様々な悪事を働いていたということにすれば、確実に廃位に追い込める。

（報酬をはずめば応じる小者などいくらでもいる）

邸に戻った佐理は、腹心の家令とともにさっそく手配に取りかかった。


占いの結果、法会は十日後の夜と決まった。

おかげで内大臣は準備の時間をたっぷり取ることができた。

出世が見込めずくすぶっている大舎人《おおとねり》（下級役人）や女嬬《にょじゅ》（下級女官）を買収し、端者《はしたもの》ばかりでは真実味が出ないかと考えて掌侍《ないしのじょう》（内侍司《ないしのつかさ》の三等官）をひとり引き入れた。この女に上司であった尚侍《ないしのかみ》（真帆のこと）を讒言させて東宮とともに追い払えば、可愛い娘・紘子のうっぷんも晴らしてやれる。

東宮の悪い噂も抜かりなくせっせと流させた。そのかいあって、東宮は物忌みと称して御所である昭陽舎（梨壺）に引きこもり、朝議に出てこなくなった。手の者の女嬬が女房たちの会話を盗み聞いた情報によれば、ひどくふさぎ込んで食事もろくに取らないとのこと。

（ふん。最初から出しゃばってこなければよかったのだ）

さっさと東宮位を譲れば、後宮の隅で終生飼い殺しにするくらいの情けはかけてやったものを。

早くも勝ち誇った気分で、意気揚々と内大臣は御修法に参加した。

昼間は晴れていたのに夕刻から次第に雲が多くなり、法会が始まる頃には低く黒雲が垂れ込めて遠雷が禍々しく響いていた。

風がぱたりとやみ、ぱちぱちと篝火の爆ぜる音だけがやけに不気味に響いても、これで目障りな東宮を片づけられると自信満々の内大臣は不穏な気配など微塵も感じない。

公卿が顔を揃えるなか、急病で寝込んでいた右大臣も息子に支えられてよろよろと現れた。しばらく見ないあいだにどっと老け込んで、しなびた野菜みたいに形相が変わっている。

久しぶりに公の場に出てきた二の宮も憔悴しきった様子だった。青ざめた頬はげっそりとこけ、ずいぶんと痩せたようだ。雲鶴《うんかく》文様の深紫《こきむらさき》の袍に埋もれるようにして、居心地悪そうに東宮の隣でちんまりと座している。

時折びくびくと兄宮を窺っているところからして本気で恐れているらしい。額からだらだらと流れ落ちる冷や汗を、しきりに袖で拭いていた。

一方、黄丹の袍の東宮は澄ました顔で帝のおわす御簾の側に控えていた。御簾のうちには弘徽殿の女御の他、几帳を隔てて東宮妃、二の宮妃もいる。

正装して居並ぶ女官たちのなかに仲間の掌侍《ないしのじょう》がいることを確認し、内大臣は自分の席に着いた。騒がせる端者たちはすでに配置につき、合図を待っている。

法会《ほうえ》は戌《いぬ》の刻（午後八時頃）に始まった。内裏に巣くう魔を祓うということで、高僧が打ち揃い、盛大に護摩木を焚いて仁王般若経《にんのうはんにゃきょう》を読誦する。

実はあの護摩木のなかに、油を仕込んだものを混ぜてあるのだ。護摩壇に投げ入れれば、ひときわ大きな音を立てて火勢が増す。それに合わせて掌侍《ないしのじょう》が絶叫し、端者たちが一斉に騒ぎだすという算段である。

（この雲行きだと雷も鳴りそうだ。ますます効果が高まるぞ）

これも天の助けと悦に入りながらそのときを待つ。

ちらちらと東宮を窺えば、何やら具合が悪そうにうなだれて、隣で二の宮が蒼白になっていた。

（うん……？　まさか本当に鬼が憑いているのか？）

だったら隣にいる二の宮が危ないな、と内大臣はふと心配になった。異変があればすぐに逃げ出すようにと紘子が言い含めているはずだが……。

まぁ、我が娘は頼りない親王などよりよほど肝が据わっているから、いざとなれば夫を御簾の内に引きずり込むくらいのことはやってのけるだろう。

ついでに東宮妃を御簾の外へ蹴り出してくれればさらに好都合。もののけ憑きの夫婦として揃って追い払える。今上のご寵愛を持ってしてもかばいきれまい。

（邪魔だてできぬよう、陸奥《みちのく》あたりに流してやる）

などと意気込んでいると、バチバチバチッと凄い音をたてて護摩壇の炎が激しく燃え上がった。あまりの勢いに大僧正もぎょっとなって読経の声が止む。

（――今だ！）

心の声が届いたかのように、間髪入れず女の絶叫が響きわたった。

女官たちのなかから例の掌侍《ないしのじょう》が立ち上がり、白目を剥いて絶叫している。多額の報酬と夫の出世がかかっているため渾身の演技だ。

周囲の女官たちは護摩壇の異変とすぐ側で上がった絶叫でたちまち恐慌状態に陥り、つられたように悲鳴を上げて押し合いへし合い騒ぎ立てた。

打ち合わせどおり、掌侍は東宮の前に躍り出て大声で助けを請おうとするも、逃げまどう女官仲間に裳の引腰《ひきごし》を踏んづけられてつんのめってしまう。

それでも懸命に『東宮さま、お助けくださいましー！』と叫ぼうとしたが、『とうぐ』まで言いかけたところで別の女官がとんでもない金切り声を張り上げた。

「きゃあああああーっ、鬼よ！　鬼だわっ」

ホッとしたのもつかのま、何故か内大臣の周囲で公卿たちが悲鳴を上げ、こけつまろびつ逃げ出している。

何事⁉　と見回した内大臣は、自分の側に黒々しい影がぬうっと立っていることに気付いてあんぐりと口を開けた。

それは自分の背丈の二倍以上はありそうな、巨大な鬼だったのだ。

身体は漆を塗ったかのように真っ黒で、太い腕は節だらけの棍棒のよう。指先からは鎌のごとき爪が伸び、額からは鋭い角がにょっきりと生え、ぎらぎら光る金色の目が内大臣を見下ろしている。

鬼は内大臣の影から生じていた。

「う……うわぁぁぁっ！　なんだこれは⁉」

逃げ出そうとして尻餅をついた内大臣は、必死に後ずさりながらわめいた。

「鬼は内大臣だ！」

「内大臣こそが鬼だったのだ！」

右往左往しながら口々に殿上人が叫びたてる。

「ち、違うっ！　違うぞ！　私は人間だっ」

内大臣は声の限りに怒鳴ったが、公卿や女官の悲鳴に加え、気を取り直した僧侶たちが一丸となって数珠をすり合わせながら般若経を誦し始めたため、その大音声にかき消されてしまう。

「やめろぉっ、鬼は俺じゃない、東宮が――」

必死で怒鳴ると、鬼は僧侶たちに向かって咆哮《ほうこう》を上げた。凄まじい迫力に圧されて僧侶たちがばたばたと倒れる。それは傍目からは内大臣の命令で鬼がやっているようにしか見えない。

内大臣は泣きながら懇願した。

「やめろ！　やめろぉっ」

僧侶たちの半数は倒れた拍子に気を失い、残る半数は失神しそうになりながらも懸命にお経を唱えた。

折しも外では稲光がはためき、雷鳴が轟き渡り、しとしとと降り始めた雨がたちまち滝のような豪雨となった。

東庭に続けざまに雷が落ち、光る玉が清涼殿のなかを凄い勢いで飛び交う。

逃げ遅れた者たちは、あるいは気絶し、あるいは抱き合って震えながら泣き叫ぶばかりだ。

そんななか、鬼の前にすっくと立ちはだかった者がいる。それは抜き身の太刀を引っさげた東宮・影雅親王だった。

「控えよ、帝の御前であるぞ」

ぐるる……と恫喝《どうかつ》するような唸り声に、逃げ後れた公卿たちがまた悲鳴を上げる。なかには『東宮さま、お逃げください！』と這いつくばりながら懸命に叫ぶけなげな者もいた。

いきなり鬼が東宮に向かって拳を叩きつける。

ドン！　と床が鳴り、一同真っ青になった。素早く避けた東宮が、きりりと太刀を構える。

ようやく滝口の陣から増援の侍たちも駆けつけた。だが、怪しい光球がめまぐるしく飛び交い、なかなか東宮に近づけない。

「内大臣をどうにかしないとだめなのではないか⁉」

誰かが叫び、佐理はぎょっとなった。

（このままでは殺される！）

少しでも鬼から遠ざかろうと、佐理はあたふたと御簾の側に這い寄った。すでに二の宮の姿はない。確か、最後に見たときには腰を抜かし、顔面蒼白でがたがた震えながら鬼を見上げていた。

頭のすぐ上を怪しい光がぴゅっと駆け抜ける。何やら面妖な獣の形をしていたような……？

佐理が首を縮めると同時に、御簾のなかから小さな悲鳴が聞こえた。誰のものかは不明だが、女君が残っているなら帝もまだそこにおられるはず。

「お、主上！　私は鬼ではありません！　誓ってこれは私の仕業では――」

必死に叫ぶと、なぜか鬼がくるりと向きを変えてこちらへ近付いてくる。太刀を握る東宮が憤然と怒鳴った。

「内大臣！　畏れ多くも帝を害し奉るおつもりか⁉」

「なっ……⁉」

いわれのない非難にますます度を失っていると、突然御簾の端のほうから誰かが転がり出てきた。

「きゃあっ⁉」

床に突っ伏したのは正装した若い女性で、背後から誰かに突き飛ばされたらしい。御簾の内で『真帆姫！』と叫ぶ帝の焦った声が聞こえた。

（しめた、東宮妃だ！）

佐理は無我夢中で真帆の表着《うわぎ》の裾にすがりついた。

「女御さま！　どうかご夫君をお止めください！」

「なっ、何を言うの⁉　この鬼は、あっ、あなたのしわざでしょう！」

うろたえて真帆が叫ぶ。右大臣は逆上してわめき散らした。

「俺じゃない！　俺じゃない！　俺じゃなぁぁぁぁいぃぃぃぃぃぃっ」

鬼がカッと目を見開き、真帆に向かって鉤爪の生えた手をぐわっと伸ばしてくる。

立ちすくむ真帆の目の前で、鬼の左肩から刃の切っ先が飛び出した。背後から東宮が、太刀で刺し貫いたのだ。

呆然とする真帆の頬に、あたたかな赤い雫が一滴、ぽつりと跳ねる。

次の瞬間、鬼は耳を聾せんばかりの咆哮を上げて身を捩り、内大臣に掴みかかった。

「ひぃぃぃぃぃっっっ」

じたばたと必死で暴れた内大臣はついに限界を超え、白目を剥いて気絶した。

同時に鬼が掻き消すようにフッと消える。清涼殿を飛び交っていた怪しい光球も、一瞬動きを止めたかと思うと勢いよく外に飛び出していった。後を追うように凄まじい雷鳴が続けざまに鳴り響く。

びりびりと震動が建物を駆け抜け、それが収まると残ったのは呆けたような静寂と激しい雨音だけ

だった。

　東宮が太刀を支えにがくりと膝をつく。

「影雅さま！」

　真帆は慌てて東宮に駆け寄った。御簾の内から青ざめた帝が飛び出してくる。

「影雅、大事ないか⁉」

　頷いた東宮が、ふいに顔をしかめた。頬に跳んだ血の雫を思い出して真帆が青ざめると東宮は苦笑しながら囁いた。

「心配するな、大丈夫だ」

　騒ぎが収まったことを知り、逃げ出していた者たちが廂の端から気まずそうに顔を覗かせる。立ち上がった帝は毅然と宣言した。

「安心せよ、内大臣に憑いていた鬼は去った。東宮が追い払ったのだ」

　おお、と感嘆の声が上がる。

　帝は重々しく頷き、正気を取り戻し始めた僧たちに読経を再開するよう命じた。

「東宮は下がってよろしい。充分に身体を休めるように。騒ぎについては後日改めて詮議《せんぎ》する」

「御意」

　うやうやしく頭を下げた東宮は、駆けつけた近習《きんじゅ》と真帆に支えられて立ち上がった。

　ふと振り向いた真帆の目に、失神した内大臣の側に呆然とへたり込む紘子の姿が映る。

（……わたしを突き飛ばしたことは黙っていてあげる）

　それであいこ……よね。

真帆は肩をすくめ、きびきびと先導する椎に続いて東宮を支えながら、動揺する人々でごったがえす清涼殿の簀子に出ていった。


「ねぇ、本当に大丈夫なの？」

着替えや身繕いを終え、女房たちが下がるのを待ちかねて、気ぜわしく真帆は尋ねた。

影雅は苦笑して小袖の左肩を押さえる。

「大丈夫だって。心配性だな」

「だって、血が跳んだのよ！　頬にあたるのを確かに感じたわ。もう一度よく見せて」

月影の影から出現する鬼は陰陽師が用いる式神のようなものではなく、彼自身の分身だ。傷を負えばそのまま本人に跳ね返る。

小袖の合わせをぐいと開き、切灯台の明かりに照らしてじーっと左肩を見つめる真帆を影雅がなだめた。

「ほら、なんともないだろう？」

「赤くなってるわ。……傷口がないのが不思議だけど」

「すぐに塞いだ。万が一にも怪しまれてはまずいからな」

「……ごめんなさい。わたしのせいよね」

「真帆は悪くないぞ。真帆を助けて鬼に手傷を負わせるところを、居合わせた者たちに目撃させることで、一気に疑いを晴らすことができた。いきなり真帆が転がり出てきたときは焦ったが……。あれは梅壺のしわざだな？」

　真帆は肩をすくめ、小袖の襟元を整えた。

「いいのよ。鬼を内大臣のせいにしちゃったんだもの、あれくらい」

「ふん。身から出た錆ってやつさ」

「ちょっと可哀相な気がするわ。鬼をだしにして東宮を廃位に追い込むつもりが、鬼が憑いていたのは実は自分だった、なんてことになってしまって……」

「鬼は去ったと主上が宣言されたではないか。ま、そうは言っても面目なくて当分のあいだ参内できまいな。ははっ、とんだ季節外れの追儺《ついな》になった」

　おもしろそうにニヤニヤする影雅は、やはりちっとも同情などしていない。真帆は溜息をついた。

「すごく怯えてるだろうし、あんまりきつくあたらないであげてよ。二の宮の怖がりようも、あんなに凄いとは思わなかったわ」

　澄まし込んだ東宮の隣で、死人のように青ざめて冷や汗をダラダラ流しているさまを御簾の内から眺め、さすがに同情を覚えずにはいられなかった。

「いま少し仕置きが必要だと思うが」

「もう充分よ。これ以上追い詰めたら出家しちゃうかも」

「いいじゃないか。弘徽殿も出家したがっていることだし、親子で仲良く出家すればいい」

「……本当に月影って容赦ないんだから。なさすぎだわ。やっぱり鬼ね」

　眉間にしわを寄せて嘆息すると、影雅はにわかに不安そうになって真帆の顔を覗き込んだ。

「怒ったのか？」

「怒ってないわ。ちょっと呆れただけ」

影雅はしょんぼりと眉尻を垂れた。

「わかった。赤の他人にももうちょっと優しくする」

「そうしてね。あなたは東宮なんだから」

「俺としては真帆と父上だけに優しくしたいんだが」

「気持ちは嬉しいけど、人として人間界で生きていくって決めたんでしょ？　だったらもっと広く人情の機微を学ばないと」

「うーん、自信ないな。父上の話を聞いてると、母上も他人には相当情け容赦なかったみたいだし」

「影雅さまは半分人間でしょ。あのお優しくて聡明な主上の御血筋なのだもの、大丈夫よ」

「あまり父上ばかり褒められると妬けてくるぞ」

拗ねたような貌で言われ、真帆は噴き出した。

「呆れたやきもち焼きね」

笑いながらも、やきもちを焼かれるのは悪い気分ではなく、真帆はぴったりと影雅に身を寄せた。

「……わたしがいっとう好きなのは誰だと思う？」

「えっ……俺じゃないのか⁉」

焦る影雅に接吻して真帆は囁いた。

「わたしが本当に好きなのはね。月影よ」

「……うん」

影雅はぎゅっと真帆を抱きしめた。

「わたしのために、人間界《こちら》で生きることを選んでくれてありがとう」

「真帆のいるところが俺の生きる場所だ」

微塵の迷いもなく、きっぱりと告げられて、あたたかく瞳が潤む。

引き寄せられるように唇が重なり、吐息を絡ませながらついばみあう。

影雅は真帆を抱き上げると御帳台へ運んだ。薄縁にそっと下ろされたとき、影雅が小さく『いてて』と洩らすのが聞こえて心配になる。

「痛むの？　だったら今夜はやめましょうよ」

「真帆が優しくしてくれればすぐ治るさ」

悪戯っぽく笑ってぺろりと唇を舐められる。目顔で促され、真帆は起き上がっておずおずと単衣の前をはだけた。

まだやわらかな乳頭を口に含まれ、掌でふくらみを捏ね回しながら唇で扱かれると、敏感な先端はすぐに凝ってぷくりと勃ち上がる。

「ん……」

じわりと快感が込み上げ、顔を赤らめながら真帆は小袖越しに影雅の背をそっと撫でた。

両方の乳首をじっくりと舐めしゃぶり、濡れ熟れた尖りを満足そうに眺めて影雅は囁いた。

「後ろを向いて」

「え？　……こ、こう……？」

「そう。手を突いて、尻を上げて」

四つん這いの姿勢を取らされて羞恥にうろたえる。

「な、何するの……」

答えずに影雅は真帆の単衣を捲り上げ、尻朶を掴んでぐいと押し開いた。

「……可愛い尻だな」

「ちょ……っ」

焦って振り向くと同時に秘裂をねろりと舐められ、ヒッと声を詰まらせる。熱い舌が割れ目に沿ってうねうねと動き、媚蕾を突つき回しては、ちゅぅっと吸い上げた。

くっと真帆は唇を噛んだ。

乳首への刺激によって、すでにそこは熱い泥濘《ぬかるみ》と化している。蜜を掬い取るように舌を差し込まれ、ぺちゃぺちゃと音を立てて舐められるのが恥ずかしくてたまらない。

なのにじんじんと甘く下肢が疼いて、ねだるように淫らに腰が揺れてしまう。

「あ……ん……、んん……っ」

はぁはぁ喘ぎながら、舌戯に合わせて真帆は腰を振った。背中をなだれ落ちる豊かな黒髪が、薄縁の上を蛇のように這う。

尖らせた舌先を蜜口に差し込んで、つぷつぷと抜き差しされると、下腹部が絞られるように疼いた。

頤《おとがい》を鎖骨に埋め込むようにして、はぁっと熱い溜息を洩らす。

きゅぅぅっ……と腹の奥がよじれるような感覚とともに真帆は達した。

ひくひくと痙攣する花襞を、影雅がていねいに舐める。

「嬉しそうにぴくぴくさせて。本当に真帆はどこもかしこも可愛いな」

影雅は淫蜜で濡れた唇をぺろりと舐め、なまめかしく微笑んだ。肩ごしにその微笑をちらと目にしただけで、媚壁がぞくぞくとわななないてしまう。

ふたたび恍惚に溺れていると、猛々しい屹立が痙攣する花襞をぐちゅりと押し分けた。

「えっ……あ……っ⁉　や、まだ……」

有無を言わさず、はち切れんばかりの肉槍が一気に蜜鞘に滑り込んでくる。

ごりっと奥処に突き当たる感覚で、視界に白い火花が弾《はじ》けた。

立て続けの絶頂に、意識が飛びそうになる。

真帆は息を詰めて快楽に浸り、繰り返し襲いかかる愉悦の波に身を委ねた。

やっと意識が戻って来たときには、影雅は真帆の腰を掴んで盛んに抽挿を繰り返していた。

雄茎の付け根が尻朶にあたるたび、ぱちゅんぱちゅんと淫らな水音が響き、噴き出した甘露がたらたらと腿を伝う。

（あぁ……。いつもと……違うところが……）

背後から貫かれているせいか、今までにない場所を刺激されて新たな快感が掘り起こされてゆく。

熱杭をずんずん打ちつけられる衝撃でたえまなく乳房が揺れているのが猥りがましく、恥ずかしいのにひどく昂奮してしまう。

「……凄いな。そう締めつけるなよ」

からかうように軽口を叩く影雅の声も、熱っぽくかすれている。

ぐぐっと腰を押しつけ、先端近くまで引き抜いては、ふたたびぐちゅりと突き込んでくる。快楽の涙が睫毛を濡らし、薄縁にぽたぽたと滴った。

「あ……ぅ……ぅ……んぅ」

頭の芯まで痺れたようになって、真帆はひたすら悦楽を貪った。

影雅の動きが次第に切迫し、単調な刺突に変わってゆく。それとともに真帆の疼きと期待も加速度的に高まった。

「真帆……」

囁いた影雅が低く呻き、ぐりりと奥処を穿つ。熱い奔流が押し寄せ、とろけた蜜壺にどくどくと流れ込んだ。

わななく襞が絞るように肉棹を締めつけ、影雅は真帆の下腹部を抱きかかえるようにして繰り返し精を放った。

ようやく欲望を注ぎ終えると、影雅は身体を繋げたまま薄縁の上に座り込んだ。

厚い胸板に背を預けながら真帆は呟いた。

「……こんなに出されたら、お腹が破裂しちゃう」

くっくっと笑って影雅は汗ばんだ真帆の腹を大切そうに撫でた。

「すまんな。これでも加減してるつもりなんだが。真帆のなかが気持ちよすぎて、いつも我を忘れてしまう」

なだめるように繋がった腰を揺らされ、真帆は顔を赤らめた。

玉門を刺し貫く彼の勇棺は未だに固い感触を残している。言わずとも伝わったのか、彼は真帆の耳朶を甘噛みしながら囁いた。

「ちょっと一緒に出かけよう。続きはその後で、またゆるりと」

「出かけるって、どこへ？」

「雨も止んだし、今宵は十三夜だ」

「……そういえばそうだったわ」

「あいにく御修法《みしほ》によき日と重なって後《のち》の月見は中止になってしまった。静かなところで真帆ふたり、のんびり月見を愉しもうかと思ってな」

影雅は名残惜しそうに身体を離すと御帳台を出た。

衣擦れの音を聞き、着替えを手伝おうと思うけれど、何度も気をやった反動でどうにもけだるい。しばらくすると影雅は立涌《たてわく》文様の紗の狩衣に風折《かざおり》烏帽子というしゃれた軽装で御帳台へ戻ってきた。素肌に直接袴を穿かせ、単衣に数領の袿を打ち重ねてくるむようにして真帆を抱き上げる。

そのまま妻戸を開けて簀子に出、高欄を蹴って、あっというまに屋根に飛び上がってしまう。真帆は焦って囁いた。

「帯刀舎人《たちはきのとねり》（警護）に見つかるわ」

「抜け出すのは慣れてる。真帆が静かにしてれば大丈夫さ」

忍び笑われ、慌てて唇を押さえた。

影雅はひょいひょいと殿舎の屋根を飛び移り、見とがめられることなく内裏を出た。同じように大内裏を抜け出すと、大路に沿って建ち並ぶ貴族たちの豪邸の築地塀を風のように駆け抜ける。

十三夜の月が、しっとりと雨に濡れて寝静まる都を皓皓と照らしていた。

髪がなびくほどの速度にもかかわらず、全然怖くない。むしろ子どもの頃の楽しかった冒険がよみがえってわくわくした。

（そうよ。あの頃から怖かったことなんてなかったんだわ）

いつだって月影は真帆を守ってくれた。一緒にいれば怖いことなど何もなかった。

一緒にいるだけで楽しくて、幸せだった。

幼い日、拝殿の格子越しに握りしめた彼の手のぬくもりは、真帆の心のなかでずっと優しく息づいていた。

これからは、いつまでも寄り添っていられる——。

そう思うと嬉しくて、真帆は彼の頬に唇を押しつけた。

照れくさそうに笑った月影が、ひときわ大きく跳躍する。

降り立ったのは七条坊門邸の南池《なんち》にかかる釣殿だった。

白々とと照り映える月が水面に映り、夜風が漣を描く。

並んで簀子に座ると、影雅は懐から龍笛《りゅうてき》を取り出して静かに吹き始めた。ぱしゃんと小さな水音がして、翁面の小鬼が現れる。

扇をひらひらさせながら笛に合わせて踊るさまを楽しく眺めていると、楚々とした足音とともに菓子や提子《ひさげ》、盃を載せた高杯を持った女房がふたりやってきた。留守居を任されている狐女房の姉妹だ。

夜空の月と水面の月とをこもごも愛でながら、楽しい夜は静かに、ひそやかに更けてゆく。

その夜、自分の曹司で眠っていた乳母の空木は、美しく成長した大切な姫君が、月光《つきかげ》のごとき男君と幸せそうに微笑み交わす夢を見ながら、ほろほろと嬉し涙を流したのだった。

あとがき

このたびは『平安あやかし恋絵巻 麗しの東宮さまと秘密の夜』をお読みいただき、まことにありがとうございました。お楽しみいただけましたでしょうか？

平安ものは以前から一度は書いてみたいと思っていたので、念願かなって嬉しいです。いろいろと調べ物は大変でしたが楽しくもありました。作中や章タイトルで使用している和歌などについては、ここに書いても煩わしいでしょうし、ブログのほうに上げることにしますね。ページ数の都合で削ったエピソードも上げておきますので、興味があればご覧ください。http://moonlitlabyrinth.jp/

去年の秋、京都御所を見学してきました。わたくし生粋の庶民でございますので、あまりに広い場所だと写真ではなく実際に見るか動画でないと感覚的に空間が把握できないんですよね。で、把握できないとうまく書けない。陰陽師の映画なども見て、空間のなかでの人物の動きなどをなるべくリアルに思い浮かべながら書きました。読んでいるうちにキャラクターがいきいきと動いているかのように感じられてきたなら嬉しいです。

挿絵を担当していただきました天路ゆうつづ先生。美麗なイラストをありがとうございます。編集部の皆様、デザイナー様をはじめ、たくさんの方々のお力をいただいて素敵に仕上がりました。心から御礼申し上げます。またいつかどこかでお目にかかれますように。

上主沙夜

帝國の華嫁
英雄皇帝は政略結婚の姫君を溺愛する
上主沙夜
Illustration すがはらりゅう
あまりに悦すぎて蕩けてしまいそうだ
小国の王女である李寧寿は、煌曄国の皇帝に嫁ぐことになった。数多くの女人を擁する後宮を持つ皇帝のこと、ただの人質代わりだと思っていたが、現皇帝、曄玉藍には寧寿以外の妃はいないと言う。話すうち過去に面識があったことがわかり、玉藍は寧寿に執恋する「もっと悦くしてやる。そなたを私に夢中にさせねば気が済まぬからな」美しく精悍な玉藍に溺愛され、求められ翻弄される日々。玉藍は寧寿を正妃にすると言い出し—!?
蜜猫文庫

蜜猫 Mitsuneko Novels

蜜猫 novels をお買い上げいただきありがとうございます。
この作品を読んでのご意見・ご感想をお聞かせください。
あて先は下記の通りです。

〒102-0072　東京都千代田区飯田橋 2-7-3
（株）竹書房　蜜猫 novels 編集部
上主沙夜先生 / 天路ゆうつづ先生

平安あやかし恋絵巻
～麗しの東宮さまと秘密の夜～

2020 年 1 月 17 日　初版第 1 刷発行
著　者　上主沙夜　
発行者　後藤明信
発行所　株式会社竹書房
〒102-0072 東京都千代田区飯田橋 2-7-3
電話　03（3264）1576（代表）
03（3234）6245（編集部）
デザイン　antenna
印刷所　中央精版印刷株式会社

Printed in JAPAN
ISBN978-4-8019-2141-2　C0093
この作品はフィクションです。実在の人物・団体・事件などには関係ありません。